LES AUTEURS GRECS

EXPLIQUÉS D'APRÈS UNE MÉTHODE NOUVELLE

PAR DEUX TRADUCTIONS FRANÇAISES

L'UNE LITTÉRALE ET JUXTALINÉAIRE PRÉSENTANT LE MOT A MOT FRANÇAIS
EN REGARD DES MOTS GRECS CORRESPONDANTS
L'AUTRE CORRECTE ET PRÉCÉDÉE DU TEXTE GREC

avec des sommaires et des notes

PAR UNE SOCIÉTÉ DE PROFESSEURS
ET D'HELLÉNISTES

XÉNOPHON

LA CYROPÉDIE

EXPLIQUÉE LITTÉRALEMENT, ANNOTÉE
ET REVUE POUR LA TRADUCTION FRANÇAISE

PAR M. SOMMER
Agrégé des classes supérieures, docteur ès lettres

Livre deuxième

PARIS
LIBRAIRIE DE L. HACHETTE ET Cie
BOULEVARD SAINT-GERMAIN, N° 77

LES AUTEURS GRECS

EXPLIQUÉS D'APRÈS UNE MÉTHODE NOUVELLE

PAR DEUX TRADUCTIONS FRANÇAISES

Cet ouvrage a été expliqué, annoté et revu pour la traduction française par M. Sommer, agrégé des classes supérieures, docteur ès lettres.

Paris. — Imprimerie de Ch. Lahure et Cie, rue de Fleurus 9.

LES

AUTEURS GRECS

EXPLIQUÉS D'APRÈS UNE MÉTHODE NOUVELLE

PAR DEUX TRADUCTIONS FRANÇAISES

L'UNE LITTÉRALE ET JUXTALINÉAIRE PRÉSENTANT LE MOT A MOT FRANÇAIS
EN REGARD DES MOTS GRECS CORRESPONDANTS
L'AUTRE CORRECTE ET PRÉCÉDÉE DU TEXTE GREC

avec des sommaires et des notes

PAR UNE SOCIÉTÉ DE PROFESSEURS
ET D'HELLÉNISTES

XÉNOPHON

2e LIVRE DE LA CYROPÉDIE

PARIS
LIBRAIRIE DE L. HACHETTE ET Cie
BOULEVARD SAINT-GERMAIN, N° 77

1863

AVIS

RELATIF A LA TRADUCTION JUXTALINÉAIRE.

On a réuni par des traits les mots français qui traduisent un seul mot grec.

On a imprimé en *italique* les mots qu'il était nécessaire d'ajouter pour rendre intelligible la traduction littérale, et qui n'avaient pas leur équivalent dans le grec.

Enfin, les mots placés entre parenthèses, dans le français, doivent être considérés comme une seconde explication, plus intelligible que la version littérale.

ARGUMENT ANALYTIQUE

DU DEUXIÈME LIVRE DE LA CYROPÉDIE.

Chap. I. — 1. Cyrus entre en Médie et prend congé de Cambyse à la frontière. — 2. Cyaxare reçoit Cyrus et s'informe du nombre de soldats qu'il amène avec lui. — 3. Cyrus s'assure près de Cyaxare que les ennemis ont paru. — 4. Il lui demande le dénombrement des deux armées. — 5. Dénombrement de l'armée ennemie. — 6. Dénombrement des troupes de Cyaxare. — 7. Cyrus demande quelle est la manière de combattre des ennemis. Ils se servent de l'arc et du javelot. — 8. Cyaxare propose de solliciter de nouveaux secours auprès des Perses. — 9. Cyrus demande des armes nouvelles pour ses soldats, et expose sa tactique. — 10. Cyaxare y consent. Arrivée des troupes persanes. — 11. Discours de Cyrus aux homotimes. — 12. Un d'entre eux prend la parole pour lui répondre. — 13. Il propose à Cyrus de haranguer lui-même les soldats. — 14. Cyrus réunit les soldats. — 15. Discours qu'il leur adresse. — 16. Suite du discours de Cyrus. — 17. Suite. — 18. Fin du discours de Cyrus. — 19. Les Perses prennent les armes des homotimes et se font enrôler parmi eux. — 20. Cyrus, en attendant les ennemis, exerce ses soldats. — 21. Il les habitue à se servir de leurs nouvelles armes. — 22. Ses recommandations aux divers officiers. — 23. Promesses qu'il leur fait pour les encourager. — 24. Il récompense également les bataillons, les compagnies tout entières. — 25. Il fait construire des tentes capables de contenir chacune un bataillon ; avantages de cette mesure. — 26. Chaque chef de bataillon connaissait mieux ainsi les soldats qui étaient sous ses ordres. — 27. Il n'en était que plus facile de les rallier au besoin. — 28. Nourris ensemble, les soldats s'abandonneraient moins. — 29. Cyrus accoutume ses soldats à ne manger qu'après s'être exercés jusqu'à la sueur; avantages de cette habitude. — 30. Il invite à sa table les officiers et les soldats dont il est content. — 31. Il y invite aussi les valets d'armée; son opinion à leur égard.

Chap. II. — 1. Sujets de conversation que propose Cyrus pendant les repas. L'éducation des homotimes les rend-elle supérieurs aux autres Perses ? — 2. Hystaspe se plaint de la gourmandise d'un soldat.

— 3. Suite de son récit. — 4. Suite. — 5. Fin du récit d'Hystaspe. — 6. Un autre officier prend la parole, et commence le récit d'une aventure plaisante. — 7. Suite de ce récit. — 8. Suite. — 9. Fin du récit de l'officier. — 10. Réflexions de Cyrus sur ces deux aventures. — 11. Un troisième officier, Aglaïtadas, accuse les deux conteurs de mensonge et de vanité. — 12. Il est repris par Cyrus. — 13. L'un des officiers qui avaient fait les contes, se plaint d'Aglaïtadas. — 14. Ce dernier se justifie en disant qu'il vaut mieux faire pleurer ses amis que de les faire rire. — 15. Les deux conteurs le plaisantent à ce sujet. — 16. Fin de la conversation. — 17. Chrysante demande qu'en cas de succès, tous les soldats ne soient pas également récompensés. — 18. Cyrus propose de consulter l'armée. — 19. Chrysante pense qu'un ordre de Cyrus doit suffire. Objections de Cyrus. — 20. Il croit que l'armée entière sera d'accord pour approuver cette proposition. — 21. Tous les assistants se rangent à son avis. — 22. Un officier parle d'un soldat qui, sans travailler plus que les autres, veut avoir meilleure part. — 23. Cyrus pense qu'il faut renvoyer de pareils soldats. — 24. Le vice, dit-il, a plus d'attraits que la vertu. — 25. Les soldats vicieux font plus de mal que les paresseux. — 26. Cyrus revient à son avis, et l'appuie par des exemples. — 27. Il exhorte les officiers à s'y conformer. — 28. Assentiment général.

Chap. III. — 1. On se sépare. Le lendemain Cyrus convoque l'armée. — 2. Il exhorte les soldats pour le prochain combat. — 3. Chaque soldat ne doit compter que sur lui. — 4. N'aura-t-on pas plus de courage, si l'on sait que chacun sera récompensé selon son mérite? — 5. Chrysante découvre les intentions de Cyrus. — 6. Il parle dans le même sens. — 7. Phéraulas se lève à son tour. — 8. Il pense que tous peuvent disputer le prix de la valeur. — 9. L'homme, comme les animaux, apprend de la nature à combattre. — 10. Instincts belliqueux de l'enfance. — 11 Comment donc les Perses ne seraient-ils pas heureux de lutter avec les homotimes? — 12. Avoir un juge tel que Cyrus, c'est un nouveau motif d'émulation. — 13. Les homotimes ont tout appris; les autres Perses ont été formés par la nécessité. — 14. Leurs nouvelles armes, pesantes pour les homotimes, sont légères pour eux. — 15. Il ne veut être récompensé que selon son mérite. Il exhorte ses compagnons à bien combattre. — 16. On convient que chacun aura un prix selon sa valeur. — 17. Récit d'un combat grotesque avec des cannes et des mottes de terre entre les soldats d'une compagnie.— 18. Suite du combat.— 19. Cyrus invite ces soldats à souper. Parmi eux sont quelques blessés. — 20. Réponses des blessés aux questions de Cyrus. Tous les soldats imitent ce combat. — 21. Autre exercice imaginé par un officier.—22. Troisième exercice.—23. Cyrus invite aussi à souper cet officier, comme les deux premiers. — 24. Il donne à souper à tout le bataillon.

Chap. IV. — 1. Cyaxare reçoit des ambassadeurs Indiens; il mande Cyrus. — 2. Cyrus fait ranger ses troupes. — 3. Il les mène vers le palais. — 4. Là, il les fait ranger sur un autre plan. — 5. Cyaxare se plaint de ce qu'il a conservé sa robe persane.— 6. Cyrus se justifie.— 7. Les ambassadeurs Indiens s'informent des motifs de la guerre; leur roi prêtera son appui à la cause la plus juste. — 8. Réponses de Cyaxare et de Cyrus. — 9. Cyrus dit à Cyaxare qu'il a dépensé tout son argent en gratifications pour ses soldats.—10. Il expose les motifs qu'il a eus d'agir ainsi.—11. Il veut aviser avec Cyaxare aux moyens de se procurer de l'argent.—12. Cyrus sait que le roi d'Arménie refuse de payer le tribut. Cyaxare en convient.—13. Cyrus lui demande quelques éclaircissements sur les forces de l'Arménie. — 14. Il promet à Cyaxare de réduire le roi d'Arménie. — 15. Les deux princes conviennent de déguiser leur dessein.— 16. Cyrus feindra d'aller chasser sur les frontières d'Arménie, comme il l'a déjà fait plusieurs fois. — 17. Cyaxare et Cyrus achèvent de concerter leur plan. — 18. Ils marchent chacun de leur côté. — 19. Présage favorable que rencontre Cyrus. — 20. Arrivé près des frontières, il commence la chasse. — 21. Les troupes de Cyaxare viennent le joindre. — 22. Il tient conseil, et ordonne à Chrysante de s'emparer des montagnes qui servent de refuge au roi d'Arménie. — 23. Il lui donne ses instructions.— 24. Il lui explique son plan. — 25. Il lui fait de nouvelles recommandations. — 26. Suite. — 27. Suite. — 28. Suite. —29. Suite et fin des recommandations de Cyrus. — 30. Chrysante se dirige vers les montagnes. — 31. Cyrus envoie un héraut au roi d'Arménie. — 32. Il se met en marche.

ΞΕΝΟΦΩΝΤΟΣ

ΚΥΡΟΥ ΠΑΙΔΕΙΑΣ

ΒΙΒΛΙΟΝ ΔΕΥΤΕΡΟΝ.

ΚΕΦΑΛΑΙΟΝ Α΄.

I. Τοιαῦτα μὲν δὴ ἀφίκοντο διαλεγόμενοι μέχρι τῶν ὁρίων τῆς Περσίδος[1]. Ἐπεὶ δὲ αὐτοῖς ἀετὸς δεξιὸς[2] φανεὶς προηγεῖτο, προσευξάμενοι θεοῖς καὶ ἥρωσι τοῖς Περσίδα γῆν κατέχουσιν, ἵλεως καὶ εὐμενεῖς πέμπειν σφᾶς, οὕτω διέβαινον τὰ ὅρια. Ἐπειδὴ δὲ διέβησαν, προσηύχοντο αὖθις θεοῖς τοῖς Μηδίαν γῆν κατέχουσιν, ἵλεως καὶ εὐμενεῖς δέχεσθαι αὐτούς. Ταῦτα δὲ ποιήσαντες, ἀσπασάμενοι ἀλλήλους, ὥσπερ εἰκός, ὁ μὲν πατὴρ πάλιν εἰς Πέρσας ἀπῄει, Κῦρος δὲ εἰς Μήδους πρὸς Κυαξάρην ἐπορεύετο.

II. Ἐπεὶ δὲ ἀφίκετο ὁ Κῦρος εἰς Μήδους πρὸς τὸν Κυαξάρην,

CHAPITRE PREMIER.

1. Tandis qu'ils discouraient de la sorte, ils arrivèrent sur les frontières de Perse. Là, ils aperçurent un aigle qui volait à leur droite, et qui semblait leur servir de guide; ils prièrent tous les dieux et les héros de la Perse de leur être propices dans ce voyage, et ils franchirent la frontière. Aussitôt qu'ils eurent mis le pied dans la Médie, ils firent encore leurs prières aux dieux du pays, afin qu'ils voulussent favoriser leur entrée, et les recevoir sous leur protection. Cela fait, ils s'embrassèrent; Cambyse reprit le chemin de la Perse, et Cyrus se dirigea vers le lieu où était Cyaxare.

II. Dès que Cyrus l'eut joint, et qu'ils se furent embrassés, Cya-

XÉNOPHON.

LA CYROPÉDIE.

LIVRE DEUXIÈME.

ΚΕΦΑΛΑΙΟΝ Α'.

I. Διαλεγόμενοι μὲν δὴ
τοιαῦτα,
ἀφίκοντο
μέχρι τῶν ὁρίων τῆς Περσίδος.
Ἐπεὶ δὲ ἀετὸς
φανεὶς αὐτοῖς δεξιὸς
προηγεῖτο,
προσευξάμενοι
θεοῖς καὶ ἥρωσι
τοῖς κατέχουσι γῆν Περσίδα,
πέμπειν σφᾶς,
ἵλεως καὶ εὐμενεῖς,
διέβαινον οὕτω τὰ ὅρια.
Ἐπειδὴ δὲ διέβησαν,
προσηύχοντο
αὖθις θεοῖς
τοῖς κατέχουσι γῆν Μηδίαν,
ἵλεως καὶ εὐμενεῖς
δέχεσθαι αὐτούς.
Ποιήσαντες δὲ ταῦτα,
ἀσπασάμενοι ἀλλήλους,
ὥσπερ εἰκός,
ὁ μὲν πατὴρ ἀπῄει
πάλιν εἰς Πέρσας,
Κῦρος δὲ ἐπορεύετο
εἰς Μήδους πρὸς Κυαξάρην.
II. Ἐπεὶ δὲ ὁ Κῦρος ἀφίκετο
εἰς Μήδους πρὸς τὸν Κυαξάρην,

CHAPITRE I.

I. Discourant à la vérité donc
de telles choses,
ils arrivèrent
jusqu'aux frontières de la Perse.
Mais comme un aigle
ayant paru à eux à-droite
les précédait,
ayant prié
les dieux et les héros
qui occupent la terre Perse,
d'envoyer eux,
propices et bienveillants,
ils passèrent ainsi les frontières.
Mais dès qu'ils furent passés,
ils adressèrent-des-prières
de nouveau aux dieux
qui occupent la terre *de la* Médie,
propices et bienveillants
accueillir eux.
Mais ayant fait ces choses,
s'étant embrassés l'un l'autre,
comme *il était* naturel,
le père de son côté s'en alla
pour-retourner chez les Perses,
Cyrus de son côté marcha
chez les Mèdes vers Cyaxare.
II. Mais dès que Cyrus fut arrivé
chez les Mèdes auprès de Cyaxare,

πρῶτον μέν, ὥςπερ εἰκός, ἠσπάσαντο ἀλλήλους· ἔπειτα δὲ ἤρετο τὸν Κῦρον ὁ Κυαξάρης, πόσον τι[1] ἄγοι τὸ στράτευμα. Ὁ δ' ἔφη· « Τριςμυρίους μέν γε, οἳ καὶ πρόσθεν ἐφοίτων πρὸς ὑμᾶς μισθοφόροι· ἄλλοι δὲ καὶ τῶν οὐδεπώποτε ἐξελθόντων προςέρχονται τῶν ὁμοτίμων. »

III. « Πόσοι τινές; » ἔφη ὁ Κυαξάρης. « Οὐκ ἂν ὁ ἀριθμός σε, ἔφη ὁ Κῦρος, ἀκούσαντα εὐφράνειεν· ἀλλ' ἐκεῖνο ἐννόησον, ὅτι ὀλίγοι ὄντες οὗτοι οἱ ὁμότιμοι καλούμενοι, πολλῶν ὄντων τῶν ἄλλων Περσῶν ῥᾳδίως ἄρχουσιν. Ἀτάρ, ἔφη, δέῃ τι αὐτῶν; ἢ μάτην ἐφοβήθης, οἱ δὲ πολέμιοι οὐκ ἔρχονται; — Ναὶ μὰ Δί', ἔφη, καὶ πολλοί γε. »

IV. « Πῶς τοῦτο σαφές; — Ὅτι, ἔφη, πολλοὶ ἥκοντες αὐτόθεν, ἄλλος ἄλλον τρόπον, πάντες ταὐτὰ λέγουσιν. — Ἀγωνιστέον μὲν ἄρα ἡμῖν πρὸς τοὺς ἄνδρας. — Ἀνάγκη γάρ, ἔφη. — Τί οὖν, ἔφη ὁ Κῦρος, οὐ καὶ τὴν δύναμιν ἔλεξάς μοι, εἰ

xare lui demanda de combien de soldats son armée était composée. — Je vous amène trente mille hommes, répondit Cyrus; ils ont déjà servi dans vos troupes; les autres sont des nobles qui ne sont point encore sortis du pays.

III. « Et combien y en a-t-il? dit Cyaxare. — Je sais bien, répondit Cyrus, que vous ne serez pas satisfait du nombre; mais sachez que bien que peu nombreux, ils commandent au reste des Perses. Enfin, ajouta-t-il, avez-vous besoin de leur secours? Ne vous êtes-vous point effrayé sans raison? Les ennemis ont-ils paru ?— Oui vraiment, dit Cyaxare, et en grand nombre.

IV. « Et qui vous en a assuré? — Plusieurs personnes qui arrivent de ce côté, et qui s'accordent toutes en ce point, quoique d'ailleurs elles fassent des rapports assez différents. — Il faudra donc les combattre. — Il le faudra sans doute. — Dites-moi, reprit Cyrus, à com-

πρῶτον μὲν ἠσπάσαντο	d'abord à la vérité ils s'embrassèrent
ἀλλήλους, ὥςπερ εἰκός ·	l'un l'autre, comme *il était* naturel;
ἔπειτα δὲ ὁ Κυαξάρης	mais ensuite Cyaxare
ἤρετο τὸν Κῦρον,	demanda à Cyrus,
πόσον τι	combien-grande à-peu-près
ἄγοι τὸ στράτευμα.	il amenait l'armée.
Ὁ δὲ ἔφη ·	Mais lui il dit :
Τρισμυρίους μέν γε,	Trois-fois-dix-mille certes,
οἳ μισθοφόροι,	lesquels *étant* salariés
ἐφοίτων καὶ πρόσθεν πρὸς ὑμᾶς ·	venaient aussi auparavant vers vous;
ἄλλοι δὲ καὶ τῶν ὁμοτίμων	et d'autres aussi des homotimes
τῶν ἐξελθόντων οὐδεπώποτε	ceux qui ne sont sortis jamais encore
προςέρχονται.	viennent-en-outre.
III. « Πόσοι τινές ;	III. « Combien *sont-ils* à peu près ?
ἔφη ὁ Κυαξάρης.	dit Cyaxare.
Ὁ Κῦρος ἔφη ·	Cyrus dit:
Ὁ ἀριθμὸς οὐκ ἂν εὐφράνειε	Le nombre ne réjouira pas
σὲ ἀκούσαντα ·	toi *l*'ayant entendu ;
ἀλλὰ ἐννόησον ἐκεῖνο,	mais réfléchis à ceci,
ὅτι οὗτοι οἱ καλούμενοι ὁμότιμοι	que ceux-ci appelés homotimes
ὄντες ὀλίγοι,	étant peu-nombreux,
ἄρχουσι ῥᾳδίως	commandent facilement
τῶν ἄλλων Περσῶν ὄντων πολλῶν.	aux autres Perses qui sont nombreux.
Ἀτάρ, ἔφη, δέῃ	Mais, dit-il, as-tu besoin
τὶ αὐτῶν,	en quelque chose d'eux,
ἢ ἐφοβήθης μάτην,	ou as-tu été effrayé en vain,
οἱ δὲ πολέμιοι οὐκ ἔρχονται ;	et les ennemis ne viennent-ils pas ?
— Ναὶ μὰ Δία, ἔφη,	—Oui par Jupiter *ils viennent*, dit-il,
καὶ πολλοί γε.	et nombreux assurément.
IV. « Πῶς τοῦτο σαφές ;	IV. «Comment cela *est-il* clair?
—Ὅτι πολλοί, ἔφη,	—Parce que beaucoup, dit-il,
ἥκοντες αὐτόθεν,	venant de là,
ἄλλος ἄλλον τρόπον,	l'un d'une autre manière,
πάντες λέγουσι τὰ αὐτά.	tous disent les mêmes choses.
— Ἀγωνιστέον μὲν ἄρα	—Ainsi il y a-nécessité-de-combattre
ἡμῖν	pour nous
πρὸς τοὺς ἄνδρας.	contre ces hommes.
—Ἀνάγκη γάρ, ἔφη.	—Nécessité en effet, dit-il.
—Ὁ Κῦρος ἔφη ·	—Cyrus dit :
Τί οὖν οὐκ ἔλεξάς μοι	Pourquoi donc n'as-tu pas dit à moi

οἶσθα, πόση τις ἡ προςιοῦσα, καὶ πάλιν τὴν ἡμετέραν, ὅπως, εἰδότες ἀμφοτέρας, πρὸς ταῦτα βουλευσόμεθα, ὅπως ἂν ἄριστα ἀγωνιζοίμεθα; — Ἄκουε δή, ἔφη ὁ Κυαξάρης·

V. « Κροῖσος μὲν ὁ Λυδὸς[1] ἄγειν λέγεται μυρίους μὲν ἱππέας, πελταστὰς δὲ καὶ τοξότας πλείους ἢ τετρακιςμυρίους. Ἀρτάμαν δέ, τὸν τῆς μεγάλης Φρυγίας[2] ἄρχοντα, λέγουσιν ἱππέας μὲν εἰς ὀκτακιςχιλίους ἄγειν, λογχοφόρους δὲ σὺν πελτασταῖς οὐ μείους τετρακιςμυρίων· Ἀρίβαιον δέ, τὸν τῶν Καππαδοκῶν[3] βασιλέα, ἱππέας μὲν εἰς ἑξακιςχιλίους, τοξότας δὲ καὶ πελταστὰς οὐ μείους τριςμυρίων· τὸν Ἀράβιον δὲ Μάραγδον ἱππέας τε εἰς μυρίους, καὶ ἅρματα εἰς ἑκατόν, καὶ σφενδονητῶν πάμπολύ τι χρῆμα[4]. Τοὺς μέντοι Ἕλληνας, τοὺς ἐν τῇ Ἀσίᾳ οἰκοῦντας,

bien se peuvent monter leurs troupes et les vôtres, afin que nous puissions mieux juger de ce que nous avons à faire pour réussir dans cette guerre.— Écoutez-moi donc :

V. « On dit que Crésus, roi de Lydie, a dix mille chevaux et plus de quarante mille hommes de pied armés à la légère : qu'Artamas, satrape de la grande Phrygie, mène pareillement quarante mille hommes de pied, dont la plupart portent des lances, et huit mille chevaux. Aribée, roi de Cappadoce, a six mille chevaux et trente mille hommes d'infanterie, archers et peltastes. Maragdas, l'arabe, conduit dix mille chevaux, cent chariots, et un grand nombre de frondeurs. On ne sait

καὶ τὴν δύναμιν, εἰ οἶσθα,	et la force, si tu *la* sais,
πόση τις	combien-grande à peu près
ἡ προσιοῦσα,	*est* celle qui s'avance,
καὶ πάλιν τὴν ἡμετέραν,	et d'un autre côté la nôtre,
ὅπως, εἰδότες ἀμφοτέρας,	afin que, sachant les deux,
βουλευσόμεθα	nous délibérions
πρὸς ταῦτα,	eu égard à ces choses,
ὅπως ἀγωνιζοίμεθα ἂν	comment nous pourrions combattre
ἄριστα;	le mieux?
—Ὁ Κυαξάρης ἔφη· « Ἄκουε δή·	— Cyaxare dit : « Écoute donc :
V. « Κροῖσος μὲν ὁ Λυδὸς λέγεται	V. « Crésus le Lydien est dit
ἄγειν μυρίους μὲν ἵππους,	amener dix mille chevaux,
πλείους δὲ	et de plus nombreux
ἢ τετρακισμυρίους	que quatre fois dix mille
πελταστὰς καὶ τοξότας.	peltastes et archers.
Λέγουσι δὲ Ἀρτάμαν,	Et on dit Artamas,
τὸν ἄρχοντα	celui qui commande
τῆς μεγάλης Φρυγίας,	à la grande Phrygie,
ἄγειν μὲν	amener d'un côté
εἰς ὀκτακισχιλίους ἱππέας,	jusqu'à huit mille cavaliers,
λογχοφόρους δὲ	et des porteurs-de-lances
σὺν πελτασταῖς	avec des peltastes
οὐ μείους	non moins nombreux
τετρακισμυρίων·	que quatre-fois-dix-mille ;
Ἀρίβαιον δέ,	et Aribée,
τὸν βασιλέα τῶν Καππαδοκῶν,	le roi des Cappadociens,
ἱππέας μὲν	*amener* des cavaliers
εἰς ἑξακισχιλίους,	jusqu'à six mille,
τοξότας δὲ καὶ πελταστὰς	et des archers et des peltastes
οὐ μείους	non moins nombreux
τρισμυρίων·	que trois-fois-dix-mille ;
τὸν Ἀράβιον δὲ Μάραγδον	et l'Arabe Maragdus
ἱππέας τε	*amener* et des cavaliers
εἰς μυρίους	jusqu'à dix mille
καὶ ἅρματα εἰς ἑκατόν,	et des chars jusqu'à cent,
καί τι χρῆμα	et une quantité
παμπολὺ	tout-à-fait-considérable
σφενδονητῶν.	de frondeurs.
Τοὺς μέντοι Ἕλληνας,	Cependant quant aux Grecs,
τοὺς οἰκοῦντας ἐν τῇ Ἀσίᾳ,	ceux qui habitent en Asie,

οὐδέν πω σαφὲς λέγεται εἰ ἕπονται· τοὺς δὲ ἀπὸ Φρυγίας τῆς παρ' Ἑλλήσποντον [1] συμβαλεῖν φασι Γαβαῖον ἔχοντα εἰς Καΰστρου [2] πεδίον ἑξακισχιλίους μὲν ἱππεῖς, πελταστὰς δὲ εἰς δισμυρίους· Κᾶρας [3] μέντοι καὶ Κίλικας [4] καὶ Παφλαγόνας [5], παρακληθέντας, οὔ φασιν ἕπεσθαι. Ὁ δὲ Ἀσσύριος [6] αὐτός, ὁ Βαβυλῶνά [7] τε ἔχων καὶ τὴν ἄλλην Ἀσσυρίαν, ἐγὼ μὲν οἶμαι, ἱππέας μὲν ἄξει οὐ μεῖον δισμυρίων· ἅρματα δ', εὖ οἶδ', οὐ πλείω διακοσίων· πεζοὺς δέ, οἶμαι, παμπόλλους· εἰώθει γοῦν, ὁπότε δεῦρ' ἐμβάλλοι [8]. »

VI. « Σύ, ἔφη ὁ Κῦρος, πολεμίους λέγεις, ἱππέας μὲν εἰς ἑξακισμυρίους εἶναι, πελταστὰς δὲ καὶ τοξότας πλέον ἢ εἴκοσι μυριάδας. Ἄγε δή, τῆς δυνάμεως τῆς σῆς τί φῄς πλῆθος εἶναι; — Εἰσίν, ἔφη, Μήδων ἱππεῖς μὲν πλείους τῶν μυρίων· πελ-

point encore si les Grecs qui habitent en Asie suivent l'armée. Mais ceux qui occupent cette partie de la Phrygie qui est vers l'Hellespont, doivent joindre dans la plaine du Caystre les troupes de Gabée, qui peut avoir dix mille hommes de pied et six mille chevaux. On dit que les Cariens, les Ciliciens et les Paphlagoniens n'ont pas voulu répondre à l'appel qu'on leur a fait. Quant au roi qui gouverne Babylone et le reste de l'Assyrie, je ne pense pas qu'il vienne avec moins de vingt mille chevaux, deux cents chariots, et un plus grand nombre encore de fantassins; car il n'a pas l'habitude d'entrer sur nos terres avec une moindre armée. »

VI. « A ce que je vois, répondit Cyrus, les ennemis auront soixante mille chevaux, et deux cent mille hommes de pied. Quelle force avez-vous à leur opposer? — La Médie peut me fournir soixante mille

οὐδέν πω σαφὲς λέγεται,	rien encore de clair *n*'est dit,
εἰ ἕπονται·	s'ils suivent;
φασὶ δὲ Γαβαῖον	mais on dit Gabée
συμβαλεῖν	réunir
εἰς πεδίον Καΰστρου	dans la plaine de Caystre
τοὺς ἀπὸ Φρυγίας	les *Grecs* de la Phrygie
τῆς παρὰ Ἑλλήσποντον,	celle auprès de l'Hellespont,
ἔχοντα	ayant
ἑξακισχιλίους μὲν ἱππεῖς,	d'un côté six mille cavaliers,
πελταστὰς δὲ	de l'autre des peltastes
εἰς δισμυρίους.	jusqu'à deux-fois-dix-mille.
Φασὶ μέντοι Κᾶρας	On dit toutefois les Cariens
καὶ Κίλικας	et les Ciliciens
καὶ Παφλαγόνας,	et les Paphlagoniens,
παρακληθέντας, οὐχ ἕπεσθαι.	ayant été convoqués, ne pas suivre
Ὁ δὲ Ἀσσύριος αὐτός,	Mais l'Assyrien lui-même,
ὁ ἔχων Βαβυλῶνά τε	celui qui a et Babylone
καὶ τὴν ἄλλην Ἀσσυρίαν,	et le reste de l'Assyrie,
ἄξει μὲν ἱππέας	amènera des cavaliers
οὐ μεῖον δισμυρίων,	non moins de deux-fois-dix-mille,
ἐγὼ μὲν οἶμαι·	moi du moins je *le* crois;
ἅρματα δὲ	et des chars
οὐ πλείω διακοσίων,	non plus nombreux que deux cents,
οἶδα εὖ·	je *le* sais bien;
πεζοὺς δὲ	et des fantassins
παμπόλλους,	tout-à-fait-nombreux,
οἶμαι·	je *le* crois;
εἰώθει γοῦν,	il a *cette* coutume certes,
ὁπότε ἐμβάλλοι δεῦρο.»	quand il fait-invasion ici.»
VI. Ὁ Κῦρος ἔφη·	VI. Cyrus dit :
« Σὺ λέγεις πολεμίους,	« Toi tu dis les ennemis,
ἱππέας μὲν εἶναι	des cavaliers être
εἰς ἑξακισμυρίους,	jusqu'à six-fois-dix-mille,
πελταστὰς δὲ καὶ τοξότας	et des peltastes et des archers
πλέον ἢ εἴκοσι μυριάδας.	plus que vingt myriades.
Ἄγε δή,	Va donc,
φῂς τί πλῆθος εἶναι	tu dis quelle multitude être
τῆς δυνάμεως τῆς σῆς;	de l'armée tienne?
—Ἔφη· Ἱππεῖς μὲν Μήδων εἰσὶ	—Il dit : Des cavaliers des Mèdes sont
πλείους τῶν μυρίων·	plus nombreux que les dix mille;

τασταὶ δὲ καὶ τοξόται γένοιντ' ἄν, ὡς ἐπὶ τῆς ἡμετέρας [1], κἂν ἑξακισμύριοι. Ἀρμενίων[2] δέ, ἔφη, τῶν ὁμόρων ἡμῖν, παρέσονται ἱππεῖς μὲν τετρακισχίλιοι, πεζοὶ δὲ δισμύριοι. — Λέγεις σύ, ἔφη ὁ Κῦρος, ἱππέας μὲν ἡμῖν εἶναι μεῖον ἢ τὸ τρίτον μέρος τοῦ τῶν πολεμίων ἱππικοῦ, πεζοὺς δὲ σχεδὸν ἀμφὶ τοὺς ἡμίσεις. »

VII. « Τί οὖν; ἔφη ὁ Κυαξάρης· ὀλίγους νομίζεις Περσῶν εἶναι, οὓς σὺ φῂς ἄγειν; — Ἀλλ' εἰ μὲν ἀνδρῶν προςδεῖ ἡμῖν, ἔφη ὁ Κῦρος, εἴτε καὶ μή, αὖθις συμβουλευσόμεθα· τὴν δὲ μάχην[3] μοι, ἔφη, λέξον ἑκάστων ἥτις ἐστί. — Σχεδόν, ἔφη ὁ Κυαξάρης, πάντων ἡ αὐτή· τοξόται γάρ εἰσι καὶ ἀκοντισταὶ οἵ τ' ἐκείνων καὶ οἱ ἡμέτεροι. — Οὐκοῦν, ἔφη ὁ Κῦρος, ἀκροβολίζεσθαι ἀνάγκη ἐστί, τοιούτων γε τῶν ὅπλων ὄντων. — Ἀνάγκη γὰρ οὖν, ἔφη ὁ Κυαξάρης. »

VIII. « Οὐκοῦν ἐν τούτῳ μέν, ἔφη ὁ Κῦρος, τῶν πλειόνων

archers et peltastes, et dix mille chevaux. J'espère, outre cela, quatre mille chevaux et vingt mille hommes de pied, que nous donneront les Arméniens, nos voisins.— Il s'en faut donc de plus des deux tiers, reprit Cyrus, que vous n'ayez autant de cavalerie qu'eux, et à peine avez-vous la moitié de leur infanterie.

VII. « Eh quoi! dit Cyaxare, pour combien comptez-vous les Perses que vous nous amenez? — Quoi qu'il en soit, reprit Cyrus, si nous avons besoin d'hommes, ou non, nous en parlerons une autre fois; mais auparavant, dites-moi quelle est la façon de combattre de ces nations. — C'est presque la même que la nôtre, répondit Cyaxare: car la plupart de nos gens et des leurs se servent de l'arc et du javelot. — Avec ces armes-là, dit Cyrus, il faut combattre de loin. — Cela est vrai, répondit Cyaxare.

VIII. « Et par conséquent, repartit Cyrus, la victoire sera du côté

πελτασταὶ δὲ καὶ τοξόται	et des peltastes et archers
κἂν γένοιντο ἂν καὶ	pourraient être même
ἑξακισμύριοι,	six-fois-dix-mille,
ὡς ἐπὶ τῆς ἡμετέρας.	comme sur notre *terre.*
Τετρακισχίλιοι μὲν δὲ ἱππεῖς,	Et quatre mille cavaliers,
ἔφη, δισμύριοι δὲ πεζοὶ	dit-il, et deux-fois-dix-mille fantassins
Ἀρμενίων,	des Arméniens,
τῶν ὁμόρων ἡμῖν,	les limitrophes de nous,
παρέσονται.	seront présents.
—Ὁ Κῦρος ἔφη· Σὺ λέγεις,	—Cyrus dit : Tu dis,
ἱππέας μὲν εἶναι ἡμῖν	des cavaliers être à nous
μεῖον ἢ τὸ τρίτον μέρος	moins que la troisième partie
τοῦ ἱππικοῦ τῶν πολεμίων,	de la cavalerie des ennemis,
πεζοὺς δὲ	et des fantassins
σχεδὸν ἀμφὶ τοὺς ἡμίσεις.	presque environ la moitié.
VII. Ὁ Κυαξάρης ἔφη· Τί οὖν;	VII. Cyaxare dit : Quoi donc?
νομίζεις, οὓς σὺ φῂς ἄγειν,	penses-tu, ceux que tu dis amener,
εἶναι ὀλίγους Περσῶν;	être peu de Perses?
—Ὁ Κῦρος ἔφη·	—Cyrus dit :
Ἀλλὰ συμβουλευσόμεθα αὖθις,	Mais nous délibérerons de nouveau,
εἰ μὲν προσδεῖ ἡμῖν	s'il est-besoin-en-outre à nous
ἀνδρῶν,	d'hommes,
εἴτε καὶ μή.	et si aussi non.
Λέξον δέ μοι, ἔφη,	Mais dis-moi, dit-il,
τὴν μάχην ἥτις ἐστίν.	le combat quel il est.
—Ὁ Κυαξάρης ἔφη·	—Cyaxare dit :
Πάντων	*Celui* de tous
σχεδὸν ἡ αὐτή.	*est* à peu près le même.
Οἵ γάρ τε ἐκείνων	Car et les *soldats* de ceux-là
καὶ οἱ ἡμέτεροι	et les nôtres
εἰσὶ τοξόται καὶ ἀκοντισταί.	sont archers et porteurs-de-javelots.
—Ὁ Κῦρος ἔφη·	—Cyrus dit :
Οὐκοῦν ἐστιν ἀνάγκη	Donc il est nécessité
ἀκροβολίζεσθαι,	de se-battre-de-loin,
τῶν γε ὅπλων ὄντων τοιούτων.	du moins les armes étant telles.
—Ὁ Κυαξάρης ἔφη·	—Cyaxare dit :
Ἀνάγκη γὰρ οὖν.	*Il y a* nécessité en effet.
VIII. Ὁ Κῦρος ἔφη·	VIII Cyrus dit :
Οὐκοῦν μὲν ἡ νίκη	Donc la victoire *appartient*
τῶν πλειόνων ἐν τούτῳ·	aux plus nombreux en cela;

ἡ νίκη· πολὺ γὰρ ἂν θᾶττον οἱ ὀλίγοι ὑπὸ τῶν πολλῶν τιτρωσκόμενοι ἀναλωθείησαν, ἢ ὑπὸ τῶν ὀλίγων οἱ πολλοί. — Εἰ οὖν οὕτως ἔχει, ἔφη, ὦ Κῦρε, τί ἂν ἄλλο τις κρεῖττον εὕροι, ἢ πέμπειν εἰς Πέρσας, καὶ ἅμα μὲν διδάσκειν αὐτοὺς ὅτι, εἴ τι πείσονται [1] Μῆδοι, εἰς Πέρσας τὸ δεινὸν ἥξει, ἅμα δὲ αἰτεῖν πλεῖον στράτευμα; — Ἀλλὰ τοῦτο μέν, ἔφη ὁ Κῦρος, εὖ ἴσθι, ὅτι, οὐδ' εἰ πάντες ἔλθοιεν Πέρσαι, πλήθει γε οὐκ ἂν ὑπερβαλοίμεθα τοὺς πολεμίους. »

IX. « Τί μήν; ἄλλο τι ἐνορᾷς ἄμεινον τούτου; — Ἐγὼ μὲν ἄν, ἔφη ὁ Κῦρος, εἰ σὺ εἴην, ὡς τάχιστα ὅπλα ἐποιούμην πᾶσι Πέρσαις τοῖς προσιοῦσιν, οἷά περ ἔρχονται ἔχοντες οἱ παρ' ἡμῶν, οἱ τῶν ὁμοτίμων καλούμενοι· ταῦτα δ' ἐστὶ θώραξ μὲν περὶ τὰ στέρνα, γέῤῥον [2] δὲ εἰς τὴν ἀριστεράν, κοπὶς [3] δὲ ἢ σάγαρις [4] εἰς τὴν δεξιάν. Κἂν ταῦτα παρασκευάσῃς, ἡμῖν μὲν ποι-

où il y aura le plus de combattants; car une grosse troupe blessera beaucoup plus de gens dans une petite qui lui sera opposée, que la petite troupe n'en pourra blesser du côté de la grande. — Si cela est ainsi, dit Cyaxare, il n'y a point de meilleur parti que d'envoyer promptement en Perse pour y demander un plus grand secours, et remontrer que si nous sommes défaits, les Perses auront ensuite les ennemis sur les bras. — En vérité, répondit Cyrus, quand tous les Perses se joindraient à nous, je ne crois pas que nous fussions encore égaux en nombre aux ennemis.

IX. « Que vous semble-t-il donc plus à propos de faire? lui demanda Cyaxare. — Pour moi, répondit Cyrus, si j'étais à votre place, je ferais faire promptement pour tous les Perses qui viennent après moi des armes telles qu'en portent les homotimes qui sont dans l'armée, c'est-à-dire, une cuirasse pour couvrir la poitrine, le petit bouclier pour le bras gauche, le cimeterre ou la hache pour la main droite. Par

οἱ γὰρ ὀλίγοι τιτρωσκόμενοι	car les peu-nombreux étant blessés
ἀναλωθείησαν ἂν πολὺ θᾶττον	seraient détruits beaucoup plus vite
ὑπὸ τῶν πολλῶν,	par les nombreux
ἢ οἱ πολλοὶ	que les nombreux,
ὑπὸ τῶν ὀλίγων.	par les peu-nombreux.
—Ὦ Κῦρε, ἔφη,	—O Cyrus, dit *Cyaxare*,
εἰ οὖν ἔχει οὕτω,	si donc il est ainsi,
τί ἄλλο κρεῖττον	quelle autre chose meilleure
τὶς εὕροι ἄν,	trouverait-on,
ἢ πέμπειν εἰς Πέρσας,	que d'envoyer chez les Perses,
καὶ διδάσκειν μὲν ἅμα αὐτούς,	et d'apprendre en même temps à eux,
ὅτι τὸ δεινὸν ἥξει	que le danger viendra
εἰς Πέρσας,	chez les Perses,
εἰ Μῆδοι	si les Mèdes
πείσονταί τι,	souffrent quelque chose,
αἰτεῖν δὲ ἅμα	et de demander en même temps
πλεῖον στράτευμα;	une plus nombreuse armée?
—Ὁ Κῦρος ἔφη·	—Cyrus dit :
Ἀλλὰ μὲν ἴσθι εὖ τοῦτο,	Mais sache bien cela,
ὅτι οὐκ ἂν ὑπερβαλοίμεθα	que nous ne surpasserions pas
τοὺς πολεμίους πλήθει γε,	les ennemis en nombre du moins,
οὐδὲ εἰ πάντες Πέρσαι	pas même si tous les Perses
ἔλθοιεν.	étaient venus.
IX. —Τί μήν;	IX. —Quoi pourtant?
ἐνορᾷς ἄλλο τι	vois-tu quelque autre chose
ἄμεινον τούτου;	meilleure que celle-ci?
—Ὁ Κῦρος ἔφη· Εἰ εἴην σύ,	—Cyrus dit : Si j'étais toi,
ἐγὼ μὲν ἐποιούμην ἂν	je ferais-faire
ὡς τάχιστα	le plus promptement
πᾶσι Πέρσαις τοῖς προσιοῦσιν	pour tous les Perses qui s'avancent
ὅπλα οἷά περ ἔχοντες	des armes telles que ayant
οἱ παρὰ ἡμῶν,	ceux de chez nous,
οἱ καλούμενοι τῶν ὁμοτίμων,	qui sont appelés des homotimes,
ἔρχονται·	viennent :
ταῦτα δέ ἐστι	et ces armes sont
θώραξ μὲν περὶ τὰ στέρνα,	une cuirasse autour de la poitrine,
γέρρον δὲ εἰς τὴν ἀριστεράν,	et un bouclier à la *main* gauche,
κοπὶς δὲ ἢ σάγαρις	et un glaive ou une hache
εἰς τὴν δεξιάν.	à la droite.
Καὶ ἂν παρασκευάσῃς ταῦτα,	Et si tu prépares ces *armes*,

ήσεις τὸ ὁμόσε τοῖς ἐναντίοις ἰέναι ἀσφαλέστατον, τοῖς πολεμίοις δὲ τὸ φεύγειν ἢ τὸ μένειν αἱρετώτερον. Τάττομεν δέ, ἔφη, ἡμᾶς μὲν αὐτοὺς ἐπὶ τοὺς μένοντας· οἵ γε μέν τ' ἂν αὐτῶν φεύγωσι, τούτους ὑμῖν καὶ τοῖς ἵπποις νέμομεν, ὡς μὴ σχολάζωσι μήτε μένειν μήτε ἀναστρέφεσθαι. »

X. Κῦρος μὲν οὕτως ἔλεξε. Τῷ δὲ Κυαξάρει ἔδοξέ τε εὖ λέγειν, καὶ τοῦ μὲν πλείους μεταπέμπεσθαι οὐκέτι ἐμέμνητο, παρεσκευάζετο δὲ ὅπλα τὰ προειρημένα. Καὶ σχεδόν τι ἕτοιμα ἦν, καὶ τῶν Περσῶν οἱ ὁμότιμοι παρῆσαν, ἔχοντες τὸ ἀπὸ Περσῶν στράτευμα. Ἔνθα δὴ εἰπεῖν λέγεται ὁ Κῦρος, συναγαγὼν αὐτούς, τάδε·

XI. « Ἄνδρες φίλοι, ἐγὼ ὑμᾶς ὁρῶν αὐτοὺς μὲν καθωπλισμένους οὕτω, καὶ ταῖς ψυχαῖς παρεσκευασμένους, ὡς χεῖρας συμμίξοντας τοῖς πολεμίοις, τοὺς δὲ ἑπομένους ὑμῖν Πέρσας γιγνώσκων, ὅτι οὕτως ὡπλισμένοι εἰσίν, ὡς ὅτι προσωτάτω[1] τα-

ce moyen, vous ferez que nos gens iront à la charge avec plus d'assurance, et que les ennemis aimeront mieux fuir que de les attendre de pied ferme. Aussi, comme nous prendrons le soin de combattre tout ce qui fera tête, ce sera affaire à vous et à votre cavalerie, de poursuivre ceux qui tourneront le dos, afin qu'ils ne puissent ni fuir en sûreté ni se rallier. »

X. Ainsi parla Cyrus. Cyaxare jugea qu'il avait raison, et, sans plus songer à mander de nouvelles troupes, il fit faire les armes dont il lui avait parlé. Elles étaient presque achevées, lorsque l'armée des Perses arriva, commandée par les homotimes. Cyrus les assembla, et leur tint ce discours :

XI. « Mes amis, à voir votre résolution, et la façon dont vous êtes armés, je juge aisément que vous avez dessein de vous bien battre ; cependant, comme les soldats qui vous suivent n'ont des armes que

ποιήσεις μὲν	tu rendras
τὸ ἰέναι ὁμόσε	le aller à la rencontre
τοῖς ἐναντίοις	aux adversaires
ἀσφαλέστατον ἡμῖν,	très-sûr pour nous,
τὸ δὲ φεύγειν αἱρετώτερον	et le fuir préférable
ἢ τὸ μένειν τοῖς πολεμίοις.	que le rester pour les ennemis.
Τάττομεν δέ, ἔφη,	Mais nous rangeons, dit-il,
ἡμᾶς μὲν αὐτοὺς	nous-mêmes
ἐπὶ τοὺς μένοντας·	contre ceux qui restent;
οἵ γε μέν τε αὐτῶν	mais *ceux* du moins d'entre eux
φεύγωσιν ἄν,	qui fuiraient,
νέμομεν τούτους ὑμῖν	nous donnons-en-partage ceux-ci à [vous
καὶ τοῖς ἵπποις,	et aux chevaux,
ὡς μὴ σχολάζωσι	afin qu'ils n'aient-le-loisir
μήτε μένειν μήτε ἀναστρέφεσθαι.»	ni de rester ni de retourner. »
X. Κῦρος μὲν ἔλεξεν οὕτως.	X. Cyrus à la vérité parla ainsi.
Ἔδοξε δέ τε λέγειν εὖ	Et il parut dire bien
τῷ Κυαξάρει,	à Cyaxare,
καὶ ἐμέμνητο μὲν οὐκέτι	et il ne fit-plus-mention
τοῦ μεταπέμπεσθαι πλείους,	du faire-venir de plus nombreux,
παρεσκευάζετο δὲ	mais il fit-préparer
τὰ ὅπλα προειρημένα.	les armes dites-précédemment
Καὶ ἦν σχεδόν τι ἕτοιμα,	Et elles étaient à peu près prêtes,
καὶ οἱ ὁμότιμοι τῶν Περσῶν	et les homotimes des Perses
ἔχοντες τὸ στράτευμα	ayant l'armée *venue*
ἀπὸ Περσῶν	de chez les Perses
παρῆσαν.	étaient présents.
Ὁ δὴ Κῦρος συναγαγὼν αὐτούς,	Cyrus donc ayant réuni eux,
λέγεται εἰπεῖν ἔνθα τάδε·	est dit avoir dit là ces choses :
XI. « Ἄνδρες φίλοι,	XI. « Hommes amis,
ἐγὼ ὁρῶν ὑμᾶς	moi voyant vous
αὐτοὺς μὲν καθωπλισμένους οὕτω,	vous-mêmes armés ainsi,
καὶ παρεσκευασμένους	et préparés
ταῖς ψυχαῖς,	dans vos âmes,
ὡς συμμίξοντας χεῖρας	comme devant mêler *vos* mains
τοῖς πολεμίοις,	avec les ennemis,
γιγνώσκων δὲ	et connaissant
τοὺς Πέρσας ἑπομένους ὑμῖν,	les Perses qui suivent vous,
ὅτι εἰσὶν ὡπλισμένοι οὕτως	qu'ils ont été armés ainsi
ὡς μάχεσθαι	pour combattre

χθέντες μάχεσθαι, ἔδεισα μή, ὀλίγοι στάντες, καὶ ἔρημοι συμμάχων συμπίπτοντες πολεμίοις πολλοῖς, πάθοιτέ τι. Νῦν οὖν, ἔφη, σώματα μὲν ἔχοντες ἀνδρῶν ἥκετε οὐ μεμπτά· ὅπλα δὲ ἔσται αὐτοῖς ὅμοια τοῖς ὑμετέροις. Τάς γε μὴν ψυχὰς αὐτῶν θήγειν, ὑμέτερον τὸ ἔργον. Ἄρχοντος γάρ ἐστιν οὐχ ἑαυτὸν μόνον ἀγαθὸν παρέχειν, ἀλλὰ δὴ καὶ τῶν ἀρχομένων ἐπιμελεῖσθαι, ὅπως ὡς βέλτιστοι ἔσονται. »

XII. Ὁ μὲν οὕτως εἶπεν. Οἱ δὲ ἥσθησαν μὲν πάντες, νομίζοντες μετὰ πλειόνων ἀγωνιεῖσθαι [1]. Εἷς δὲ αὐτῶν καὶ ἔλεξε τοιάδε·

XIII. « Ἀλλὰ θαυμαστὰ μέν, ἔφη, ἴσως δόξω λέγειν, εἰ Κύρῳ συμβουλεύσω τι εἰπεῖν ὑπὲρ ἡμῶν, ὅταν τὰ ὅπλα λαμβάνωσιν οἱ ἡμῖν μέλλοντες συμμαχεῖσθαι. Ἀλλὰ γιγνώσκω γάρ,

pour attaquer de loin, j'ai craint que, si vous étiez engagés dans une mêlée, étant si peu nombreux, vous ne fussiez accablés par la multitude. Vos soldats sont exercés et robustes : ils auront des armes semblables aux vôtres. C'est à vous maintenant à leur élever le courage; car il ne suffit pas à un officier d'être vaillant de sa personne, s'il ne s'efforce encore de rendre vaillants tous ceux qui sont sous ses ordres.»

XII. Il parla ainsi. Les homotimes parurent fort joyeux de cette proposition, pensant que, par ce moyen, ils seraient mieux secondés dans le combat; et l'un d'eux prit la parole en ces termes :

XIII. « Il semblera peut-être que mes paroles sont étranges, si je conseille à Cyrus de parler lui-même aux soldats à notre place, lorsqu'ils recevront leurs armes. Mais je sais par expérience, que les pa-

ταχθέντες ὅτι προσωτάτω,	ayant été rangés le plus loin,
ἔδεισα μή,	j'ai craint que,
στάντες ὀλίγοι,	vous tenant peu-nombreux,
καὶ ἔρημοι συμμάχων	et dépourvus d'alliés
συμπίπτοντες πολεμίοις πολλοῖς,	tombant-sur des ennemis nombreux,
πάθοιτέ τι.	vous ne souffriez quelque chose.
Νῦν οὖν, ἔφη,	Maintenant donc, dit-il,
ἥκετε ἔχοντες	vous venez ayant
σώματα μὲν ἀνδρῶν	des corps d'hommes
οὐ μεμπτά·	non méprisables;
ὅπλα δὲ ὅμοια	mais des armes semblables
τοῖς ὑμετέροις	aux vôtres
ἔσται αὐτοῖς.	seront à eux.
Θήγειν γε μὴν τὰς ψυχὰς αὐτῶν,	Toutefois piquer les âmes d'eux,
τὸ ὑμέτερον ἔργον.	*est* votre ouvrage.
Ἐστὶ γὰρ	Car il est d'*un homme*
ἄρχοντος,	qui commande,
οὐ μόνον	non seulement
παρέχειν ἑαυτὸν ἀγαθόν,	de présenter lui-même bon,
ἀλλὰ δὴ καὶ	mais assurément aussi
ἐπιμελεῖσθαι	de prendre-soin
τῶν ἀρχομένων,	de ceux qui sont commandés *par lui*,
ὅπως ἔσονται	afin qu'ils soient
ὡς βέλτιστοι.»	les meilleurs que possible.»
XII. Ὁ μὲν εἶπεν οὕτως.	XII. Celui-ci parla ainsi.
Οἱ δὲ πάντες μέν, νομίζοντες	Et tous, croyant
ἀγωνιεῖσθαι	devoir combattre
μετὰ πλειόνων,	avec de plus nombreux,
ἥσθησαν.	furent réjouis.
Εἷς δὲ αὐτῶν ἔλεξε καὶ	Mais l'un d'eux dit aussi
τοιάδε·	des choses telles :
XIII. « Ἀλλά, ἔφη,	XIII. « Mais, dit-il,
δόξω μὲν ἴσως	je paraîtrai peut-être
λέγειν θαυμαστά,	dire des choses étonnantes,
εἰ συμβουλεύσω Κύρῳ	si je conseille à Cyrus
εἰπεῖν τι ὑπὲρ ἡμῶν,	de dire quelque chose pour nous,
ὅταν οἱ μέλλοντες	lorsque ceux qui doivent
συμμαχεῖσθαι ἡμῖν	combattre-avec nous
λαμβάνωσι τὰ ὅπλα.	recevront les armes.
Ἀλλὰ γιγνώσκω γάρ, ἔφη,	Mais je sais en effet, dit-il,

ἔφη, ὅτι οἱ τῶν ἱκανωτάτων καὶ εὖ καὶ κακῶς ποιεῖν λόγοι, οὗτοι καὶ μάλιστα ἐνδύονται ταῖς ψυχαῖς τῶν ἀκουόντων [1]· καὶ δῶρα ἢν διδῶσιν οἱ τοιοῦτοι, κἂν μείω τυγχάνῃ ὄντα ἢ τὰ παρὰ τῶν ὁμοίων, ὅμως μείζονος αὐτὰ τιμῶνται οἱ λαμβάνοντες. Καὶ νῦν, ἔφη, οἱ Πέρσαι παρακληθέντες ὑπὸ Κύρου, πολὺ μᾶλλον ἡσθήσονται, ἢ ὑφ' ἡμῶν παρακαλούμενοι· εἴς τε τοὺς ὁμοτίμους καθιστάμενοι, βεβαιοτέρως σφίσιν ἡγήσονται ἔχειν τοῦτο, ὑπὸ βασιλέως τε παιδὸς καὶ ὑπὸ στρατηγοῦ γιγνόμενον, ἢ εἰ ὑφ' ἡμῶν εἰς τὸ αὐτὸ τοῦτο ἄγοιντο. Ἀπεῖναι μέντοι οὐδὲ τὰ ἡμέτερα [2] χρή· ἀλλὰ παντὶ τρόπῳ δεῖ τῶν ἀνδρῶν θήγειν πάντως τὸ φρόνημα. Ἡμῖν γὰρ ἔσται τοῦτο χρήσιμον, ὅ τι ἂν οὗτοι βελτίονες γένωνται. »

XIV. Οὕτω δὴ ὁ Κῦρος καταθεὶς τὰ ὅπλα εἰς τὸ μέσον, καὶ συγκαλέσας πάντας τοὺς Περσῶν στρατιώτας, ἔλεξε τοιάδε·

XV. « Ἄνδρες Πέρσαι, ὑμεῖς καὶ ἔφυτε ἐν τῇ αὐτῇ ἡμῖν

roles de ceux qui ont la souveraine puissance en main, ont plus d'effet que celles des autres sur l'âme des auditeurs, et que leurs présents sont plus estimés, alors même qu'ils ont moins de valeur que ceux qui sont offerts par un égal. C'est pourquoi, je pense que les soldats prendront plus de goût aux exhortations de Cyrus qu'à celles que nous leur pourrions faire, et comme ils vont être élevés au rang des homotimes, je crois qu'ils se tiendront plus assurés dans la possession de cette dignité, en la recevant du fils de leur roi, et de leur général, que s'ils y parvenaient par notre seule entremise. Cela n'empêchera pas que nous ne fassions encore de notre côté tout ce qui nous sera possible pour les animer. Plus ils seront courageux, plus nous y trouverons d'avantage. »

XIV. Cyrus approuva l'avis, et ayant fait ranger les armes par terre, et assemblé toute l'armée, il parla en ces termes :

XV. « Soldats, vous êtes tous nés et vous avez tous été élevés en

ὅτι οἱ λόγοι	que les discours
τῶν ἱκανωτάτων	des *hommes* les plus capables
ποιεῖν καὶ εὖ καὶ κακῶς,	de traiter et bien et mal,
οὗτοι ἐνδύονται καὶ μάλιστα	ces *discours* se glissent aussi le plus
ταῖς ψυχαῖς τῶν ἀκουόντων·	dans les âmes de ceux qui écoutent ;
καὶ ἢν οἱ τοιοῦτοι	et si les *hommes* tels
διδῶσι δῶρα,	donnent des dons,
καὶ ἐὰν τυγχάνῃ	même s'ils se trouvent
ὄντα μείω	étant moindres
ἢ τὰ παρὰ τῶν ὁμοίων,	que ceux qui *viennent* des égaux,
οἱ λαμβάνοντες	ceux qui *les* reçoivent
τιμῶνται ὅμως αὐτὰ	estiment cependant eux
μείζονος.	d'un *prix* plus grand.
Καὶ νῦν, ἔφη, οἱ Πέρσαι	Et maintenant, dit-il, les Perses
παρακληθέντες ὑπὸ Κύρου,	ayant été excités par Cyrus,
ἡσθήσονται πολὺ μᾶλλον,	seront réjouis beaucoup plus,
ἢ παρακαλούμενοι ὑπὸ ἡμῶν·	que étant excités par nous ;
καθιστάμενοί τε	et étant rangés
εἰς τοὺς ὁμοτίμους,	parmi les homotimes,
ἡγήσονται τοῦτο γιγνόμενον	ils penseront cela arrivant
ὑπό τε παιδὸς βασιλέως	et de la part du fils du roi
καὶ ὑπὸ στρατηγοῦ,	et de la part du général,
ἔχειν βεβαιοτέρως σφίσιν,	être plus sûrement à eux,
ἢ εἰ ἄγοιντο	que s'ils étaient conduits
εἰς τοῦτο τὸ αὐτὸ ὑπὸ ἡμῶν.	à cette même chose par nous.
Οὐδὲ μέντοι χρὴ	Cependant il ne faut pas non plus
τὰ ἡμέτερα ἀπεῖναι·	nos *efforts* manquer ;
ἀλλὰ δεῖ θήγειν πάντως	mais il faut piquer absolument
παντὶ τρόπῳ	de toute manière
τὸ φρόνημα τῶν ἀνδρῶν.	le sentiment des hommes.
Ὅ τι γὰρ οὗτοι	Car en ce que ceux-ci
γένωνται ἂν βελτίονες,	deviendraient meilleurs,
τοῦτο ἔσται χρήσιμον ἡμῖν. »	cela sera utile à nous. »
XIV. Οὕτω δὴ ὁ Κῦρος	XIV. Ainsi donc Cyrus
καταθεὶς τὰ ὅπλα εἰς τὸ μέσον,	ayant déposé les armes au milieu,
καὶ συγκαλέσας	et ayant convoqué
πάντας τοὺς στρατιώτας Περσῶν,	tous les soldats des Perses,
ἔλεξε τοιάδε·	dit des choses telles :
XV. « Ἄνδρες Πέρσαι,	XV. « Hommes Perses,
ὑμεῖς καὶ ἔφυτε καὶ ἐτράφητε	vous êtes nés et avez été nourris

χώρᾳ καὶ ἐτράφητε, καὶ τὰ σώματά τε ἡμῶν οὐδὲν χείρονα ἔχετε, ψυχάς τε οὐδὲν κακίονας ὑμῖν προςήκει ἡμῶν ἔχειν. Τοιοῦτοι δ' ὄντες, ἐν μὲν τῇ πατρίδι οὐ μετείχετε τῶν ἴσων ἡμῖν, οὐχ ὑφ' ἡμῶν ἀπελαθέντες, ἀλλ' ὑπὸ τοῦ τὰ ἐπιτήδεια ἀνάγκην ὑμῖν εἶναι πορίζεσθαι. Νῦν δέ, ὅπως μὲν ταῦτα ἕξετε, ἐμοὶ μελήσει, σὺν τοῖς θεοῖς· ἔξεστι δ' ὑμῖν, εἰ βούλεσθε, λαβόντας, ὅπλα οἷάπερ ἡμεῖς ἔχομεν, εἰς τὸν αὐτὸν ἡμῖν [1] κίνδυνον ἐμβαίνειν· καί, ἄν τι ἐκ τούτων καλὸν κἀγαθὸν γίγνηται, τῶν ὁμοίων ἡμῖν ἀξιοῦσθαι.

XVI. « Τὸν μὲν οὖν πρόσθεν χρόνον, ὑμεῖς τε τοξόται καὶ ἀκοντισταὶ ἦτε, καὶ ἡμεῖς· καὶ εἴ τι χείρους ἡμῶν ταῦτα ποιεῖν ἦτε [2], οὐδὲν θαυμαστόν· οὐ γὰρ ἦν ὑμῖν σχολή, ὥςπερ ἡμῖν,

même pays que nous; vous n'êtes pas moins robustes que nous; vous ne devez pas être moins braves. Vous savez cependant que dans la Perse vous ne jouissiez pas des mêmes prérogatives que nous; non que vous en eussiez été exclus par nous-mêmes, mais parce que vous étiez contraints de travailler pour vivre. Maintenant que j'aurai soin, avec l'aide des dieux, de votre subsistance, vous pouvez, en prenant des armes semblables aux nôtres, courir les mêmes dangers que nous, et, si vous faites des actions remarquables, obtenir les mêmes récompenses.

XVI. « Jusqu'à présent nous ne nous sommes servis, les uns et les autres, que de l'arc et du javelot, et votre adresse était moindre que la nôtre en ces exercices, parce que vous n'aviez pas eu le loisir de vous y

ἐν τῇ αὐτῇ χώρᾳ ἡμῖν,	dans le même pays que nous,
καὶ ἔχετέ τε τὰ σώματα	et vous avez des corps
οὐδὲν χείρονα ἡμῶν,	en rien inférieurs à nous,
προςήκει τε ὑμῖν ἔχειν	et il convient à vous d'avoir
ψυχὰς οὐδὲν κακίονας ἡμῶν.	des âmes en rien pires que nous.
Ὄντες δὲ τοιοῦτοι,	Mais étant tels,
οὐ μετέχετε μὲν	vous ne participez pas
τῶν ἴσων ἡμῖν	aux choses égales avec nous
ἐν τῇ πατρίδι,	dans la patrie,
οὐκ ἀπελαθέντες	non pas ayant été chassés
ὑπὸ ἡμῶν,	par nous,
ἀλλὰ ὑπὸ τοῦ ἀνάγκην εἶναι ὑμῖν	mais par le nécessité être à vous
πορίζεσθαι	de vous procurer
τὰ ἐπιτήδεια.	les choses nécessaires.
Νῦν δὲ	Mais maintenant
μελήσει μὲν ἐμοί,	il sera-soin à moi,
σὺν τοῖς θεοῖς,	avec les dieux,
ὅπως ἕξετε ταῦτα·	afin que vous ayez ces choses ;
εἰ δὲ βούλεσθε,	et si vous voulez,
ἔξεστιν ὑμῖν	il est permis à vous
λαβόντας ὅπλα	ayant pris des armes
οἷάπερ ἡμεῖς ἔχομεν,	telles que nous *en* avons,
ἐμβαίνειν	d'entrer
εἰς τὸν αὐτὸν κίνδυνον ἡμῖν,	dans le même danger que nous,
καὶ ἀξιοῦσθαι	et de mériter
τῶν ὁμοίων ἡμῖν,	les mêmes choses que nous,
ἄν τι	si quelque chose
καλὸν καὶ ἀγαθὸν	de beau et de bon
γίγνηται ἐκ τούτων.	se produit à la suite de ceci.
XVI. « Τὸν μὲν οὖν χρόνον	XVI. « A la vérité pendant le temps
πρόσθεν,	d'auparavant,
ὑμεῖς τε ἦτε τοξόται	et vous vous étiez archers
καὶ ἀκοντισταὶ	et porteurs-de-javelots
καὶ ἡμεῖς·	et nous *aussi*;
καὶ εἰ ἦτε χείρους	et si vous étiez inférieurs
τι ἡμῶν	en quelque chose à nous
ποιεῖν ταῦτα,	pour faire ces choses,
οὐδὲν θαυμαστόν·	rien d'étonnant :
σχολὴ γὰρ οὐκ ἦν ὑμῖν,	car le loisir n'était pas à vous,
ὥςπερ ἡμῖν,	comme à nous,

τούτων ἐπιμελεῖσθαι. Ἐν δὲ τῇδε τῇ ὁπλίσει οὐδὲν ἡμεῖς ὑμῶν προέξομεν. Θώραξ μὲν γὰρ περὶ τὰ στέρνα ἁρμόζων ἑκάστῳ ἔσται· γέῤῥον δὲ ἐν τῇ ἀριστερᾷ, ὃ πάντες εἰθίσμεθα φορεῖν· μάχαιρα δὲ ἢ σάγαρις ἐν τῇ δεξιᾷ, ᾗ δὴ παίειν τοὺς ἐναντίους δεήσει, οὐδὲν φυλαττομένους μή τι παίσαντες ἐξαμάρτωμεν.

XVII. « Τί οὖν ἂν ἐν τούτοις ἕτερος ἑτέρου ἡμῶν διαφέροι, πλὴν τόλμῃ; ἣν οὐδὲν ὑμῖν προσήκει ἧττονα ἡμῶν παρέχεσθαι. Νίκης τε γὰρ ἐπιθυμεῖν, ἣ τὰ καλὰ πάντα καὶ τὰ ἀγαθὰ κτᾶταί τε καὶ σώζει, τί μᾶλλον ἡμῖν ἢ ὑμῖν προσήκει; Κράτους τε, ὃ πάντα τὰ τῶν ἡττόνων τοῖς κρείττοσι δωρεῖται, τί εἰκὸς ἡμᾶς μᾶλλον, ἢ καὶ ὑμᾶς, τούτου δεῖσθαι; »

XVIII. Τέλος εἶπεν· « Ἀκηκόατε πάντα· ὁρᾶτε τὰ ὅπλα· ὁ μὲν χρήζων λαμβανέτω ταῦτα, καὶ ἀπογραφέσθω πρὸς τὸν τα-

adonner comme nous. Mais, quand vous aurez pris ces nouvelles armes, nous n'aurons plus aucun avantage sur vous. Chacun donc peut trouver là une cuirasse pour couvrir sa poitrine, un bouclier pareil à ceux que nous portons au bras gauche, et pour armer sa main droite, un cimeterre ou une hache dont il faudra frapper les ennemis, sans craindre de porter des coups peu sûrs.

XVII. « Après quoi, rien ne pourra plus nous faire distinguer les uns des autres que le seul courage, et vous ne devez pas à l'avenir en montrer moins que nous. Avons-nous plus d'intérêt que vous à souhaiter la victoire, qui donne et maintient à ceux qui les possèdent tous les biens et tous les honneurs? Avons-nous besoin plus que vous de ce triomphe qui fait passer entre les mains du vainqueur les richesses des vaincus? »

XVIII. Il termina par ces mots : « Vous m'avez entendu, vous voyez les armes; que chacun prenne celles qui lui seront nécessaires, et qu'il

ἐπιμελεῖσθαι τούτων.	de vous occuper de ces choses.
Ἡμεῖς δὲ προέξομεν	Mais nous ne serons-supérieurs
οὐδὲν ὑμῶν	en rien à vous
ἐν τῇδε τῇ ὁπλίσει.	dans cet armement-ci.
Θώραξ μὲν γὰρ ἁρμόζων	Car une cuirasse s'adaptant
περὶ τὰ στέρνα	autour de la poitrine
ἔσται ἑκάστῳ· γέρρον δὲ	sera à chacun ; et un bouclier
ἐν τῇ ἀριστερᾷ,	dans la *main* gauche,
ὃ πάντες	*arme* que tous
εἰθίσμεθα φορεῖν·	nous sommes habitués à porter ;
μάχαιρα δὲ ἢ σάγαρις	et une épée ou un glaive
ἐν τῇ δεξιᾷ,	dans la *main* droite,
ᾗ δὴ δεήσει	avec lequel certes il faudra
παίειν τοὺς ἐναντίους,	frapper les ennemis,
φυλαττομένους οὐδέν,	ne prenant-garde en rien,
μὴ παίσαντες	de peur que frappant
ἐξαμάρτωμέν τι.	nous ne manquions.
XVII. « Τί οὖν	XVII. « En quoi donc
ἕτερος διαφέροι ἂν	l'un différerait-il
ἑτέρου ἡμῶν ἐν τούτοις,	de l'autre de nous en ces choses,
πλὴν τόλμῃ; ἣν	excepté par le courage ? lequel
προσήκει οὐδὲν ὑμῖν	il *ne* convient en rien à vous
παρέχεσθαι ἥττονα ἡμῶν.	de fournir inférieur à nous.
Τί τε γὰρ προσήκει	Car et en quoi convient-il
μᾶλλον ἡμῖν ἢ ὑμῖν,	plutôt à nous qu'à vous,
ἐπιθυμεῖν νίκης,	de desirer la victoire,
ἣ κτᾶταί τε καὶ σώζει	laquelle et acquiert et conserve
πάντα τὰ καλὰ	toutes les choses belles
καὶ τὰ ἀγαθά;	et tous les biens ?
Τί τε εἰκὸς	Et en quoi *est-il* vraisemblable
ἡμᾶς δεῖσθαι	nous avoir-besoin
μᾶλλον ἢ καὶ ὑμᾶς τούτου,	plus que aussi vous de ceci,
κράτους, ὃ δωρεῖται	la supériorité, qui donne
πάντα τὰ τῶν ἡττόνων	tous les *biens* des plus faibles
τοῖς κρείττοσιν; »	aux plus forts ? »
XVIII. Εἶπε τέλος·	XVIII. Il dit enfin :
« Ἀκηκόατε πάντα·	« Vous avez entendu tout ;
ὁρᾶτε τὰ ὅπλα·	vous voyez les armes ;
ὁ μὲν χρῄζων λαμβανέτω ταῦτα,	que celui qui veut prenne elles,
καὶ ἀπογραφέσθω	et qu'il se fasse inscrire

ξίαρχον εἰς τὴν ὁμοίαν τάξιν ἡμῖν· ὅτῳ δ' ἀρκεῖ ἐν μισθοφόρου χώρᾳ εἶναι, καταμενέτω ἐν τοῖς ὑπηρετικοῖς ὅπλοις. »

XIX. Ὁ μὲν οὕτως εἶπεν. Ἀκούσαντες δέ, οἱ Πέρσαι ἐνόμισαν, εἰ, παρακαλούμενοι ὥστε, τὰ ὅμοια πονοῦντες, τῶν αὐτῶν τυγχάνειν, μὴ ἐθελήσουσι ταῦτα ποιεῖν, δικαίως ἂν διὰ παντὸς τοῦ αἰῶνος ἀμηχανοῦντες βιοτεύειν. Καὶ οὕτω δὴ ἀπογράφονται πάντες, ἀνέλαβόν τε τὰ ὅπλα πάντες.

XX. Ἐν ᾧ δὲ οἱ πολέμιοι ἐλέγοντο μὲν προσιέναι, παρῆσαν δὲ οὐδέπω, ἐν τούτῳ[1] ἐπειρᾶτο ὁ Κῦρος ἀσκεῖν μὲν τὰ σώματα τῶν μεθ' ἑαυτοῦ πρὸς ἰσχύν, διδάσκειν δὲ τὰ τακτικά, θήγειν[2] δὲ τὰς ψυχὰς εἰς τὰ πολεμικά.

XXI. Καὶ πρῶτον μὲν λαβὼν παρὰ Κυαξάρους ὑπηρέτας, προσέταξεν ἑκάστοις τῶν στρατιωτῶν ἱκανῶς, ὧν ἐδέοντο, πάντα πεποιημένα παρασχεῖν. Τοῦτο δὲ παρασκευάσας, οὐδὲν αὐτοῖς

se fasse écrire sur le rôle de son taxiarque, pour être du même rang que nous. Que si quelqu'un aime mieux demeurer dans sa condition de mercenaire, il le peut, et il lui est permis de conserver les armes qu'il a portées jusqu'à présent. »

XIX. Ainsi parla Cyrus. Les Perses jugèrent aussitôt que s'ils refusaient de partager les mêmes travaux pour obtenir, comme on le leur proposait, les mêmes avantages, ils mériteraient bien d'être misérables toute leur vie. Ils se firent tous enrôler, et prirent les armes qu'on leur présentait.

XX. Cependant, comme les ennemis ne paraissaient pas encore bien qu'on tînt pour assuré qu'ils s'avançaient, Cyrus ne voulut pas consumer ce repos inutilement, et l'employa à exercer ses soldats, tant pour les endurcir au travail, que pour les dresser à tous les mouvements militaires.

XXI. Il leur fit donner par Cyaxare des esclaves pour les servir et leur procurer tout ce dont ils auraient besoin. Il ne leur laissait plus

πρὸς τὸν ταξίαρχον	auprès du taxiarque
εἰς τὴν τάξιν ὁμοίαν ἡμῖν·	dans le rang pareil à nous ;
ὅτῳ δὲ ἀρκεῖ	mais *celui* à qui il suffit
εἶναι ἐν χώρᾳ	d'être dans une place
μισθοφόρου,	de mercenaire,
καταμενέτω	qu'il demeure
ἐν τοῖς ὅπλοις ὑπηρετικοῖς. »	dans les armes serviles. »
XIX. Ὁ μὲν εἶπεν οὕτως·	XIX. Il dit à la vérité ainsi ;
οἱ δὲ Πέρσαι ἀκούσαντες	et les Perses ayant entendu
ἐνόμισαν	pensèrent
βιοτεύειν ἂν δικαίως	devoir vivre justement
ἀμηχανοῦντες	étant-sans-ressources
διὰ παντὸς τοῦ αἰῶνος,	pendant toute leur vie,
εἰ παρακαλούμενοι	si étant invités
ὥςτε τυγχάνειν τῶν αὐτῶν,	à obtenir les mêmes *honneurs*,
πονοῦντες τὰ ὅμοια,	se fatiguant en les mêmes choses,
μὴ ἐθελήσουσι ποιεῖν ταῦτα.	ils ne voulaient pas faire cela.
Καὶ οὕτω δὴ πάντες	Et ainsi donc tous
ἀπογράφονται,	se font inscrire,
πάντες τε ἀνέλαβον τὰ ὅπλα.	et tous prirent les armes.
XX. Ἐν ᾧ δὲ	XX. Mais *dans le temps* dans lequel
οἱ πολέμιοι	les ennemis
ἐλέγοντο μὲν προςιέναι,	étaient dits s'avancer,
παρῆσαν δὲ οὐδέπω,	mais n'étaient pas encore présents,
ἐν τούτῳ ὁ Κῦρος ἐπειρᾶτο	dans ce *temps* Cyrus s'efforçait
ἀσκεῖν μὲν τὰ σώματα	d'exercer les corps
τῶν μετὰ ἑαυτοῦ	de ceux *qui étaient* avec lui
πρὸς ἰσχύν,	vers la force,
διδάσκειν δὲ τὰ τακτικά,	et de *leur* apprendre la tactique,
θήγειν δὲ τὰς ψυχὰς	et d'exciter leurs âmes
εἰς τὰ πολεμικά.	vers les *actions* guerrières.
XXI. Καὶ λαβὼν μὲν πρῶτον	XXI. Et ayant pris d'abord
ὑπηρέτας παρὰ Κυαξάρους,	des serviteurs de Cyaxare,
προςέταξε παρασχεῖν ἱκανῶς	il ordonna de fournir suffisamment
ἑκάστοις τῶν στρατιωτῶν	à chacun des soldats
πάντα πεποιημένα,	toutes les choses faites,
ὧν ἐδέοντο.	dont ils avaient-besoin.
Παρασκευάσας δὲ τοῦτο,	Et ayant disposé cela,
ἐλελοίπει	il *n*'avait laissé
οὐδὲν ἄλλο αὐτοῖς,	aucune autre chose à eux,

ἄλλο ἐλελοίπει, ἢ ἀσκεῖν τὰ ἀμφὶ τὸν πόλεμον· ἐκεῖνο δοκῶν καταμεμαθηκέναι, ὅτι οὗτοι κράτιστοι ἕκαστα γίγνονται, οἳ ἄν, ἀφέμενοι τοῦ πολλοῖς προςέχειν τὸν νοῦν, ἐπὶ ἓν ἔργον τράπωνται. Καὶ αὐτῶν δὲ τῶν πολεμικῶν περιελὼν καὶ τὸ τόξῳ μελετᾷν καὶ ἀκοντίῳ, κατέλιπε τοῦτο μόνον αὐτοῖς, τὸ σὺν μαχαίρᾳ καὶ γέῤῥῳ καὶ θώρακι μάχεσθαι· ὥςτε εὐθὺς αὐτῶν παρεσκεύασε τὰς γνώμας, ὡς ὁμόσε ἰτέον εἴη τοῖς πολεμίοις, ἢ ὁμολογητέον μηδενὸς ἀξίους εἶναι συμμάχους. Τουτὶ δὲ χαλεπὸν ὁμολογῆσαι, οἵτινες ἂν εἰδῶσιν, ὅτι οὐδὲ δι' ἓν ἄλλο τρέφονται, ἢ ὅπως μαχοῦνται ὑπὲρ τῶν τρεφόντων.

XXII. Ἔτι δὲ πρὸς τούτοις ἐννοήσας ὅτι, περὶ ὁπόσων ἂν γένωνται ἀνθρώποις φιλονεικίαι [1], πολὺ μᾶλλον ἐθέλουσι ταῦτα ἀσκεῖν, ἀγῶνας αὐτοῖς προεῖπεν ἁπάντων ὁπόσα ἐγίγνωσκεν

ainsi d'autre soin que celui des choses de la guerre. En effet, et Cyrus ne l'ignorait pas, c'est le moyen de se rendre excellent en une profession, que de s'y appliquer tout entier. Aussi, il leur fit abandonner tout à fait l'arc et le javelot, pour les accoutumer à combattre avec l'épée et le bouclier. Ensuite il leur fit entendre qu'il fallait aller au-devant des ennemis, ou demeurer d'accord qu'ils ne servaient de rien à leurs alliés ; ce qui leur aurait été assez pénible à avouer, puisqu'ils n'ignoraient pas que les Mèdes les nourrissaient uniquement pour être défendus par eux.

XXII. Ayant pris garde aussi que les hommes se plaisent particulièrement aux choses qui donnent de l'émulation, il proposa des luttes pour tous les exercices où il jugea que les soldats devaient exceller.

ἢ ἀσκεῖν τὰ	que d'exercer les choses
ἀμφὶ τὸν πόλεμον ·	concernant la guerre ;
δοκῶν καταμεμαθηκέναι ἐκεῖνο,	paraissant avoir appris cela,
ὅτι οὗτοι	que ceux-ci
γίγνονται κράτιστοι	deviennent excellents
ἕκαστα,	en chaque chose,
οἳ ἄν, ἀφέμενοι	qui, ayant renoncé
τοῦ προσέχειν τὸν νοῦν πολλοῖς,	à appliquer leur esprit à plusieurs,
τράπωνται ἐπὶ ἓν ἔργον.	se tournent vers une seule action.
Καὶ περιελὼν δὲ	Et ayant retranché
τῶν πολεμικῶν αὐτῶν	des choses de-la-guerre elles-mêmes
καὶ τὸ μελετᾶν τόξῳ	aussi le s'exercer avec l'arc
καὶ ἀκοντίῳ,	et le javelot,
κατέλιπε τοῦτο μόνον αὐτοῖς,	il laissa cela seul à eux,
τὸ μάχεσθαι σὺν μαχαίρᾳ	le combattre avec une épée
καὶ γέρρῳ καὶ θώρακι ·	et un bouclier et une cuirasse ;
ὥστε παρεσκεύασεν εὐθὺς	de sorte qu'il disposa aussitôt
τὰς γνώμας αὐτῶν,	les sentiments d'eux,
ὡς εἴη ἰτέον ὁμόσε	qu'il était-obligation-d'aller sus
τοῖς πολεμίοις,	aux ennemis,
ἢ ὁμολογητέον	ou bien obligation-d'avouer
εἶναι συμμάχους ἀξίους μηδενός.	*eux* être des alliés dignes de rien.
Τουτὶ δὲ χαλεπὸν	Mais ceci *est* difficile
ὁμολογῆσαι,	à avouer *pour ceux*,
οἵτινες εἰδῶσιν ἂν	qui savent
ὅτι οὐδὲ τρέφονται	qu'ils ne sont pas nourris
διὰ ἓν ἄλλο	pour une autre chose
ἢ ὅπως μαχοῦνται	que afin qu'ils combattent
ὑπὲρ τῶν τρεφόντων.	pour ceux qui *les* nourrissent.
XXII. Ἐννοήσας δὲ	XXII. Et ayant réfléchi
ἔτι πρὸς τούτοις,	encore outre ces choses,
ὅτι,	que *sur toutes les choses*
περὶ ὁπόσων	au sujet desquelles
φιλονεικίαι	des rivalités
γένωνται ἂν ἀνθρώποις,	se forment parmi les hommes,
ἐθέλουσιν ἀσκεῖν τοῦτο	ils veulent exercer cela
πολὺ μᾶλλον,	beaucoup plutôt,
προεῖπεν αὐτοῖς ἀγῶνας	il proclama à eux des combats
ἁπάντων ὁπόσα ἐγίγνωσκεν	de toutes les choses qu'il pensait
εἶναι ἀγαθὸν ἀσκεῖσθαι	être bon d'être exercées

ἀσκεῖσθαι ἀγαθὸν εἶναι ὑπὸ στρατιωτῶν, καὶ προεῖπε τάδε· ἰδιώτῃ [1] μέν, ἑαυτὸν παρέχειν εὐπειθῆ τοῖς ἄρχουσι, καὶ ἐθελόπονον, καὶ φιλοκίνδυνον μετ' εὐταξίας, καὶ ἐπιστήμονα τῶν στρατιωτικῶν, καὶ φιλόκαλον περὶ ὅπλα, καὶ φιλότιμον ἐπὶ πᾶσι τοῖς τοιούτοις· πεμπαδάρχῳ δ', αὐτὸν ὄντα οἷόν περ τὸν ἀγαθὸν ἰδιώτην, καὶ τὴν πεμπάδα, εἰς τὸ δυνατόν, τοιαύτην παρέχειν· δεκαδάρχῳ δέ, τὴν δεκάδα· ὡςαύτως δὲ λοχαγῷ τὸν λόχον· ὡς δ' αὔτως ταξιάρχῳ· ὡς δ' αὔτως ἑκάστῳ τῶν ἄλλων ἀρχόντων, ἀνεπίκλητον αὐτὸν ὄντα, ἐπιμελεῖσθαι καὶ τῶν ὑφ' αὐτῷ ἀρχόντων, ὅπως ἐκεῖνοι αὖ, ὧν ἂν ἄρχωσι, παρέξουσι τὰ δέοντα ποιοῦντας.

XXIII. Ἆθλα δὲ προὔφηνε, τοῖς μὲν ταξιάρχοις, οἳ κράτιστας δόξαιεν τὰς τάξεις παρασκευάσαι, χιλιάρχους ἔσεσθαι·

Surtout, il recommandait au simple soldat d'obéir aux officiers, d'être laborieux, hardi sans témérité, d'apprendre bien la guerre, d'être soigneux de ses armes, et de se piquer d'accomplir tous ses devoirs; à celui qui avait cinq soldats sous ses ordres, non seulement d'être tel que devait être un brave soldat, mais de faire en sorte que ses cinq soldats lui fussent semblables; il recommandait la même chose à celui qui avait dix soldats sous lui, au commandant de compagnie, au commandant de bataillon, et de même à ceux qui avaient de plus hautes charges; leur enjoignant, qu'après avoir mis ordre qu'il n'y eût rien à reprendre en eux, ils eussent l'œil sur les officiers subalternes, afin que ceux-là prissent le même soin des simples soldats.

XXIII. Il promettait des récompenses à ceux qui feraient le mieux leur devoir : aux commandants de bataillon, le grade de chiliarque;

ὑπὸ στρατιωτῶν,	par des soldats,
καὶ προεῖπε τάδε·	et il proclama ces choses-ci :
ἰδιώτῃ μέν,	à un simple *soldat*,
παρέχειν ἑαυτὸν	de montrer lui-même
εὐπειθῆ τοῖς ἄρχουσι,	obéissant à ceux qui commandent,
καὶ ἐθελόπονον,	et ami-du-travail,
καὶ φιλοκίνδυνον μετὰ εὐταξίας,	et ami-du-danger avec bon-ordre,
καὶ ἐπιστήμονα	et savant
τῶν στρατιωτικῶν,	dans les choses du-soldat,
καὶ φιλόκαλον	et ami-du-beau
περὶ ὅπλα,	concernant les armes,
καὶ φιλότιμον	et ami-de-l'honneur
ἐπὶ πᾶσι τοῖς τοιούτοις·	dans toutes les choses telles ;
πεμπαδάρχῳ δέ,	et au commandant-de-cinq-hommes
αὐτὸν ὄντα	lui-même étant
οἷόν περ τὸν ἀγαθὸν ἰδιώτην,	tel que le bon simple *soldat*,
καὶ παρέχειν	aussi fournir
τὴν πεμπάδα	la compagnie-de-cinq-hommes,
τοιαύτην, εἰς τὸ δυνατόν·	telle, jusqu'au possible ;
δεκαδάρχῳ δέ,	et au commandant-de-dix-hommes,
τὴν δεκάδα·	*de fournir ainsi* la décade ;
ὡσαύτως δὲ λοχαγῷ	et pareillement au capitaine
τὸν λόχον·	la compagnie ;
ὡς δὲ αὔτως τῷ ταξιάρχῳ·	et pareillement au taxiarque ;
ὡς δὲ αὔτως ἑκάστῳ	et pareillement à chacun
τῶν ἄλλων ἀρχόντων,	des autres commandants,
αὐτὸν ὄντα ἀνεπίκλητον	lui-même étant irrépréhensible
ἐπιμελεῖσθαι καὶ	prendre-soin aussi
τῶν ἀρχόντων ὑπὸ αὐτῷ,	de ceux qui commandent sous lui,
ὅπως ἐκεῖνοι	afin que ceux-ci
παρέξουσιν αὖ	présentent à leur tour
ποιοῦντας τὰ δέοντα	faisant les choses nécessaires
ὧν ἂν ἄρχωσιν.	*ceux* qu'ils commandent.
XXIII. Προὔφηνε δὲ	XXIII. Et il montrait-d'avance
ἆθλα,	pour prix,
τοῖς μὲν ταξιάρχοις,	aux taxiarques,
οἳ δόξαιεν παρασκευάσαι	qui paraîtraient avoir disposé
τὰς τάξεις κρατίστας,	leurs bataillons les meilleurs,
ἔσεσθαι χιλιάρχους·	devoir être des chiliarques ; [gnie,
τῶν δὲ λοχαγῶν,	et parmi les commandants-de-compa-

τῶν δὲ λοχαγῶν, οἱ κρατίστους δόξαιεν τοὺς λόχους ἀποδεικνύναι, εἰς τὰς τῶν ταξιάρχων χώρας ἐπαναβήσεσθαι· τῶν δ' αὖ δεκαδάρχων τοὺς κρατίστους, εἰς τὰς τῶν λοχαγῶν χώρας καταστήσεσθαι· τῶν δ' αὖ πεμπαδάρχων, ὡςαύτως εἰς τὰς τῶν δεκαδάρχων· τῶν γε μὴν ἰδιωτῶν τοὺς κρατιστεύοντας, εἰς τὰς τῶν πεμπαδάρχων. Ὑπῆρχε δὲ πᾶσι τούτοις τοῖς ἄρχουσι, πρῶτον μὲν θεραπεύεσθαι ὑπὸ τῶν ἀρχομένων· ἔπειτα δὲ καὶ ἄλλαι τιμαί, αἵ πρέπουσαι ἑκάστοις, συμπαρείποντο. Ἐπανέτεινε δὲ καὶ μείζονας ἐλπίδας τοῖς ἀξίοις ἐπαίνου, εἴ τι ἐν τῷ ἐπιόντι χρόνῳ ἀγαθὸν μεῖζον φαίνοιτο.

XXIV. Προεῖπε δὲ νικητήρια καὶ ὅλαις ταῖς τάξεσι, καὶ ὅλοις τοῖς λόχοις, καὶ ταῖς δεκάσιν ὡςαύτως, καὶ ταῖς πεμπάσιν, ἐὰν φαίνωνται εὐπιστόταται τοῖς ἄρχουσιν οὖσαι καὶ προ-

aux commandants de compagnie, le commandement d'un bataillon; aux officiers qui commandaient dix hommes, le grade de commandants de compagnie; à ceux qui en commandaient cinq, le commandement de dix; et aux soldats qui se distingueraient le plus, le commandement de cinq hommes. Il entretenait ainsi le respect et l'obéissance des inférieurs envers leurs chefs; au reste, les récompenses étaient fidèlement données selon le mérite; et quand il trouvait quelque personne digne d'une estime particulière, il ne manquait pas de lui faire espérer un plus grand avancement, lorsque l'occasion s'en présenterait.

XXIV. Il proposait pareillement des récompenses aux compagnies et aux bataillons entiers, de même qu'aux divisions inférieures, quand elles avaient fait paraître leur obéissance envers leurs of-

οἳ δόξαιεν ἀποδεικνύναι	ceux qui paraîtraient faire-voir
τοὺς λόχους κρατίστους,	leurs compagnies les meilleures,
ἐπαναβήσεσθαι	devoir monter
εἰς τὰς χώρας τῶν ταξιάρχων·	dans les rangs des taxiarques ;
τοὺς δὲ αὖ κρατίστους	et encore les meilleurs
τῶν δεκαδάρχων	des commandants-de-décade
καταστήσεσθαι εἰς τὰς χώρας	devoir s'établir dans les rangs
τῶν λοχαγῶν·	des commandants-de-compagnie ;
αὖ δὲ	et encore *les meilleurs*
τῶν πεμπαδάρχων	des commandants-de-cinq-hommes
ὡςαύτως	*devoir s'établir* pareillement
εἰς τὰς	dans les *rangs*
τῶν δεκαδάρχων·	des commandants-de-décade ;
τούς γε μὴν κρατιστεύοντας	enfin ceux qui étaient-les-meilleurs
τῶν ἰδιωτῶν	parmi les simples *soldats*
εἰς τὰς	*devoir passer* dans les *rangs*
τῶν πεμπαδάρχων.	des commandants-de-cinq-hommes.
Ὑπῆρχε δὲ	Et il arrivait
πᾶσι τούτοις τοῖς ἄρχουσι,	à tous ces commandants,
πρῶτον μὲν θεραπεύεσθαι	d'abord d'être courtisés
ὑπὸ τῶν ἀρχομένων·	par ceux qui étaient commandés ;
ἔπειτα δὲ καὶ ἄλλαι τιμαί,	ensuite aussi d'autres honneurs,
αἱ πρέπουσαι ἑκάστοις,	ceux convenant à chacun,
συμπαρείποντο.	suivaient-avec *cela.*
Ἐπανέτεινε δὲ καὶ	Et il présentait aussi
μείζονας ἐλπίδας	de plus grandes espérances
τοῖς ἀξίοις ἐπαίνου,	à ceux dignes de louange,
εἴ τι ἀγαθὸν μεῖζον	si quelque bien plus grand
φαίνοιτο ἐν τῷ χρόνῳ ἐπιόντι.	paraissait dans le temps survenant.
XXIV. Προεῖπε δὲ	XXIV. Et il promit
νικητήρια	des prix-de-victoire
καὶ ταῖς τάξεσιν ὅλαις,	aussi aux bataillons entiers,
καὶ τοῖς λόχοις ὅλοις,	et aux compagnies entières,
καὶ ταῖς δεκάσιν ὡςαύτως,	et aux décades pareillement,
καὶ ταῖς πεμπάσιν,	et aux compagnies-de-cinq-hommes,
ἐὰν φαίνωνται	si elles se montraient
οὖσαι εὐπιστότατοι	étant très obéissantes
τοῖς ἄρχουσι,	aux commandants,
καὶ ἀσκοῦσαι	et exerçant
προθυμότατα	avec-un-très-grand-zèle

θυμότατα ἀσκοῦσαι τὰ προειρημένα. Ἦν δὲ ταύταις τὰ νικητήρια οἷα δὴ εἰς πλῆθος πρέπει. Ταῦτα μὲν δὴ προείρητό τε καὶ ἤσκητο ὑπὸ τῆς στρατιᾶς.

XXV. Σκηνὰς δὲ αὐτοῖς κατεσκεύασε, πλῆθος μὲν ὅσοι ταξίαρχοι ἦσαν, μέγεθος δὲ ὥστε ἱκανὰς εἶναι τῇ τάξει ἑκάστῃ· ἡ δὲ τάξις ἦν ἑκατὸν ἄνδρες. Ἐσκήνουν μὲν δὴ οὕτω κατὰ τάξεις. Ἐν δὲ τῷ ὁμοσκηνοῦν ἐδόκουν μὲν αὐτῷ ὠφελεῖσθαι πρὸς τὸν μέλλοντα ἀγῶνα τοῦτο, ὅτι ἑώρων ἀλλήλους ὁμοίως τρεφομένους, καὶ οὐκ ἐνῆν πρόφασις μειονεξίας, ὥστε ὑφίεσθαί τέ τινα, κακίω τε ἕτερον ἑτέρου εἶναι πρὸς τοὺς πολεμίους· ὠφελεῖσθαι δὲ ἐδόκουν αὐτῷ καὶ πρὸς τὸ γιγνώσκεσθαι ἀλλήλοις ὁμοσκηνοῦντες· ἐν γὰρ τῷ γιγνώσκεσθαι καὶ τὸ αἰσχύνεσθαι πᾶσι δοκεῖ μᾶλλον

ficiers, ou leur affection pour la discipline qu'il avait établie. Ces récompenses étaient telles qu'il les fallait pour une multitude. Tels étaient ses ordres, tels étaient les exercices de l'armée.

XXV. Il fit faire aussi des tentes pour son armée, suivant le nombre de ses taxiarques; et chacune de grandeur suffisante pour y loger un bataillon entier, lequel était de cent hommes. Et ainsi, toutes ses troupes étaient logées par bataillon. Il lui semblait que cette communauté d'habitation leur serait utile pour les combats à venir : car, chacun voyant que ses camarades n'étaient pas mieux traités que lui, personne n'avait aucun sujet de se plaindre, ni de se comporter plus lâchement devant les ennemis. D'ailleurs, cela les faisait connaître les uns aux autres, ce qui n'est pas aussi sans utilité : les hommes sont naturellement plus honteux de mal faire en présence de ceux qui

τὰ προειρημένα.	les choses dites-précédemment.
Τὰ δὲ νικητήρια	Et les prix-de-victoire
ἦν ταύταις	étaient à celles-ci
οἷα δὴ πρέπει	*tels* que certes il convient
εἰς πλῆθος.	pour une multitude.
Ταῦτα μὲν δὴ	Ces choses donc
προείρητό τε	et avaient été annoncées
καὶ ἤσκητο ὑπὸ τῆς στρατιᾶς.	et avaient été exercées par l'armée.
XXV. Παρεσκεύασε δέ	XXV. Et il prépara
σκηνὰς αὐτοῖς,	des tentes à eux,
πλῆθος μὲν	en nombre
ὅσοι ἦσαν ταξίαρχοι,	autant qu'il y avait de taxiarques,
μέγεθος δὲ	et en grandeur
ὥςτε εἶναι ἱκανὰς	de manière à être suffisantes
ἑκάστῃ τῇ τάξει·	pour chaque bataillon;
ἡ δὲ τάξις	et le bataillon
ἦν ἑκατὸν ἄνδρες.	était cent hommes.
Ἐσκήνουν μὲν δὴ οὕτω	Et ils campaient donc ainsi
κατὰ τάξεις.	par bataillons.
Ἐδόκουν δὲ αὐτῷ	Et ils paraissaient à lui
ὠφελεῖσθαι μὲν τοῦτο	être avantagés en ceci
πρὸς τὸν μέλλοντα ἀγῶνα	pour le futur combat
ἐν τῷ ὁμοσκηνοῦν,	par le camper-ensemble,
ὅτι ἑώρων	qu'ils *se* voyaient
ἀλλήλους	les uns les autres
τρεφομένους ὁμοίως,	étant nourris semblablement,
καὶ πρόφασις μειονεξίας	et qu'un prétexte d'infériorité
οὐκ ἐνῆν,	n'était pas,
ὥςτε τινά τε ὑφίεσθαι,	de sorte que et quelqu'un se relâcher,
ἕτερόν τε εἶναι κακίω	et un autre être plus mauvais
ἑτέρου	qu'un autre
πρὸς τοὺς πολεμίους·	contre les ennemis;
ὁμοσκηνοῦντες δὲ	mais campant-ensemble
ἐδόκουν αὐτῷ ὠφελεῖσθαι	ils paraissaient à lui être avantagés
καὶ πρὸς τὸ	aussi pour le
γιγνώσκεσθαι ἀλλήλοις·	être connus les uns aux autres :
καὶ γὰρ τὸ αἰσχύνεσθαι	et en effet le avoir-honte
δοκεῖ ἐγγίγνεσθαι μᾶλλον	paraît se produire plutôt
πᾶσιν	chez tous
ἐν τῷ γιγνώσκεσθαι·	dans le se connaître;

ἐγγίγνεσθαι· οἱ δὲ ἀγνοούμενοι, ῥᾳδιουργεῖν πως μᾶλλον δοκοῦσιν, ὥςπερ οἱ ἐν σκότει ὄντες.

XXVI. Ἐδόκουν δὲ αὐτῷ καὶ εἰς τὸ τὰς τάξεις ἀκριβοῦν μέγα ὠφελεῖσθαι διὰ τὴν ὁμοσκηνίαν. Εἶχον γὰρ οἱ μὲν ταξίαρχοι τὰς ὑφ' ἑαυτοῖς τάξεις κεκοσμημένας, ὥςπερ ὁπότε εἰς ἕνα πορεύοιτο ἡ τάξις· οἱ δὲ λοχαγοί, τοὺς λόχους· ὡςαύτως οἱ δεκάδαρχοι, τὰς δεκάδας· καὶ οἱ πεμπάδαρχοι, τὰς πεμπάδας.

XXVII. Τὸ δὲ ἀκριβοῦν τὰς τάξεις σφόδρα ἐδόκει αὐτῷ ἀγαθὸν εἶναι, καὶ εἰς τὸ μὴ ταράττεσθαι, καὶ εἰς τό, εἰ ταραχθεῖεν, θᾶττον καταστῆναι· ὥςπερ γε καὶ λίθων καὶ ξύλων ἃ ἂν δέῃ συναρμοσθῆναι, ἔστι, κἂν ὁπωςοῦν καταβεβλημένα τύχῃ, συναρμόσαι [1] ταῦτα εὐπετῶς, ἢν ἔχῃ γνωρίσματα, ὥςτε εὔδηλον εἶναι ἐξ ὁποίας χώρας ἕκαστον αὐτῶν ἐστιν.

XXVIII. Ἐδόκουν δὲ ὠφελεῖσθαι αὐτῷ ὁμοῦ τρεφόμενοι καὶ

les connaissent, tandis qu'avec des personnes inconnues, comme dans l'obscurité, ils se permettent plus aisément ce qui leur est défendu.

XXVI. Cela les accoutumait à connaître leurs bataillons; car toutes les nuits chaque commandant avait le sien auprès de lui, comme s'il eût marché en corps par la campagne; les autres officiers voyaient de même les soldats qui dépendaient d'eux.

XXVII. Or, il n'est pas de peu d'importance de connaître parfaitement ses gens, pour éviter la confusion dans les combats, et pour se pouvoir rallier plus aisément dans un désordre; de même qu'il n'est pas fort difficile de ranger et d'assembler toutes les pierres ou toutes les pièces de bois d'un bâtiment, quelque brouillées qu'elles soient, quand elles ont des marques pour montrer la place où chacune doit être mise.

XXVIII. Il trouvait encore un autre avantage à faire manger en-

οἱ δὲ ἀγνοούμενοι,	mais ceux qui ne se connaissent pas,
δοκοῦσι	semblent
ῥᾳδιουργεῖν	être-prompts-à-commettre-le-mal
μᾶλλόν πως,	davantage en quelque sorte,
ὥςπερ οἱ ὄντες	comme ceux qui sont
ἐν σκότει.	dans l'obscurité.
XXVI. Ἐδόκουν δὲ αὐτῷ	XXVI. Et ils paraissaient à lui
ὠφελεῖσθαι μέγα	être servis grandement
διὰ	au moyen
τὴν ὁμοσκηνίαν	de la communauté-des-tentes
καὶ εἰς τὸ ἀκριβοῦν	aussi pour le connaître-exactement
τὰς τάξεις.	les bataillons.
Οἱ μὲν γὰρ ταξίαρχοι εἶχον	Car les taxiarques avaient
τὰς τάξεις ὑπὸ ἑαυτοῖς	les bataillons sous eux
κεκοσμημένας,	rangés-en-ordre,
ὥςπερ ὁπόταν ἡ τάξις	comme lorsque le bataillon
πορεύοιτο εἰς ἕνα·	marchait en un *corps ;*
οἱ δὲ λοχαγοὶ τοὺς λόχους·	et les capitaines les compagnies ;
οἱ δὲ δεκάδαρχοι	et les commandants-de-dix hommes,
ὡςαύτως τὰς δεκάδας·	pareillement les décades ;
καὶ οἱ πεμπάδαρχοι	et les commandants-de-cinq-hommes
τὰς πεμπάδας.	les compagnies-de-cinq.
XXVII. Τὸ δὲ ἀκριβοῦν	**XXVII.** Et le connaître-exactement
τὰς τάξεις	les bataillons
ἐδόκει αὐτῷ εἶναι σφόδρα ἀγαθόν,	paraissait à lui être fort bon,
καὶ εἰς τὸ μὴ ταράττεσθαι,	et pour le ne pas se troubler,
καὶ εἰς τὸ καταστῆναι θᾶττον,	et pour le se réunir plus vite,
εἰ ταραχθεῖεν·	s'ils étaient troublés ;
ὥςπερ γε ἔστι	comme certes il est *possible*
συναρμόσαι εὐπετῶς ταῦτα	d'arranger facilement celles
καὶ λίθων καὶ ξύλων	et des pierres et des pièces-de-bois
ἃ δέῃ ἂν συναρμοσθῆναι,	qu'il faudrait être arrangées,
καὶ ἐὰν τύχῃ	même si elles se trouvent
καταβεβλημένα ὁπωςοῦν,	jetées d'une façon quelconque,
ἣν ἔχῃ γνωρίσματα,	si elles ont des signes,
ὥςτε εἶναι εὔδηλον	de manière que être bien-évident
ἐξ ὁποίας χώρας	de quelle place
ἕκαστον αὐτῶν ἐστι.	chacune d'elles est.
XXVIII. Τρεφόμενοι δὲ ὁμοῦ	**XXVIII.** Et étant nourris ensemble
ἐδόκουν αὐτῷ ὠφελεῖσθαι	ils paraissaient à lui être servis

πρὸς τὸ ἧττον ἀλλήλους ἂν ἐθέλειν ἀπολείπειν· ὅτι ἑώρα καὶ τὰ θηρία, τὰ συντρεφόμενα δεινὸν ἔχοντα πόθον, ἤν τις αὐτὰ διασπᾷ ἀπ' ἀλλήλων.

XXIX. Ἐπεμέλετο δὲ καὶ τοῦδε ὁ Κῦρος, ὅπως μήποτε ἀνίδρωτοι γενόμενοι ἐπὶ τὸ ἄριστον καὶ τὸ δεῖπνον εἰςίοιεν. Ἢ γὰρ ἐπὶ θήραν αὐτοὺς ἐξάγων, ἱδρῶτα αὐτοῖς παρεῖχεν, ἢ παιδιὰς [1] τοιαύτας ἐξεύρισκεν, αἳ ἱδρῶτα ἤμελλον παρασχήσειν, ἢ καὶ πρᾶξαι εἴ τι δεόμενος τύχοι, οὕτως ἐξηγεῖτο τῆς πράξεως, ὡς μὴ ἐπανίοιεν ἀνιδρωτί. Τοῦτο γὰρ ἡγεῖτο καὶ πρὸς τὸ ἡδέως ἐσθίειν ἀγαθὸν εἶναι, καὶ πρὸς τὸ ὑγιαίνειν, καὶ πρὸς τὸ δύνασθαί τι πονεῖν. Καὶ πρὸς τὸ ἀλλήλοις δὲ πραοτέρους εἶναι, ἀγαθὸν ἡγεῖτο τοὺς πόνους εἶναι, ὅτι καὶ οἱ ἵπποι συμπονοῦντες ἀλλήλοις, πραότεροι συνεστήκασι. Πρός γε μὴν τοὺς πολεμίους μεγαλοφρονέστεροι γίγνονται, οἳ ἂν ξυνειδῶσιν ἑαυτοῖς εὖ ἠσκηκότες.

semble les soldats; car il croyait que dans le besoin ils s'abandonneraient moins aisément, vu que les bêtes même paraissent fâchées quand on les sépare de celles avec qui elles ont été nourries.

XXIX. Il observait encore de ne leur faire jamais prendre leur repas qu'après avoir fait quelque exercice jusqu'à la sueur. Il les menait à la chasse, ou les engageait dans quelque jeu ou dans quelque travail qu'il partageait lui-même, et dont tout le monde se retirait baigné de sueur. Par ce moyen, il croyait qu'ils mangeaient avec plus d'appétit, qu'ils se portaient mieux, et qu'ils devenaient plus robustes. Il croyait encore que le travail les rendait plus souples et plus sociables; se fondant sur l'exemple des chevaux, qui sont moins hargneux quand ils sont accoutumés à travailler ensemble. Enfin, il disait que les soldats ont plus de cœur contre les ennemis lorsqu'ils se sentent bien exercés

καὶ πρὸς τὸ ἐθέλειν ἂν
ἀπολείπειν ἧττον
ἀλλήλους·
ὅτι ἑώρα καὶ τὰ θηρία,
τὰ συντρεφόμενα,
ἔχοντα δεινὸν πόθον,
ἤν τις διασπᾷ αὐτὰ
ἀπὸ ἀλλήλων.
XXIX. Ὁ δὲ Κῦρος
ἐπεμέλετο καὶ τοῦδε,
ὅπως γενόμενοι ἀνίδρωτοι
μήποτε εἰσίοιεν
ἐπὶ τὸ ἄριστον καὶ τὸ δεῖπνον.
Ἢ γὰρ ἐξάγων αὐτοὺς
ἐπὶ θήραν,
παρεῖχεν ἱδρῶτα αὐτοῖς,
ἢ ἐξεύρισκε παιδιὰς τοιαύτας,
αἳ ἤμελλον παρασχήσειν ἱδρῶτα,
ἢ καὶ εἰ τύχοι
δεόμενος
πρᾶξαί τι,
ἐξηγεῖτο οὕτω τῆς πράξεως
ὡς μὴ ἐπανίοιεν
ἀνιδρωτί.
Ἡγεῖτο γὰρ τοῦτο εἶναι ἀγαθὸν
καὶ πρὸς τὸ ἐσθίειν ἡδέως,
καὶ πρὸς τὸ ὑγιαίνειν,
καὶ πρὸς τὸ δύνασθαι
πονεῖν τι.
Ἡγεῖτο δὲ τοὺς πόνους
εἶναι ἀγαθὸν
καὶ πρὸς τὸ εἶναι
πραοτέρους ἀλλήλοις
ὅτι καὶ οἱ ἵπποι,
συμπονοῦντες ἀλλήλοις,
συνεστήκασι πραότεροι.
Οἵ γε μὴν ξυνειδῶσιν ἑαυτοῖς
ἠσκηκότες εὖ,
γίγνονται μεγαλοφρονέστεροι
πρὸς τοὺς πολεμίους.

aussi pour le vouloir
s'abandonner moins
les uns les autres;
parce qu'il voyait aussi les bêtes,
celles qui sont nourries-ensemble,
ayant un violent regret,
si quelqu'un sépare elles
les unes des autres.
XXIX. Et Cyrus
prenait-soin encore de ceci,
que étant sans-sueur
jamais ils n'entrassent
pour le dîner et le souper.
Car ou faisant-sortir eux
pour une chasse,
il causait de la sueur à eux,
ou il trouvait des jeux tels,
qui devaient causer de la sueur,
ou encore s'il se trouvait
ayant-besoin
de faire quelque chose,
il conduisait tellement l'action,
qu'ils ne revinssent pas
sans-sueur.
Car il pensait cela être bon
et pour le manger avec plaisir,
et pour le être-en-bonne-santé,
et pour le pouvoir
se fatiguer en quelque chose.
Et il pensait les fatigues
être une chose bonne
aussi pour le être
plus doux les uns pour les autres,
parce que aussi les chevaux,
travaillant les uns avec les autres,
deviennent plus doux.
De plus ceux qui savent-avec eux-mê-
s'étant exercés bien, [mes
deviennent plus élevés-de-cœur
contre les ennemis.

XXX. Κῦρος δὲ αὑτῷ σκηνὴν μὲν κατεσκευάσατο, ὡς ἱκανὴ εἴη ἔχειν, οὓς καλοίη[1] ἐπὶ τὸ δεῖπνον. Ἐκάλει δέ, ὡς τὰ πολλά, τῶν ταξιάρχων, οὓς καιρὸς αὐτῷ δοκοίη εἶναι· ἔστι δ' ὅτε καὶ τῶν λοχαγῶν καὶ τῶν δεκαδάρχων τινὰς καὶ τῶν πεμπαδάρχων ἐκάλει· ἔστι δ' ὅτε καὶ τῶν στρατιωτῶν· ἔστι δ' ὅτε καὶ τὴν πεμπάδα ὅλην, καὶ δεκάδα ὅλην, καὶ λόχον ὅλον, καὶ τάξιν ὅλην. Ἐκάλει δὲ καὶ ἐτίμα, ὅτε τινὰς ἴδοι τοιοῦτό τι ποιήσαντας, ὃ πάντας ἐβούλετο ποιεῖν. Ἦν δὲ τὰ μὲν παρατιθέμενα ἀεὶ ἴσα αὑτῷ τε καὶ τοῖς καλουμένοις ἐπὶ τὸ δεῖπνον.

XXXI. Καὶ τοὺς ἀμφὶ τὸ στράτευμα δὲ ὑπηρέτας ἰσομοίρους ἀεὶ πάντων ἐποίει· οὐδὲν γὰρ ἧττον τιμᾶν ἄξιον ἐδόκει αὐτῷ

XXX. Il fit faire aussi pour lui une tente fort grande et fort spacieuse, afin d'y recevoir ceux qu'il invitait à souper. Car, selon qu'il le jugeait à propos, il mandait quelquefois des commandants de bataillon ou de compagnie, et d'autres moindres officiers encore, quelquefois de simples soldats. Parfois il invitait, ou une compagnie, ou toute autre division. Il honorait de cette marque de bienveillance ceux qui avaient fait les choses qu'il eût voulu que tous les autres fissent. Chacun était servi à sa table comme lui.

XXXI. Il traitait avec la même égalité ceux qui suivaient le camp pour le service des combattants, et disait qu'on ne devait pas moins

XXX. Κῦρος δὲ κατεσκευάσατο	XXX. Et Cyrus disposa
σκήνην μὲν αὐτῷ,	une tente pour lui-même,
ὡς εἴη ἱκανὴ	afin qu'elle fût suffisante
ἔχειν	pour contenir
οὓς καλοίη ἐπὶ τὸ δεῖπνον.	*ceux* qu'il invitait au souper.
Ἐκάλει δέ,	Et il appelait,
ὡς τὰ πολλά,	pour la plupart *du temps*,
τῶν ταξιάρχων	parmi les taxiarques
οὓς καιρὸς δοκοίη	*ceux* que l'occasion paraissait
εἶναι αὐτῷ·	être à lui *d'inviter;*
ἔστι δὲ	et il est *des moments*
ὅτε ἐκάλει τινὰς	lorsqu'il invitait quelques uns
καὶ τῶν λοχαγῶν,	et des capitaines,
καὶ τῶν δεκαδάρχων,	et des commandants-de-dix-hommes,
καὶ τῶν πεμπαδάρχων·	et des commandants-de-cinq-hommes;
ἔστι δὲ	et il est *des moments*
ὅτε καὶ	lorsque (où) *il invitait* aussi
τῶν στρατιωτῶν·	*quelques uns* des soldats ;
ἔστι δὲ	et il est *des moments*
ὅτε καὶ	lorsque (où) *il invitait* aussi
τὴν πεμπάδα	la compagnie-de-cinq-hommes
ὅλην,	entière,
καὶ δεκάδα ὅλην,	et une décade entière,
καὶ λόχον ὅλον,	et une compagnie entière,
καὶ τάξιν ὅλην.	et un bataillon entier.
Ἐκάλει δὲ καὶ ἐτίμα,	Et il invitait et honorait,
ὅτε ἴδοι τινὰς	lorsqu'il voyait quelques uns
ποιήσαντάς τι τοιοῦτο,	ayant fait quelque chose de tel,
ὃ ἐβούλετο πάντας ποιεῖν.	qu'il voulait tous faire.
Τὰ δὲ μὲν παρατιθέμενα	Et les *plats* servis
ἦν ἀεὶ ἴσα αὐτῷ τε	étaient toujours pareils et pour lui
καὶ τοῖς καλουμένοις	et pour ceux invités
ἐπὶ τὸ δεῖπνον.	au souper.
XXXI. Ἐποίει δὲ καὶ ἀεὶ	XXXI. Et il faisait aussi toujours
τοὺς ὑπηρέτας ἀμφὶ τὸ στράτευμα	les valets autour de l'armée
ἰσομοίρους πάντων·	ayant-égale-part de tout ;
ἐδόκει γὰρ αὐτῷ εἶναι ἄξιον	car il semblait à lui être digne
τιμᾷν οὐδὲν ἧττον	de *n*'honorer en rien moins
τοὺς ὑπηρέτας	les valets
ἀμφὶ τὰ στρατιωτικά,	autour des *services* militaires,

εἶναι τοὺς ἀμφὶ τὰ στρατιωτικὰ ὑπηρέτας, οὔτε κηρύκων οὔτε πρέσβεων· καὶ γὰρ πιστοὺς ἡγεῖτο δεῖν εἶναι τούτους, καὶ ἐπιστήμονας τῶν στρατιωτικῶν, καὶ συνετούς, προςέτι δὲ καὶ σφοδρούς, καὶ ταχεῖς, καὶ ἀόκνους, καὶ ἀταράκτους. Πρὸς δὲ τούτοις, καὶ ὅσα οἱ βέλτιστοι νομιζόμενοι ἔχουσιν, ἐγίγνωσκεν ὁ Κῦρος δεῖν τοὺς ὑπηρέτας ἔχειν, καὶ τοῦτο ἀσκεῖν, ὡς μηδὲν ἀναίνοιντο ἔργον, ἀλλὰ πάντα νομίζοιεν πρέπειν αὐτοῖς πράττειν, ὅσα ἂν ὁ ἄρχων προςτάττοι.

ΚΕΦΑΛΑΙΟΝ Β′.

I. Ἀεὶ μὲν οὖν ἐπεμέλετο ὁ Κῦρος, ὁπότε συσκηνοῖεν, ὅπως εὐχαριστότατοί τε ἅμα λόγοι ἐμβληθήσονται καὶ παρορμῶντες εἰς τἀγαθόν. Ἀφίκετο δ' οὖν καὶ εἰς τόνδε ποτὲ τὸν λόγον· « Ἆρά γε, ἔφη, ὦ ἄνδρες, ἐνδεέστεροί τι ἡμῶν διὰ τοῦτο φαίνονται εἶναι οἱ ἕτεροι, ὅτι οὐ πεπαίδευνται τὸν αὐτὸν τρόπον ἡμῖν; ἢ

les considérer que des hérauts et des ambassadeurs. Il disait en effet, que de telles gens doivent être fidèles, doivent entendre la guerre, doivent être prudents, actifs, prompts, diligents, amis de l'ordre; en un mot, avoir toutes les autres qualités nécessaires à un bon soldat, afin de ne se rebuter d'aucune commission, mais de trouver bon tout ce qui leur serait commandé.

CHAPITRE II.

I. Surtout, Cyrus avait soin, quand il donnait à manger, qu'on s'entretînt de sujets agréables et utiles tout ensemble. Un jour, il lui arriva de proposer cette question à la compagnie : « Trouvez-vous, dit-il, que ce soit un désavantage aux autres Perses, de n'avoir pas été élevés durant leur jeunesse avec autant de soin que nous? croyez-

οὔτε κηρύκων,	que ni les hérauts,
οὔτε πρέσβεων·	ni les ambassadeurs ;
καὶ γὰρ ἡγεῖτο δεῖν	et en effet il pensait falloir
τούτους εἶναι πιστούς,	ceux-ci être fidèles,
καὶ ἐπιστήμονας	et savants
τῶν στρατιωτικῶν,	dans les choses de-la-guerre,
καὶ συνετούς,	et prudents,
προσέτι δὲ καὶ σφοδρούς,	et en outre aussi forts,
καὶ ταχεῖς, καὶ ἀόκνους,	et prompts, et sans-hésitation,
καὶ ἀταράκτους.	et exempts-de-désordre.
Ὁ δὲ Κῦρος ἐγίγνωσκε	Et Cyrus pensait
πρὸς τούτοις,	pour ces choses,
δεῖν τοὺς ὑπηρέτας ἔχειν	falloir les valets avoir
ὅσα	tout ce que
οἱ νομιζόμενοι βέλτιστοι	ceux regardés les meilleurs
ἔχουσι, καὶ ἀσκεῖν τοῦτο,	ont, et s'exercer à ceci,
ὡς ἀναίνοιντο	qu'ils ne refusassent
μηδὲν ἔργον,	aucun travail,
ἀλλὰ νομίζοιεν πρέπειν αὐτοῖς	mais qu'ils crussent convenir à eux
πράττειν πάντα,	de faire toutes les choses,
ὅσα ἂν ἄρχων	que celui qui commande
προστάττοι.	*leur* enjoindrait.

ΚΕΦΑΛΑΙΟΝ Β'. — CHAPITRE II.

I. Ὁ μὲν οὖν Κῦρος	1. Cyrus donc
ἐπεμέλετο ἀεί,	prenait-soin toujours,
ὁπότε συσκηνοῖεν,	lorsqu'ils étaient-sous-la-même-tente,
ὅπως λόγοι εὐχαριστότατοί τε	que des discours et très agréables
ἅμα καὶ παρορμῶντες	en même temps et excitant
εἰς τὸ ἀγαθὸν	vers le bien
ἐμβληθήσονται.	fussent proposés.
Ἀφίκετο δὲ οὖν ποτε	Mais il arriva donc un jour
καὶ εἰς τόνδε τὸν λόγον·	aussi à ce discours :
« Ὦ ἄνδρες, ἔφη,	« O hommes, dit-il,
ἆρά γε οἱ ἕτεροι	est-ce que certes les autres
φαίνονται εἶναι	paraissent être
ἐνδεέστεροί τι ἡμῶν	inférieurs en quelque chose à nous
διὰ τοῦτο,	à cause de ceci,
ὅτι οὐ πεπαίδευνται	qu'ils n'ont pas été formés
τὸν αὐτὸν τρόπον ἡμῖν;	de la même manière que nous ?

οὐδὲν ἄρα διοίσουσιν ἡμῶν οὔτε ἐν ταῖς συνουσίαις, οὔτε ὅταν ἀγωνίζεσθαι πρὸς τοὺς πολεμίους δέῃ; »

II. Καὶ ὁ Ὑστάσπης ὑπολαβὼν εἶπεν· « Ἀλλ' ὁποῖοι μέν τινες ἔσονται εἰς τοὺς πολεμίους, οὔπω ἔγωγε ἐπίσταμαι· ἐν μέντοι τῇ συνουσίᾳ δύσκολοι, ναὶ μὰ τοὺς θεούς, ἔνιοι αὐτῶν ἤδη φαίνονται. Πρώην μέν γε, ἔφη, Κυαξάρης ἔπεμψεν εἰς τὴν τάξιν ἑκάστην ἱερεῖα, καὶ ἐγένετο ἑκάστῳ ἡμῶν τρία κρέα [1], ἢ καὶ πλείω, τὰ περιφερόμενα. Καὶ ἤρξατο μὲν δὴ ἀπ' ἐμοῦ ὁ μάγειρος, τὴν πρώτην περίοδον περιφέρων· ὅτε δὲ τὸ δεύτερον εἰςῄει περιοίσων, ἐκέλευσα ἐγὼ ἀπὸ τοῦ τελευταίου ἄρχεσθαι, καὶ ἀνάπαλιν περιφέρειν.

III. « Ἀνακραγὼν οὖν τις τῶν κατὰ μέσον τὸν κύκλον κατακειμένων στρατιωτῶν· Μὰ Δί', ἔφη, τῶνδε μὲν οὐδὲν ἴσον

vous qu'ils nous valent, soit pour converser avec leurs amis, soit pour combattre contre leurs ennemis? »

II. « Pour le combat, reprit Hystaspe, je ne sais pas de quelle façon s'y comporteront nos gens; mais pour l'autre point, je vous réponds qu'il y en a quelques-uns parmi eux, avec qui il est bien difficile de vivre en paix. L'autre jour, continua-t-il, Cyaxare avait envoyé quelques victimes à chaque bataillon, et il y avait assez de viande pour en donner trois pièces à chaque soldat, et plus encore. Le cuisinier commença à m'en présenter le premier; et quand il eut achevé d'en servir à tout le monde, je lui commandai de recommencer le second tour par celui qui avait été le dernier à la première fois.

III. « A l'instant, un soldat qui était au milieu, s'écria: Par Jupiter, il n'y a pas ici égalité, car jamais on ne commencera par nous qui

ἢ ἄρα διοίσουσιν	ou bien donc *ne* différeront-ils
οὐδὲν ἡμῶν	en rien de nous
οὔτε ἐν ταῖς συνουσίαις,	ni dans les réunions,
οὔτε ὅταν δέῃ ἀγωνίζεσθαι	ni lorsqu'il faudra combattre
πρὸς τοὺς πολεμίους; »	contre les ennemis? »
II. Καὶ ὁ Ὑστάπης	II. Et Hystaspe
ὑπολαβὼν εἶπεν·	répliquant dit :
« Ἀλλὰ ἔγωγε	« Mais moi du moins
οὔπω ἐπίσταμαι,	je ne sais pas encore,
ὁποῖοι μέν τινες ἔσονται	quels à la vérité ils seront
εἰς τοὺς πολεμίους·	contre les ennemis;
ἔνιοι μέντοι αὐτῶν	cependant quelques uns d'eux
φαίνονται ἤδη	paraissent déjà
δύςκολοι	d'une-humeur-difficile
ἐν τῇ συνουσίᾳ,	dans la société,
ναὶ μὰ τοὺς θεούς.	par les dieux.
Κυαξάρης μέν γε, ἔφη,	Cyaxare donc, dit-il,
ἔπεμψε πρώην ἱερεῖα	envoya récemment des victimes
εἰς τὴν τάξιν ἑκάστην,	à chaque bataillon,
καὶ τρία κρέα,	et trois viandes,
ἢ καὶ πλείω,	ou même de plus nombreuses,
τὰ περιφερόμενα,	celles qui étaient portées-autour,
ἐγένετο ἑκάστῳ ἡμῶν.	furent à chacun de nous.
Καὶ ὁ μάγειρος	Et le cuisinier
περιφέρων	portant-autour
τὴν πρώτην περίοδον	la première tournée
ἤρξατο μὲν δὴ ἀπὸ ἐμοῦ·	commença donc par moi;
ὅτε δὲ εἰςῄει	mais quand il entra
τὸ δεύτερον	pour la seconde *fois*
περιοίσων,	devant-porter-autour,
ἐγὼ ἐκέλευσα	je *lui* ordonnai
ἄρχεσθαι ἀπὸ τοῦ τελευταίου	de commencer par le dernier
καὶ περιφέρειν	et de porter-autour
ἀνάπαλιν.	en-sens-contraire.
III. « Τὶς οὖν τῶν στρατιωτῶν	III. « L'un donc des soldats
κατακειμένων	qui étaient couchés
κατὰ τὸν μέσον κύκλον	vers le milieu du cercle
ἀνακραγών, ἔφη· Μὰ Δία,	s'étant écrié, dit : Par Jupiter,
οὐδὲν μὲν τῶνδέ ἐστιν ἴσον,	rien de cela *n*'est égal,
εἴγε οὐδεὶς	si du moins aucun

ἐστίν, εἴ γε ἀφ' ἡμῶν τῶν ἐν μέσῳ οὐδεὶς οὐδέποτε ἄρξεται. Καὶ ἐγὼ ἀκούσας, ἠχθέσθην τε εἴ τι μεῖον δοκοίη ἔχειν, καὶ ἐκάλεσα εὐθὺς αὐτὸν πρὸς ἐμέ. Ὁ δὲ μάλα τοῦτό γε εὐτάκτως ὑπήκουσεν. Ὡς δὲ τὰ περιφερόμενα ἧκε πρὸς ἡμᾶς, ἅτε, οἶμαι, ὑστάτους λαμβάνοντας, τὰ σμικρότατα λελειμμένα ἦν. Ἐνταῦθα δὴ ἐκεῖνος πάνυ ἀνιαθεὶς δῆλος ἐγένετο [1], καὶ εἶπε πρὸς ἑαυτόν· Τῆς τύχης [2], τὸ ἐμὲ νῦν κληθέντα δεῦρο τυχεῖν!

IV. « Καὶ ἐγὼ εἶπον· Ἀλλὰ μὴ φρόντιζε· αὐτίκα γὰρ ἀφ' ἡμῶν αὖ ἄρξεται, καὶ σὺ πρῶτος λήψῃ τὸ μέγιστον. Καὶ ἐν τούτῳ περιέφερε τὸ τρίτον, ὅπερ δὴ λοιπὸν ἦν τῆς περιφορᾶς· κἀκεῖνος ἔλαβε μετ' ἐμὲ δεύτερος. Ὡς δ' ὁ τρίτος ἔλαβε, καὶ ἔδοξεν αὐτὸν μεῖζον ἑαυτοῦ λαβεῖν, καταβάλλει ὃ ἔλαβεν, ὡς

sommes au milieu. Je trouvai fort mauvais qu'il se plaignît, puisqu'il n'avait pas moins que ses compagnons, et sur l'heure je l'appelai auprès de moi. Il y vint avec une obéissance admirable, et quand le plat fut venu à nous, il ne s'y trouvait plus que de petits morceaux, parce que nous étions les derniers. Cela le fâcha fort, et il ne put s'empêcher de se dire à lui-même : Quel malheur que je sois venu ici lorsqu'on m'y a appelé!

IV. « Ne vous tourmentez point, lui dis-je : on va faire encore un tour qui commencera par notre bout, et alors vous prendrez telle part que vous voudrez. Aussitôt on apporta le dernier service de viande, et il ne manqua pas de mettre la main au plat après moi. Mais à peine celui qui était le troisième avait pris sa part, que notre homme s'alla imaginer que la part de celui-là était meilleure que la sienne; tellement qu'il remit aussitôt celle qu'il avait prise, afin d'en prendre une plus

ἄρξεται οὐδέποτε	ne commencera jamais
ἀπὸ ἡμῶν τῶν ἐν μέσῳ.	par nous ceux au milieu.
Καὶ ἐγὼ ἀκούσας,	Et moi ayant entendu,
ἠχθέσθην τε,	et je fus fâché,
εἰ δοκοίη	s'il croyait
ἔχειν τι μεῖον,	avoir quelque chose de moins,
καὶ ἐκάλεσα εὐθὺς αὐτὸν πρὸς ἐμέ.	et j'appelai aussitôt lui vers moi.
Ὁ δὲ ὑπήκουσε	Et il obéit
μάλα εὐτάκτως	avec beaucoup de discipline
τοῦτό γε.	en ceci du moins.
Ὡς δὲ τὰ περιφερόμενα	Et dès que les viandes portées-autour
ἧκε πρὸς ἡμᾶς,	vinrent à nous,
ἅτε λαμβάνοντας ὑστάτους, οἶμαι,	comme prenant les derniers, je crois,
τὰ σμικρότατα ἦν λελειμμένα.	les plus petites étaient laissées.
Ἐνταῦθα δὴ ἐκεῖνος	Alors donc celui-là
ἐγένετο δῆλος	devint évident
ἀνιαθεὶς πάνυ,	étant affligé tout à fait,
καὶ εἶπε πρὸς ἑαυτόν·	et il dit à lui-même :
Τῆς τύχης,	Du malheur (quel malheur),
τὸ ἐμὲ τυχεῖν νῦν	le m'être trouvé maintenant
κληθέντα δεῦρο!	appelé ici!
IV. « Καὶ ἐγὼ εἶπον·	IV. « Et moi je dis :
Ἀλλὰ μὴ φρόντιζε·	Mais ne te chagrine pas ;
ἄρξεται γὰρ αὖ	car il commencera de nouveau
ἀπὸ ἡμῶν αὐτίκα,	par nous tout à l'heure,
καὶ σὺ πρῶτος	et toi le premier
λήψῃ τὸ μέγιστον.	tu prendras le plus grand *morceau*.
Καὶ περιέφερεν	Et il faisait-circuler
ἐν τούτῳ	dans ce *moment*
τὸ τρίτον,	pour la troisième fois,
ὅπερ δὴ ἦν λοιπὸν	ce qui certes était de reste
τῆς περιφορᾶς·	de la tournée ;
καὶ ἐκεῖνος ἔλαβε	et celui-ci prit
δεύτερος μετὰ ἐμέ.	le second après moi.
Ὡς δὲ ὁ τρίτος ἔλαβε,	Mais dès que le troisième prit,
καὶ ἔδοξεν αὐτὸν λαβεῖν	et qu'il crut lui avoir pris
μεῖζον	un plus grand *morceau*
ἑαυτοῦ,	que lui-même,
καταβάλλει ὃ ἔλαβεν,	il jette *celui* qu'il avait pris,
ὡς ληψόμενος ἕτερον.	comme devant *en* prendre un autre.

ἕτερον ληψόμενος. Καὶ ὁ ἄρταμος, οἰόμενος αὐτὸν οὐδέν τι δεῖσθαι ὄψου, ᾤχετο παραφέρων, πρὶν λαβεῖν αὐτὸν ἕτερον.

V. « Ἐνταῦθα δὴ οὕτω βαρέως ἤνεγκε τὸ πάθος, ὥςτε ἀνήλωτο μὲν αὐτῷ, ὃ εἰλήφει, ὄψον, ὃ δὲ ἔτι αὐτῷ λοιπὸν ἦν τοῦ ἐμβάμματος, τοῦτό πως, ὑπὸ τοῦ ἐκπεπλῆχθαί τε καὶ ὀργίζεσθαι τῇ τύχῃ, δυςθετούμενος ἀνέτρεψεν. Ὁ μὲν δὴ λοχαγός, ὁ ἐγγύτατα ἡμῶν, ἰδών, συνεκρότησέ τε τὼ [1] χεῖρε, καὶ τῷ γέλωτι ηὐφραίνετο. Ἐγὼ μέντοι, ἔφη, προςεποιούμην βήττειν· οὐδὲ γὰρ αὐτὸς ἠδυνάμην κατέχειν τὸν γέλωτα. Τοιοῦτον μὲν δή σοι, ὦ Κῦρε, ἕνα τῶν εταίρων ἐπιδεικνύω, » ἔφη.

VI. Ἐπὶ μὲν δὴ τούτῳ, ὥςπερ εἰκός, ἐγέλασαν. Ἄλλος δέ τις ἔλεξε τῶν ταξιάρχων· « Οὗτος μὲν δή, ἔφη, ὦ Κῦρε, ὡς ἔοικεν, οὕτω δυςκόλῳ ἐνέτυχεν. Ἐγὼ δέ, ὡς σὺ διδάξας ἡμᾶς τὰς τάξεις ἀπέπεμψας, καὶ ἐκέλευσας διδάσκειν τὴν ἑαυτοῦ ἕκαστον τάξιν, ἃ παρὰ σοῦ ἐμάθομεν, οὕτω δὴ καὶ ἐγώ, ὥςπερ

grosse. Le valet qui portait le plat, ayant cru qu'il n'en voulait plus, passa outre avant qu'il eût eu le loisir de se fournir d'un nouveau morceau de viande.

V. « Il fut si piqué de perdre sa part, que, moitié de surprise, moitié de colère, il renversa toute la sauce qui lui restait. Un capitaine qui était proche de nous, crevait de rire, et battait des mains de voir cette action. Pour moi, je faisais semblant de tousser, ne pouvant m'empêcher d'en rire aussi. Et voilà, Cyrus, quelle est l'humeur d'un de nos compagnons. »

VI. Chacun trouva le conte fort agréable. Et un autre officier prenant la parole : « Vraiment, dit-il, il y a de l'apparence que ce soldat d'Hystaspe était de mauvaise humeur ; mais, pour moi, voici une plaisante aventure qui m'est arrivée. Après que vous nous eûtes expliqué comment vous desiriez qu'on fît faire l'exercice aux soldats, et que vous eûtes commandé à chaque taxiarque d'enseigner à son bataillon ce que vous lui aviez enseigné à lui-même, je pris une

Καὶ ὁ ἄρταμος, οἰόμενος	Et le cuisinier, pensant
αὐτὸν δεῖσθαι οὐδέν τι ὄψου,	lui *n'*avoir besoin en rien du mets,
παραφέρων ᾤχετο,	*le* portant-plus-loin s'en alla,
πρὶν αὐτὸν λαβεῖν ἕτερον.	avant lui *en* avoir pris un autre.
V. « Ἤνεγκε δὴ ἐνταῦθα	V. « Or il supporta ici
τὸ πάθος οὕτω βαρέως,	le malheur tellement péniblement,
ὥστε ὄψον μὲν ὃ εἰλήφει	qu'à la vérité le mets qu'il avait pris
ἀνήλωτο αὐτῷ,	avait été perdu pour lui,
ὃ δὲ ἦν ἔτι	mais ce qui était encore
λοιπὸν αὐτῷ	restant à lui
τοῦ ἐμβάμματος,	de la sauce,
δυςθετούμενος	étant-de-mauvaise-humeur
ὑπὸ τοῦ ἐκπεπλῆχθαί τε	par suite du et s'être étonné
καὶ ὀργίζεσθαι τῇ τύχῃ,	et se fâcher contre la fortune,
ἀνέτρεψέ πως τοῦτο.	il renversa cette *sauce*.
Ὁ μὲν δὴ λοχαγός,	Or donc le capitaine,
ὁ ἐγγύτατα ἡμῶν, ἰδών,	celui le plus près de nous, ayant vu,
συνεκρότησέ τε τὼ χεῖρε,	et frappa ses mains,
καὶ ηὐφραίνετο τῷ γέλωτι.	et se réjouit par le rire.
Ἐγὼ μέντοι, ἔφη,	Moi assurément, dit-il,
προςεποιούμην βήττειν·	je faisais-semblant de tousser;
αὐτὸς γὰρ ἠδυνάμην οὐδὲ	car je ne pouvais pas non plus
κατέχειν τὸν γέλωτα.	retenir le rire.
Ὦ Κῦρε, ἔφη,	O Cyrus, dit-il,
ἐπιδεικνύω μὲν δή σοι	je montre donc à toi
ἕνα τῶν ἑταίρων τοιοῦτον. »	un de nos compagnons tels. »
VI. Ἐγέλασαν μὲν δὴ	VI. Ils rirent assurément
ἐπὶ τούτῳ, ὥςπερ εἰκός.	sur cela, comme *il était* naturel.
Ἄλλος δέ τις τῶν ταξιάρχων ἔλεξεν·	Et un autre des taxiarques dit :
« Ὦ Κῦρε, ἔφη, οὗτος μὲν δὴ	« O Cyrus, dit-il, celui-ci certes
ἐνέτυχεν οὕτω δυςκόλῳ,	a rencontré un *homme* aussi difficile,
ὡς ἔοικεν.	comme il paraît.
Ἐγὼ δέ, ὡς σὺ	Mais moi, comme toi
διδάξας ἡμᾶς τὰς τάξεις	ayant enseigné à nous les dispositions
ἀπέπεμψας,	tu *nous* renvoyas
καὶ ἐκέλευσας	et *nous* ordonnas
ἕκαστον διδάσκειν τὴν τάξιν	chacun enseigner au bataillon
ἑαυτοῦ,	de lui-même,
ἃ ἐμάθομεν	*les choses* que nous avions apprises
παρὰ σοῦ,	de toi,

καὶ οἱ ἄλλοι ἐποίουν, ἐλθὼν ἐδίδασκον ἕνα λόχον. Καὶ στήσας τὸν λοχαγὸν πρῶτον, καὶ τάξας δῆτα ἐπ' αὐτῷ ἄνδρα νεανίαν καὶ τοὺς ἄλλους, ᾗ ᾤμην δεῖν, ἔπειτα στὰς ἐκ τοῦ ἔμπροσθεν, βλέπων εἰς τὸν λόχον, ἡνίκα μοι ἐδόκει καιρὸς εἶναι, προϊέναι ἐκέλευσα.

VII. « Καὶ ὁ ἀνήρ σοι ὁ νεανίας ἐκεῖνος, προελθὼν τοῦ λοχαγοῦ ἔμπροσθεν, πρότερος ἐπορεύετο. Κἀγὼ ἰδὼν εἶπον· Ὦ ἄνθρωπε [1], τί ποιεῖς; Καὶ ὃς ἔφη· Προέρχομαι, ὥσπερ σὺ κελεύεις. Κἀγὼ εἶπον· Ἀλλ' ἐγὼ οὐ σὲ μόνον ἐκέλευον, ἀλλὰ πάντας, προϊέναι. Καὶ ὅς, ἀκούσας τοῦτο, μεταστραφεὶς πρὸς τοὺς λοχίτας, εἶπεν· Οὐκ ἀκούετ', ἔφη, προστάττοντος προϊέναι πάντας; Καὶ οἱ ἄνδρες πάντες, παρελθόντες τὸν λοχαγόν, ᾖεσαν πρὸς ἐμέ.

VIII. « Ἐπεὶ δὲ ὁ λοχαγὸς αὐτοὺς ἀνεχώριζεν, ἐδυσφόρουν τε καὶ ἔλεγον· Ποτέρῳ χρὴ πείθεσθαι; νῦν γὰρ ὁ μὲν κελεύει

compagnie de mes gens, comme faisaient les autres officiers. Je fis mettre le capitaine à la tête; derrière lui, je plaçai un jeune homme, et les autres ensuite sur une même file. Cela fait, je me mis vis-à-vis d'eux, et les regardant, je leur commandai d'avancer, quand je crus le moment convenable.

VII. « A ce commandement, le jeune homme qui était le second en rang sortit aussitôt de sa place, et passant devant son capitaine, il vint à moi. « Que faites-vous? lui dis-je. — Je m'avance, je vous obéis. — Je ne donnais pas cet ordre pour vous seul, mais pour tous les soldats. » Aussitôt il retourna vers ses camarades : « N'entendez-vous pas, leur dit-il, qu'on nous commande à tous d'avancer? » Et à l'instant même les soldats s'avancèrent, laissant leur capitaine derrière eux.

VIII. « Il fallut qu'il les rappelât encore pour les remettre en ordre, sur quoi ils se fâchèrent : « A qui donc faut-il obéir? s'écriaient-ils;

οὕτω δὴ καὶ ἐγὼ	ainsi donc aussi moi
ἐλθὼν ἐδίδασκον	étant venu j'enseignais
ἕνα λόχον,	à une compagnie,
ὥςπερ καὶ οἱ ἄλλοι ἐποίουν.	comme aussi les autres faisaient.
Καὶ στήσας	Et ayant placé
τὸν λοχαγὸν πρῶτον,	le capitaine le premier,
καὶ τάξας δῆτα	et ayant rangé ensuite
ἄνδρα νεανίαν	un homme jeune
καὶ τοὺς ἄλλους ἐπὶ αὐτῷ,	et les autres derrière lui,
ᾗ ᾤμην δεῖν,	comme je croyais falloir,
στὰς ἔπειτα ἐκ τοῦ ἔμπροσθεν,	me tenant ensuite sur le devant,
βλέπων εἰς τὸν λόχον,	regardant vers la compagnie,
ἐκέλευσα προϊέναι,	j'ordonnai d'avancer,
ἡνίκα καιρὸς ἐδόκει μοι εἶναι.	quand le temps parut à moi être.
VII. « Καὶ	VII. « Et
ὁ ἀνὴρ ὁ νεανίας ἐκεῖνος,	ce jeune homme,
προελθὼν ἔμπροσθεν	s'étant avancé en avant
τοῦ λοχαγοῦ,	du capitaine,
πρότερος ἐπορεύετό σοι.	le premier marchait à toi.
Καὶ ἐγὼ ἰδὼν εἶπον ·	Et moi ayant vu je dis :
Ὦ ἄνθρωπε, τί ποιεῖς;	O homme, que fais-tu ?
Καὶ ὃς ἔφη · Προέρχομαι,	Et il dit : Je m'avance,
ὥςπερ σὺ κελεύεις.	comme tu *l'*ordonnes.
Καὶ ἐγὼ εἶπον ·	Et moi je dis :
Ἀλλὰ ἐγὼ οὐκ ἐκέλευον	Mais je n'ordonnais pas
σὲ μόνον προϊέναι, ἀλλὰ πάντας.	toi seul avancer, mais tous.
Καὶ ὅς, ἀκούσας τοῦτο,	Et lui, ayant entendu cela,
μεταστραφεὶς	s'étant retourné
πρὸς τοὺς λοχίτας,	vers les soldats-de-la-compagnie,
εἶπεν · Οὐκ ἀκούετε, ἔφη,	dit : N'entendez-vous pas, dit-il,
προστάττοντος πάντας προϊέναι;	*lui* enjoignant tous s'avancer ?
Καὶ πάντες οἱ ἄνδρες,	Et tous les hommes,
παρελθόντες τὸν λοχαγόν,	ayant dépassé le capitaine,
ᾔεσαν πρὸς ἐμέ.	venaient vers moi.
VIII. « Ἐπεὶ δὲ ὁ λοχαγὸς	VIII. « Et comme le capitaine
ἀνεχώριζεν αὐτούς,	faisait-retirer eux,
ἐδυςφόρουν τε	et ils se fâchaient
καὶ ἔλεγον ·	et ils disaient :
Ποτέρῳ χρὴ πείθεσθαι;	Auquel faut-il obéir ?
ὁ μὲν γὰρ κελεύει νῦν	car l'un ordonne à présent

προϊέναι, ὁ δ' οὐκ ἐᾷ. Ἐγὼ μέντοι ἐνεγκὼν ταῦτα πράως, ἐξαρχῆς αὖ καταχωρίσας, εἶπον μηδένα τῶν ὄπισθεν κινεῖσθαι, πρὶν ἂν ὁ πρόσθεν ἡγῆται· ἀλλὰ τοῦτο μόνον ὁρᾷν πάντας, τῷ πρόσθεν ἕπεσθαι.

IX. « Ὡς δὲ εἰς Πέρσας τις ἀπιὼν ἦλθε πρὸς ἐμέ, καὶ ἐκέλευσέ με τὴν ἐπιστολὴν δοῦναι ἣν ἔγραψα οἴκαδε, κἀγὼ (ὁ γὰρ λοχαγὸς ᾔδει ὅπου ἔκειτο ἡ ἐπιστολή) ἐκέλευσα αὐτὸν δραμόντα ἐνεγκεῖν τὴν ἐπιστολήν· ὁ μὲν δὴ ἔτρεχεν, ὁ δὲ νεανίας ἐκεῖνος εἵπετο τῷ λοχαγῷ σὺν αὐτῷ τῷ θώρακι καὶ τῇ κοπίδι· καὶ ὁ ἄλλος δὴ πᾶς λόχος ἰδὼν ἐκεῖνον, συνέτρεχε· καὶ ἧκον οἱ ἄνδρες φέροντες τὴν ἐπιστολήν. Οὕτως, ἔφη, ὅ γε ἐμὸς λόχος ἀκριβοῖ σοι πάντα τὰ παρὰ σοῦ. »

X. Οἱ μὲν δὴ ἄλλοι, ὡς εἰκός, ἐγέλων ἐπὶ τῇ δορυφορίᾳ τῆς ἐπιστολῆς. Ὁ δὲ Κῦρος εἶπεν· « Ὦ Ζεῦ καὶ πάντες θεοί, οἵους

l'un nous commande d'avancer, et l'autre nous rappelle. J'eus la patience de voir tout ce trouble, et les ayant remis chacun en leur place, je leur dis que personne du derrière ne s'avançât, que ceux de devant ne se fussent premièrement avancés, et qu'ils prissent garde seulement à se suivre l'un l'autre.

IX. « Sur ces entrefaites, un de mes amis qui s'en allait en Perse me vint demander une lettre que j'avais écrite pour envoyer chez moi. Je donnai charge au capitaine, qui savait où j'avais mis cette lettre, de l'aller promptement chercher. Il part en courant, pour faire ce que j'avais commandé. Le jeune homme qui était le second après lui, ne manque pas de le suivre au même pas, tout armé comme il était, et les autres de suite, et peu après, ils me rapportèrent la lettre. Tant ils sont exacts à observer la discipline que vous m'avez chargé de leur apprendre. »

X. Tous ceux qui étaient présents rirent d'une si plaisante façon d'apporter une lettre. Mais Cyrus s'écria : O dieux ! quelles gens avons

προϊέναι,	d'avancer,
ὁ δὲ οὐκ ἐᾷ.	et l'autre ne *le* permet pas.
Ἐγὼ μέντοι	Moi pourtant
ἐνεγκὼν πράως ταῦτα,	ayant supporté doucement ces choses,
καταχωρίσας αὖ	*les* ayant placés de nouveau
ἐξαρχῆς,	depuis le commencement,
εἶπον μηδένα τῶν ὄπισθεν	je dis aucun de ceux de derrière
κινεῖσθαι,	*ne* se remuer,
πρὶν ἂν ὁ πρόσθεν	avant que celui du devant
ἡγῆται·	commençât;
ἀλλὰ πάντας ὁρᾶν τοῦτο μόνον,	mais tous regarder cela seul,
ἕπεσθαι τῷ πρόσθεν.	de suivre celui du devant.
IX. « Ὡς δέ τις	IX. « Et comme quelqu'un
ἀπιὼν εἰς Πέρσας	s'en allant chez les Perses
ἦλθε πρὸς ἐμὲ καὶ ἐκέλευσε	vint vers moi et pria
με δοῦναι τὴν ἐπιστολὴν	moi *lui* donner la lettre
ἣν ἔγραψα οἴκαδε,	que j'avais écrite pour la maison,
καὶ ἐγὼ ἐκέλευσα	aussi moi je priai
(ὁ γὰρ λοχαγὸς ᾔδει	(car le capitaine savait
ὅπου ἡ ἐπιστολὴ ἔκειτο)	où la lettre était placée)
αὐτὸν δραμόντα	lui ayant couru
ἐνεγκεῖν τὴν ἐπιστολήν·	apporter la lettre;
ὁ μὲν δὴ ἔτρεχεν,	lui donc courait,
ὁ δὲ νεανίας ἐκεῖνος	mais ce jeune homme
εἵπετο τῷ λοχαγῷ	suivit le capitaine
σὺν αὐτῷ τῷ θώρακι καὶ τῇ κοπίδι·	avec sa cuirasse et son sabre;
καὶ δὴ πᾶς ὁ ἄλλος λόχος	et donc tout le reste de la compagnie
ἰδὼν ἐκεῖνον,	ayant vu celui-ci,
συνέτρεχε·	courut-avec *lui*;
καὶ οἱ ἄνδρες	et les hommes
φέροντες τὴν ἐπιστολὴν ἧκον.	portant la lettre vinrent.
Ὅ γε ἐμὸς λόχος, ἔφη,	Du moins ma compagnie, dit-il,
ἀκριβοῖ οὕτω σοι	accomplit-exactement ainsi pour toi
πάντα τὰ παρὰ σοῦ. »	toutes les choses *ordonnées* par toi. »
X. Οἱ μὲν δὴ ἄλλοι ἐγέλων	X. Or les autres rirent
ἐπὶ τῇ δορυφορίᾳ	sur ce transport-avec-armes
τῆς ἐπιστολῆς,	de la lettre,
ὡς εἰκός.	comme *il était* naturel.
Ὁ δὲ Κῦρος εἶπεν·	Mais Cyrus dit :
« Ὦ Ζεῦ καὶ πάντες θεοί,	« O Jupiter et *vous* tous dieux,

ἄρα ἡμεῖς ἔχομεν ἄνδρας ἑταίρους! Εἰ γὰρ εὐθεράπευτοι [1] μὲν οὕτως εἰσίν, ὥςτε τινὰς αὐτῶν ἔστι καὶ μικρῷ ὄψῳ πάνυ ἀνακτήσασθαι φίλους, πιθανοὶ δ' οὕτως εἰσί τινες, ὥςτε, πρὶν εἰδέναι τὸ προςταττόμενον, πρότερον πείθονται, ἐγὼ μὲν οὐκ οἶδα, ποίους τινὰς χρὴ μᾶλλον εὔξασθαι, ἢ τοιούτους στρατιώτας ἔχειν. »

XI. Ὁ μὲν δὴ Κῦρος ἅμα γελῶν, οὕτως ἐπῄνεσε τοὺς στρατιώτας. Ἐν δὲ τῇ σκηνῇ ἐτύγχανέ τις ὢν τῶν ταξιάρχων, Ἀγλαϊτάδας ὄνομα, ἀνὴρ τὸν τρόπον τῶν στρυφνοτέρων ἀνθρώπων. Οὗτος ὧδέ πως εἶπεν· « Ἦ γὰρ οἴει [2], ἔφη, ὦ Κῦρε, τούτους ἀληθῆ λέγειν ταῦτα; — Ἀλλὰ τί μὴν βουλόμενοι [3], ἔφη ὁ Κῦρος, ψεύδονται; — Τί δ' ἄλλο γε, ἔφη, εἰ μὴ γέλωτα ποιειν ἐθέλοντες; ὑπὲρ οὗ λέγουσί τε ταῦτα καὶ ἀλαζονεύονται. »

XII. Καὶ ὁ Κῦρος· « Εὐφήμει [4], ἔφη, μηδὲ λέγε ἀλαζόνας εἶναι τούτους· ὁ μὲν γὰρ ἀλαζὼν ἔμοιγε δοκεῖ ὄνομα κεῖσθαι ἐπὶ

nous ici, puisqu'un chétif repas est capable de gagner leur amitié, et qu'ils sont si dociles, qu'ils obéissent avant que de savoir ce qu'on leur commande. Pour moi, je ne sais si l'on pourrait souhaiter de meilleurs soldats que ceux-là. »

XI. Et c'est ainsi qu'il fit leur éloge en riant. Alors, dans la tente de Cyrus, il y avait un officier, nommé Aglaïtadas, homme fort sévère, qui, adressant la parole à Cyrus : « Pensez-vous, lui dit-il, que ces officiers disent la vérité? — Et quel intérêt auraient-ils à mentir? répondit Cyrus.—Peut-être, répliqua-t-il, est-ce pour faire rire, et pour avoir le plaisir de se vanter et de parler d'eux-mêmes.

XII. « Prenez garde à ce que vous dites, repartit Cyrus, et ne les accusez point de vanité si légèrement. C'est ce vanter que de se dire ou

οἵους ἄρα	de-quelle-sorte donc
ἡμεῖς ἔχομεν ἄνδρας	nous avons des hommes
ἑταίρους!	compagnons!
Εἰ μὲν γάρ εἰσιν	Car s'ils sont
οὕτως εὐθεράπευτοι,	tellement faciles-à-gagner,
ὥςτε ἔστιν	qu'il est *possible*
ἀνακτήσασθαι πάνυ	d'acquérir tout-à-fait
τινὰς αὐτῶν φίλους	quelques uns d'eux pour amis
μικρῷ ὄψῳ,	avec un peu de viande,
τινὲς δέ εἰσιν οὕτω πιθανοί,	et si quelques uns sont si crédules,
ὥςτε πείθονται πρότερον,	qu'ils obéissent auparavant,
πρὶν εἰδέναι τὸ προςταττόμενον,	avant de savoir ce qui est ordonné,
ἐγὼ μὲν οὐκ οἶδα	moi certes je ne sais pas
ποίους τινὰς χρὴ εὔξασθαι ἔχειν	quels il faut souhaiter d'avoir
μᾶλλον	plutôt
ἢ τοιούτους στρατιώτας. »	que de tels soldats. »
XI. Ὁ μὲν δὴ Κῦρος γελῶν	XI. Cyrus donc riant
ἅμα,	en même temps,
ἐπῄνεσεν οὕτω τοὺς στρατιώτας.	loua ainsi les soldats.
Τὶς δὲ τῶν ταξιάρχων,	Et l'un des taxiarques,
Ἀγλαϊτάδας ὄνομα,	Aglaïtadas du nom,
ἀνὴρ τῶν ἀνθρώπων	homme des hommes (l'un des hommes)
στρυφνοτέρων τὸν τρόπον,	plus sévères de manières,
ἐτύγχανεν ὢν ἐν τῇ σκηνῇ.	se trouvait étant dans la tente.
Οὗτος εἶπεν ὧδέ πως·	Celui-ci parla ainsi à peu près :
« Ἦ γὰρ οἴει, ἔφη, ὦ Κῦρε,	« Est-ce que tu crois, dit-il, ô Cyrus,
τούτους λέγειν ταῦτα ἀληθῆ;	ceux-ci dire ces choses vraies?
— Ὁ Κῦρος ἔφη·	— Cyrus dit :
Ἀλλὰ τί μὴν βουλόμενοι	Mais quoi donc voulant
ψεύδονται;	mentent-ils?
— Τί δὲ ἄλλο γε, ἔφη,	— Et quelle autre chose certes, dit-il,
εἰ μὴ ἐθέλοντες ποιεῖν γέλωτα;	sinon voulant causer du rire?
ὑπὲρ οὗ	*chose* à cause de laquelle
λέγουσί τε ταῦτα	et ils disent cela
καὶ ἀλαζονεύονται.	et ils font-les-fanfarons.
XII. Καὶ ὁ Κῦρος ἔφη· « Εὐφήμει,	XII. Et Cyrus dit : « Parle-bien,
μηδὲ λέγε τούτους εἶναι ἀλαζόνας.	et ne dis pas eux être des fanfarons.
Ὁ μὲν γὰρ ἀλαζὼν	Car le *mot* fanfaron
δοκεῖ ἔμοιγε	paraît à moi du moins
κεῖσθαι ὄνομα	être établi comme nom

τοῖς προςποιουμένοις καὶ πλουσιωτέροις εἶναι, ἢ εἰσι, καὶ ἀνδρειοτέροις, καὶ ποιήσειν, ἃ μὴ ἱκανοί εἰσιν, ὑπισχνουμένοις· καὶ ταῦτα, φανεροῖς γιγνομένοις, ὅτι τοῦ λαβεῖν τι ἕνεκα καὶ κερδᾶναι ποιοῦσιν· οἱ δὲ μηχανώμενοι γέλωτα τοῖς συνοῦσι, μήτε ἐπὶ τῷ ἑαυτῶν κέρδει, μήτε ἐπὶ ζημίᾳ τῶν ἀκουόντων, μήτε ἐπὶ βλάβῃ μηδεμιᾷ, πῶς οὐχ οὗτοι ἀστεῖοι ἂν καὶ εὐχάριτες δικαιότερον ὀνομάζοιντο μᾶλλον, ἢ ἀλαζόνες; »

XIII. Ὁ μὲν δὴ Κῦρος οὕτως ἀπελογήσατο περὶ τῶν τὸν γέλωτα παρασχόντων. Αὖθις δὲ ὁ ταξίαρχος, ὁ τὴν τοῦ λόχου χαριτίαν διηγησάμενος, ἔφη· « Ἦ που ἄν, ὦ Ἀγλαϊτάδα, εἴ γε κλαίειν ἐπειρώμεθά σε ποιεῖν, σφόδρα ἂν ἡμῖν ἐμέμφου (ὥςπερ ἔνιοι καὶ ἐν ᾠδαῖς καὶ ἐν λόγοις οἰκτρὰ ἄττα λογοποιοῦντες, εἰς

plus riche, ou plus vaillant, ou plus puissant qu'on n'est, ou que de promettre de faire plus qu'on ne peut, à dessein de tirer quelque profit par cet artifice; mais ceux qui, sans intérêt, sans malice, et sans faire tort à personne, cherchent à divertir leurs amis, méritent plutôt d'être loués de cette humeur, que blâmés de présomption. »

XIII. C'est ainsi que Cyrus justifia ceux qui avaient essayé d'égayer la compagnie; à quoi celui qui avait fait le conte de la lettre ajouta : « Vraiment, Aglaïtadas, si nous avions tâché de vous faire pleurer, comme ces gens qui étudient tout exprès de certains discours tristes,

ἐπὶ τοῖς προσποιουμένοις	pour ceux qui font-semblant
εἶναι καὶ πλουσιωτέροις	d'être et plus riches
καὶ ἀνδρειοτέροις ἢ εἰσί,	et plus courageux qu'ils *ne* sont,
καὶ ὑπισχνουμένοις	et qui promettent
ποιήσειν	devoir faire *des choses*
ἃ μή εἰσιν	qu'ils ne sont pas
ἱκανοί·	capables *de faire;*
καὶ ταῦτα, γιγνομένοις φανεροῖς	et cela, étant manifestes
ὅτι ποιοῦσιν	qu'ils *le* font
ἕνεκα τοῦ λαβεῖν τι	pour recevoir quelque chose
καὶ κερδᾶναι·	et gagner;
οἱ δὲ μηχανώμενοι γέλωτα	mais ceux qui préparent le rire
τοῖς συνοῦσι,	à ceux qui sont-avec *eux,*
μήτε ἐπὶ τῷ κέρδει ἑαυτῶν,	ni pour le gain d'eux-mêmes,
μήτε ἐπὶ ζημίᾳ	ni pour le détriment
τῶν ἀκουόντων,	de ceux qui écoutent,
μήτε ἐπὶ μηδεμιᾷ βλάβῃ,	ni pour aucun dommage,
πῶς οὗτοι	comment ceux-là
οὐκ ὀνομάζοιντο ἂν	ne seraient-ils pas nommés
δικαιότερον	plus justement
ἀστεῖοι καὶ εὐχάριτες	plaisants et enjoués
μᾶλλον ἢ ἀλαζόνες; »	plutôt que fanfarons? »
XIII. Ὁ μὲν δὴ Κῦρος	XIII. Cyrus donc
ἀπελογήσατο οὕτω	justifia ainsi
περὶ τῶν	au sujet de ceux
παρασχόντων τὸν γέλωτα.	qui avaient procuré le rire.
Ὁ δὲ ταξίαρχος,	Mais le taxiarque,
ὁ διηγησάμενος	celui qui avait raconté
τὴν χαριτίαν τοῦ λόχου,	l'aventure-plaisante de la compagnie,
ἔφη αὖθις·	dit de nouveau :
« Ὦ Ἀγλαϊτάδα,	« O Aglaïtadas,
ἦ που	est-ce que par hasard
ἂν ἐμέμφου σφόδρα ἡμῖν,	tu aurais blâmé fortement nous,
εἴ γε ἐπειρώμεθα	si du moins nous avions essayé
ποιεῖν σε κλαίειν	de faire toi pleurer
(ὥσπερ ἔνιοι λογοποιοῦντες	(comme quelques uns débitant
ἄττα	quelques *paroles*
οἰκτρά,	qui-excitent-la-pitié,
καὶ ἐν ᾠδαῖς	et dans des chants
καὶ ἐν λόγοις,	et dans des discours,

δάκρυα πειρῶνται ἄγειν)· ὁπότε γε νῦν καὶ αὐτός, εἰδὼς ὅτι εὐφραίνειν μέν τί σε βουλόμεθα, βλάπτειν δ' οὐδέν, ὅμως οὕτως ἐν πολλῇ ἀτιμίᾳ ἡμᾶς ἔχεις! »

XIV. « Ναὶ μὰ Δί', ἔφη ὁ Ἀγλαϊτάδας, καὶ δικαίως γε· ἐπεὶ καὶ αὐτοῦ τοῦ κλαίειν καθίζοντος [1] τοὺς φίλους πολλαχῇ ἔμοιγε δοκεῖ ἐλάττονος ἄξια διαπράττεσθαι ὁ γέλωτα αὐτοῖς μηχανώμενος. Εὑρήσεις δὲ καὶ σύ, ἢν ὀρθῶς λογίζῃ, ἐμὲ ἀληθῆ λέγοντα. Κλαύμασι μέν γε καὶ πατέρες υἱοῖς σωφροσύνην μηχανῶνται, καὶ διδάσκαλοι παισὶν ἀγαθὰ μαθήματα· καὶ νόμοι γε πολίτας, διὰ τοῦ κλαίοντας καθίζειν, εἰς δικαιοσύνην προτρέπονται. Τοὺς δὲ γέλωτα μηχανωμένους ἔχοις ἂν εἰπεῖν, ἢ σώματα ὠφελοῦντας, ἢ ψυχὰς οἰκονομικωτέρας τι ποιοῦντας, ἢ πολιτικωτέρας; »

et des chansons lugubres, vous auriez sujet de vous plaindre de nous; cependant, bien que nous n'ayons eu intention que de vous réjouir, et non de vous faire du mal, comme vous le savez fort bien, vous ne laissez pas de nous blâmer. »

XIV. « Ce n'est pas sans raison, reprit Aglaïtadas; car il est souvent plus utile de faire pleurer ceux qu'on aime que de les faire rire. Vous trouverez aussi que j'ai raison, si vous voulez y réfléchir. Ce n'est point sans leur faire verser des larmes que les pères enseignent la vertu à leurs enfants, ni les maîtres les belles sciences à leurs disciples. Les lois ne font devenir les citoyens gens de bien, qu'en les tenant dans une contrainte qui leur cause souvent des pleurs; mais où voyez-vous que les bouffons puissent avec leurs railleries former le corps et l'esprit, et instruire les hommes à bien gouverner les maisons et les républiques. »

πειρῶντα. ἄγειν εἰς δάκρυα),	s'efforcent d'amener à des larmes),
ὁπότε γε	lorsque du moins
νῦν καὶ αὐτός,	à présent toi-même aussi,
εἰδὼς ὅτι βουλόμεθα	sachant que nous voulons
εὐφραίνειν μέν τί σε,	réjouir quelque peu toi,
βλάπτειν δὲ οὐδέν,	mais *ne te* nuire en rien,
ἔχεις ὅμως οὕτως ἡμᾶς	tu as cependant ainsi nous
ἐν πολλῇ ἀτιμίᾳ! »	en grand mépris! »
XIV. Ὁ Ἀγλαϊτάδας ἔφη·	XIV. Aglaïtadas dit :
« Ναὶ μὰ Δία,	« Oui par Jupiter,
καὶ δικαίως γε·	et justement certes;
ἐπεὶ καὶ ὁ μηχανώμενος	puisque aussi celui qui prépare
γέλωτα αὐτοῖς	le rire à eux
δοκεῖ ἔμοιγε	paraît à moi du moins
διαπράττεσθαι πολλαχῇ	exécuter souvent
ἄξια ἐλάττονος	des choses dignes de moins *de prix*
αὐτοῦ τοῦ καθίζοντος	que celui même qui fait-asseoir
τοὺς φίλους κλαίειν.	ses amis pour pleurer.
Καὶ σὺ δέ,	Mais toi aussi,
ἢν λογίζῃ ὀρθῶς,	si tu raisonnes droit,
εὑρήσεις ἐμὲ	tu trouveras moi
λέγοντα ἀληθῆ.	disant des choses vraies.
Καὶ πατέρες μέν γε μηχανῶνται	Et assurément les pères préparent
σωφροσύνην υἱοῖς	la sagesse à *leurs* fils
κλαύμασι,	par des pleurs,
καὶ διδάσκαλοι	et les maîtres
ἀγαθὰ μαθήματα	de bonnes connaissances
παισί·	aux enfants;
καὶ νόμοι γε	et les lois assurément
προτρέπονται πολίτας	tournent les citoyens
εἰς δικαιοσύνην,	vers la justice,
διὰ τοῦ καθίζειν κλαίοντας.	par le *les* faire-asseoir pleurant.
Ἔχοις δὲ ἂν εἰπεῖν	Mais aurais-tu à dire
τοὺς μηχανωμένους γέλωτα	ceux qui préparent le rire
ἢ ὠφελοῦντας	ou étant-utiles
σώματα,	aux corps,
ἢ ποιοῦντας ψυχὰς	ou rendant les âmes
οἰκονομικωτέρας	plus savantes-en-économie
ἢ πολιτικωτέρας	ou meilleures-en-politique
τι; »	en quelque chose? »

XV. Ἐκ τούτου ὁ Ὑστάσπης ὧδέ πως εἶπε· « Σύ, ἔφη, ὦ Ἀγλαϊτάδα, ἢν ἐμοὶ πείθῃ, εἰς μὲν τοὺς πολεμίους θαῤῥῶν δαπανήσεις τοῦτο τὸ πολλοῦ ἄξιον[1], καὶ κλαίοντας ἐκείνους πειράσῃ καθίζειν· ἡμῖν δὲ πάντως, ἔφη, καὶ τοῖςδε τοῖς φίλοις τούτου τοῦ ὀλίγου ἀξίου γέλωτος ἐπιδαψιλεύσῃ. Καὶ γὰρ οἶδ', ὅτι πολύς σοί ἐστιν ἀποκείμενος· οὔτε γὰρ αὐτὸς χρώμενος ἀνήλωκας αὐτόν, οὐδὲ μὴν φίλοις γε οὐδὲ ξένοις ἑκὼν εἶναι γέλωτα παρέχεις· ὥστε οὐδεμία σοι πρόφασίς ἐστιν, ὡς οὐ παρεκτέον σοι ἡμῖν γέλωτα. » Καὶ ὁ Ἀγλαϊτάδας εἶπε· « Καὶ σὺ δ' αὖ, ὦ Ὑστάσπη, γέλωτα πειρᾷ ποιεῖν ἐξ ἐμοῦ; » Καὶ ὁ ταξίαρχος εἶπε· « Ναὶ μὰ Δί', ἀνόητος ἄρα ἐστίν· ἐπεὶ ἔκ γε σοῦ πῦρ, οἶμαι, ῥᾷον ἄν τις ἐκτρίψειεν, ἢ γέλωτα ἐξαγάγοι. »

XVI. Ἐπὶ τούτῳ μὲν δὴ οἵ τε ἄλλοι ἐγέλασαν, τὸν τρόπον

XV. « Si vous m'en croyez, répondit Hystaspe, vous enverrez à nos ennemis quantité de cette précieuse drogue qui fait pleurer abondamment; et pour nous, qui sommes de vos amis, vous nous ferez rire. Car enfin, puisque vous estimez si peu la gaîté, sans doute vous en avez un grand fonds de réserve auquel vous n'avez jamais touché, puisque jamais de votre bon gré vous n'avez fait rire personne. C'est pourquoi vous ne pouvez vous défendre de le faire, au moins en cette occasion. — Comment, répliqua Aglaïtadas, espérez-vous donc que je vous serve de bouffon? — Vraiment, ce serait mal raisonner que d'avoir cette pensée; car on tirerait plutôt du feu de votre corps, qu'un seul mot pour rire de votre bouche. »

XVI. A ces paroles, tous les assistants, qui connaissaient l'humeur

XV. Ὁ Ὑστάσπης εἶπεν	XV. Hystaspe parla
ἐκ τούτου ὡδέ πως·	après cela ainsi à peu près :
« Ὦ Ἀγλαϊτάδα, ἔφη,	« O Aglaïtadas, dit-il,
ἢν πείθῃ ἐμοί,	si tu crois moi,
σὺ μὲν θαῤῥῶν	toi d'un côté ayant-confiance
δαπανήσεις	tu dépenseras
εἰς τοὺς πολεμίους	contre les ennemis
τοῦτο τὸ ἄξιον	ceci *qui est* digne
πολλοῦ,	de beaucoup *de prix*,
καὶ πειράσῃ καθίζειν	et tu essayeras de faire-asseoir
ἐκείνους κλαίοντας·	ceux-là pleurant;
ἐπιδαψιλεύσῃ δὲ	mais tu prodigueras
πάντως, ἔφη,	de toute façon, dit-il,
τούτου τοῦ γέλωτος ἀξίου ὀλίγου	ce rire digne de peu *de prix*
ἡμῖν καὶ τοῖσδε τοῖς φίλοις.	à nous et à ces amis.
Καὶ γὰρ οἶδα	Et certes je sais
ὅτι πολὺς	que beaucoup *de rire*
ἐστὶν ἀποκείμενός σοι·	est réservé chez toi;
οὔτε γὰρ χρώμενος αὐτὸς	car ni t'*en* servant toi-même
ἀνήλωκας αὐτόν,	tu n'as dépensé lui,
οὐδὲ ἑκὼν εἶναι μήν γε	ni certes volontiers
παρέχεις γέλωτα	tu *ne* procures du rire
φίλοις οὐδὲ ξένοις·	à des amis ni à des hôtes;
ὥςτε	de sorte que
οὐδεμία πρόφασίς ἐστί σοι	aucun prétexte *n*'est à toi
ὡς οὐ παρεκτέον σοὶ	qu'il n'*est* pas possible à toi de procurer
γέλωτα ἡμῖν. »	du rire à nous. »
Καὶ ὁ Ἀγλαϊτάδας εἶπεν·	Et Aglaïtadas dit :
« Ὦ Ὑστάσπη,	« O Hystaspe,
καὶ σὺ δὲ αὖ	et toi aussi d'un autre côté
πειρᾷ ποιεῖν	tu essayes de faire
γέλωτα ἐξ ἐμοῦ;	du rire de moi (rire après moi ?)
— Καὶ ὁ ταξίαρχος εἶπε·	— Et le taxiarque dit :
Ναὶ μὰ Δία, ἐστὶν ἄρα ἀνόητος·	Par Jupiter, il est donc insensé;
ἐπεί γέ τις ἐκτρίψειεν ἂν	car certes on ferait-jaillir
ῥᾷον	plus facilement
πῦρ ἐκ σοῦ,	du feu de toi,
ἢ ἐξαγάγοι γέλωτα.	qu'on n'*en* ferait-sortir du rire.
XVI. Οἵ τε μὲν δὴ ἄλλοι	XVI. A la vérité donc les autres
εἰδότες τὸν τρόπον αὐτοῦ,	connaissant le caractère de lui,

εἰδότες αὐτοῦ· καὶ αὐτὸς ὁ Ἀγλαϊτάδας ἐπεμειδίασε. Καὶ ὁ Κῦρος, ἰδὼν αὐτὸν φαιδρωθέντα· « Ἀδικεῖς, ἔφη, ὦ ταξίαρχε, ὅτι ἄνδρα ἡμῖν τὸν σπουδαιότατον διαφθείρεις, γελᾶν ἀναπείθων, καὶ ταῦτα, ἔφη, οὕτω πολέμιον ὄντα τῷ γέλωτι. »

XVII. Ταῦτα μὲν δὴ ἐνταῦθ' ἔληξεν. Ἐκ δὲ τούτου Χρυσάντας ὧδε ἔλεξεν· « Ἀλλ' ἔγωγ', ἔφη, ὦ Κῦρε καὶ πάντες οἱ παρόντες, ἐννοῶ, ὅτι ἐξεληλύθασι μὲν σὺν ἡμῖν οἱ μὲν καὶ βελτίονος, οἱ δὲ καὶ μείονος ἄξιοι· ἢν δέ τι γένηται ἀγαθόν, ἀξιώσουσιν οὗτοι πάντες ἰσομοιρεῖν. Καί τοι ἔγωγε οὐδὲν ἀνισώτερον νομίζω τῶν ἐν ἀνθρώποις εἶναι, τοῦ τῶν ἴσων τόν τε κακὸν καὶ τὸν ἀγαθὸν ἀξιοῦσθαι. »

XVIII. Καὶ ὁ Κῦρος εἶπε πρὸς τοῦτο· « Ἆρ' οὖν, πρὸς τῶν θεῶν, κράτιστον ἡμῖν, ὦ ἄνδρες, ἐμβαλεῖν περὶ τούτου βουλὴν εἰς τὸν στρατόν, πότερα δοκεῖ, ἤν τι ἐκ τῶν πόνων διδῷ ὁ θεὸς

du personnage, firent un grand éclat de risée, et Aglaïtadas même ne put s'empêcher d'en sourire. Cyrus se tourna aussitôt vers celui qui avait parlé, et lui dit : « Mon camarade, vous avez tort de débaucher notre ami; car vous le faites rire contre son inclination. »

XVII. Ainsi finit cette conversation. Ensuite Chrysante fit la proposition suivante : « Je pense que personne de la compagnie ne doute que tous ceux qui composent notre armée ne sont pas tous d'un mérite égal. Cependant, si la fortune nous est favorable, il est certain qu'ils voudront tous être récompensés également; bien qu'à mon avis il n'y ait rien de plus inégal que de traiter également un bon et un mauvais soldat. »

XVIII. « Il en faut parler à toute l'armée, répondit Cyrus, et savoir si elle trouve à propos de partager également tous les soldats, en cas que les dieux donnent quelque succès à nos travaux; ou s'il est plus juste

ἐγέλασαν ἐπὶ τούτῳ,	rirent sur cela,
καὶ ὁ Ἀγλαϊτάδας αὐτὸς	et Aglaïtadas lui-même
ἐπεμειδίασε.	sourit.
Καὶ ὁ Κῦρος,	Et Cyrus,
ἰδὼν αὐτὸν φαιδρωθέντα, ἔφη·	ayant vu lui s'étant égayé, dit:
« Ὦ ταξίαρχε, ἀδικεῖς,	« O taxiarque, tu es-injuste,
ὅτι ἀναπείθων γελᾷν	parce que *lui* persuadant de rire
διαφθείρεις ἡμῖν	tu gâtes à nous
ἄνδρα τὸν σπουδαιότατον,	un homme le plus sérieux,
καὶ ταῦτα, ἔφη, ὄντα	et cela, dit-il, *lui* étant
οὕτω πολέμιον τῷ γέλωτι. »	tellement ennemi du rire. »
XVII. Ταῦτα μὲν δὴ	XVII. Ces choses donc
ἔληξεν ἐνταῦθα.	finirent là.
Χρυσάντας δὲ ἔλεξεν ὧδε	Mais Chrysantas parla ainsi
ἐκ τούτου·	après cela :
« Ὦ Κῦρε, ἔφη,	« O Cyrus, dit-il,
καὶ πάντες οἱ παρόντες,	et *vous* tous *qui êtes* présents,
ἀλλὰ ἔγωγε ἐννοῶ,	mais moi du moins je conçois,
ὅτι μὲν οἱ μὲν καὶ ἄξιοι	que ceux-ci et dignes
βελτίονος,	d'un meilleur *prix*,
οἱ δὲ καὶ μείονος,	et ceux-là d'un *prix* moindre,
ἐξεληλύθασι σὺν ἡμῖν·	sont sortis-avec nous;
ἢν δέ τι ἀγαθὸν γένηται,	mais si quelque chose de bon arrive,
πάντες οὗτοι ἀξιώσουσιν	tous ceux-ci prétendront
ἰσομοιρεῖν.	à avoir-une-part-égale.
Καί τοι ἔγωγε νομίζω,	Et cependant moi du moins je crois,
οὐδὲν τῶν ἐν ἀνθρώποις	aucune des choses parmi les hommes
εἶναι ἀνισώτερον,	*n'*être plus inégale,
τοῦ ἀξιοῦσθαι	que le être jugés-dignes
τῶν ἴσων	des *récompenses* égales
τόν τε κακὸν καὶ τὸν ἀγαθόν. »	et le mauvais et le bon. »
XVIII. Καὶ ὁ Κῦρος	XVIII. Et Cyrus
εἶπε πρὸς τοῦτο·	dit à cela :
« Πρὸς τῶν θεῶν, ὦ ἄνδρες,	« Au nom des dieux, ô hommes,
ἆρα οὖν	est-ce que donc
κράτιστον ἡμῖν	*il n'est pas* le meilleur pour nous
ἐμβαλεῖν βουλὴν	d'introduire une délibération
εἰς τὸν στρατὸν	dans l'armée
περὶ τούτου,	sur ceci,
πότερα δοκεῖ,	lequel *des deux* paraît *juste*,

ἀγαθόν, ἰσομοίρους πάντας ποιεῖν, ἤ, σκοποῦντας τὰ ἔργα ἑκάστου, πρὸς ταῦτα καὶ τὰς τιμὰς ἑκάστῳ προςτιθέναι; »

XIX. « Καὶ τί δεῖ, ἔφη ὁ Χρυσάντας, ἐμβαλεῖν λόγον περὶ τούτου, ἀλλ' οὐχὶ προειπεῖν, ὅτι οὕτω ποιήσεις; ἢ οὐ σὺ καὶ τοὺς ἀγῶνας, ἔφη, προεῖπας καὶ τὰ ἆθλα; — Ἀλλὰ μὰ Δί', ἔφη ὁ Κῦρος, οὐχ ὅμοια ταῦτα ἐκείνοις· ἃ μὲν γὰρ ἂν στρατευόμενοι κτήσωνται, κοινά, οἶμαι, ἑαυτοῖς ἡγήσονται εἶναι· τὴν δὲ ἀρχὴν τῆς στρατιᾶς ἐμὴν ἴσως ἔτι οἴκοθεν νομίζουσιν εἶναι· ὥςτε διατάττοντα ἐμὲ τοὺς ἐπιστάτας, οὐδέν, οἶμαι, ἀδικεῖν νομίζουσιν. »

XX. « Ἦ καὶ οἴει, ἔφη ὁ Χρυσάντας, ψηφίσασθαι ἂν τὸ πλῆθος συνελθόν, ὥςτε μὴ ἴσων ἕκαστον τυγχάνειν, ἀλλὰ τοὺς κρατίστους καὶ τιμαῖς καὶ δώροις πλεονεκτεῖν; — Ἔγωγ', ἔφη ὁ Κῦρος, οἶμαι, ἅμα μὲν συναγορευόντων ὑμῶν, ἅμα δὲ καὶ

de considérer les actions de chacun, et de distribuer le butin selon le mérite. »

XIX. « Qu'est-il besoin de demander l'avis de l'armée? répondit Chrysante : il suffit de dire que vous voulez que cela soit. Quand vous avez établi des luttes et des prix, n'avez-vous pas fait ainsi? —Cela ne fait point de préjugé pour l'affaire présente, répondit Cyrus; car les soldats regardent tout ce que l'armée pourra conquérir comme un bien qui leur appartient en commun à tous. Il n'en est pas de même, s'ils ne trouvent rien à dire que je donne les charges de l'armée à qui bon me semble : peut-être croient-ils que cette autorité m'appartient à cause de la naissance. »

XX. « Mais pensez-vous, interrompit Chrysante, que la multitude assemblée soit jamais d'avis que le partage ne se fasse pas également, mais que les plus braves obtiennent plus de butin et plus d'honneurs? —Je le pense, répondit Cyrus, tant parce que vous appuierez cette opi-

ποιεῖν πάντας	de faire tous
ἰσομοίρους,	ayant-des-parts-égales,
ἢν ὁ θεὸς δῷ τι ἀγαθὸν	si le dieu donne quelque chose de bon
ἐκ τῶν πόνων,	à la suite de nos fatigues,
ἢ σκοποῦντας τὰ ἔργα ἑκάστου,	ou examinant les actions de chacun,
προςτιθέναι καὶ τὰς τιμὰς	attribuer aussi les honneurs
ἑκάστῳ	à chacun
πρὸς ταῦτα ; »	selon ces *actions*? »
XIX. Ὁ Χρυσάντας ἔφη ·	XIX. Chrysantas dit :
« Ἀλλὰ τί δεῖ	« Mais pourquoi faut-il
ἐμβαλεῖν λόγον περὶ τούτου,	introduire un discours sur cela,
ἀλλὰ οὐχὶ προειπεῖν,	mais ne pas proclamer,
ὅτι ποιήσεις οὕτως;	que tu feras ainsi?
ἢ σὺ οὐ προεῖπας, ἔφη,	ou n'as-tu pas proclamé, dit-il,
καὶ τοὺς ἀγῶνας καὶ τὰ ἆθλα ; »	et les luttes et les prix? »
Ὁ Κῦρος ἔφη · « Ἀλλὰ μὰ Δία,	Cyrus dit : « Mais par Jupiter,
ταῦτα	ces choses-ci
οὐχ ὅμοια ἐκείνοις ·	ne *sont* pas semblables à celles-là;
οἶμαι γάρ, ἡγήσονται	car je crois, ils penseront *les choses*
ἃ μὲν ἂν στρατευόμενοι	que faisant-la-guerre
κτήσωνται,	ils pourront acquérir,
εἶναι κοινὰ ἑαυτοῖς ·	être communes à eux-mêmes;
νομίζουσι δὲ ἴσως	mais ils pensent peut-être
τὴν ἀρχὴν τῆς στρατιᾶς	le commandement de l'armée
εἶναι ἐμὴν ἔτι οἴκοθεν ·	être mien encore de la maison ;
ὥςτε νομίζουσιν ἐμὲ	de sorte qu'ils pensent moi
διατάττοντα τοὺς ἐπιστάτας	disposant les chefs
ἀδικεῖν οὐδέν, οἶμαι. »	*n*'être-injuste en rien, je crois. »
XX. Ὁ Χρυσάντας ἔφη ·	XX. Chrysantas dit :
« Ἦ καὶ οἴει	« Est-ce que aussi tu crois
τὸ πλῆθος συνελθὸν	la multitude s'étant réunie
ψηφίσασθαι ἄν,	pouvoir décréter,
ὥςτε ἕκαστον	de sorte que chacun
μὴ τυγχάνειν ἴσων,	ne pas obtenir des *parts* égales,
ἀλλὰ τοὺς κρατίστους πλεονεκτεῖν	mais les meilleurs avoir-davantage
καὶ τιμαῖς καὶ δώροις ; »	et en honneurs et en présents? »
Ὁ Κῦρος ἔφη · « Ἔγωγε οἶμαι,	Cyrus dit : « Moi certes je *le* crois,
ἅμα μὲν ὑμῶν	en même temps vous
συναγορευόντων,	parlant-ensemble,
ἅμα δὲ	et en même temps

αἰσχρὸν ὂν [1] ἀντιλέγειν, μὴ οὐχὶ τὸν πλεῖστα καὶ πονοῦντα καὶ ὠφελοῦντα τὸ κοινόν, τοῦτον καὶ μεγίστων ἀξιοῦσθαι. Οἶμαι δέ, ἔφη, καὶ τοῖς κακίστοις σύμφορον φανεῖσθαι τοὺς ἀγαθοὺς πλεονεκτεῖν. »

XXI. Ὁ δὲ Κῦρος ἐβούλετο καὶ αὐτῶν ἕνεκα τῶν ὁμοτίμων γενέσθαι τοῦτο τὸ ψήφισμα· βελτίους γὰρ ἂν καὶ αὐτοὺς ἡγεῖτο εἶναι, εἰ εἰδεῖεν ὅτι, ἐκ τῶν ἔργων καὶ αὐτοὶ κρινόμενοι, τῶν ἀξίων τεύξοιντο. Καιρὸς οὖν αὐτῷ ἐδόκει νῦν εἶναι ἐμβαλεῖν περὶ τούτου ψῆφον [2], ἐν ᾧ καὶ οἱ ὁμότιμοι ὤκνουν τὴν τοῦ ὄχλου ἰσομοιρίαν. Οὕτω δὴ συνεδόκει τοῖς ἐν τῇ σκηνῇ συμβαλέσθαι περὶ τούτου λόγους, καὶ συναγορεύειν ταῦτα ἔφασαν χρῆναι, ὅςτις περ ἀνὴρ οἴοιτο εἶναι.

XXII. Ἐπιγελάσας δὲ τῶν ταξιάρχων τις εἶπεν· « Ἀλλ' ἐγώ, ἔφη, ἄνδρα καὶ τοῦ δήμου οἶδα, ὃς συνερεῖ, ὥςτε μὴ εἰκῇ οὕτως

nion, que parce qu'il y a de la honte à ne vouloir pas que celui qui a le mieux servi soit le mieux récompensé. Je suis certain que même les lâches trouveront qu'il est utile de mieux récompenser les braves. »

XXI. Or, Cyrus était bien aise que ce réglement fût fait en considération des homotimes; car il savait bien que c'était le moyen d'augmenter leur courage, que de les assurer qu'on jugerait d'eux par leurs actions, et qu'ils recevraient un prix conforme à leur valeur. Ainsi il ne voulut point laisser échapper cette occasion, voyant bien qu'ils n'eussent pas été contents d'être traités de même sorte que le commun des soldats. On demeura donc d'accord que l'affaire serait proposée en public; et chacun jugea qu'elle serait soutenue de tous les braves.

XXII. « Vraiment, dit un taxiarque, en souriant, j'en connais un qui ne manquera pas de dire que les partages ne doivent point être égaux. »

ὃν αἰσχρὸν ἀντιλέγειν,	étant honteux de contredire,
μὴ οὐχὶ τὸν καὶ πονοῦντα	ne pas *falloir* celui et qui travaille
καὶ ὠφελοῦντα τὰ πλεῖστα	et qui sert le plus
τὸ κοινόν,	le public,
τοῦτον ἀξιοῦσθαι καὶ	celui-ci être jugé-digne aussi
μεγίστων.	des plus grandes récompenses.
Οἶμαι δέ, ἔφη,	Mais je crois, dit-il,
φανεῖσθαι σύμφορον	devoir paraître avantageux
καὶ τοῖς κακίστοις,	même aux plus lâches,
τοὺς ἀγαθοὺς πλεονεκτεῖν. »	les braves avoir-davantage. »
XXI. Ὁ δὲ Κῦρος ἐβούλετο	XXI. Mais Cyrus voulait
τοῦτο τὸ ψήφισμα γενέσθαι	ce décret se faire
καὶ ἕνεκα	aussi à cause
τῶν ὁμοτίμων αὐτῶν·	des homotimes eux-mêmes;
ἡγεῖτο γὰρ καὶ αὐτοὺς	car il pensait aussi eux
εἶναι ἂν βελτίους,	pouvoir être meilleurs,
εἰ εἰδεῖεν ὅτι,	s'ils savaient que,
καὶ αὐτοὶ κρινόμενοι	aussi eux-mêmes étant jugés
ἐκ τῶν ἔργων,	d'après leurs actions,
τεύξοιντο	ils obtiendraient
τῶν ἀξίων.	les *récompenses* convenables.
Καιρὸς οὖν ἐδόκει αὐτῷ	L'occasion donc paraissait à lui
εἶναι νῦν	être maintenant
ἐμβαλεῖν ψῆφον περὶ τούτου,	d'introduire un vote sur cela,
ἐν ᾧ καὶ οἱ ὁμότιμοι	dans quoi aussi les homotimes
ὤκνουν	craignaient
τὴν ἰσομοιρίαν τοῦ ὄχλου.	le partage-égal de la multitude.
Συνεδόκει δὴ οὕτω	Or il paraissait-également-bon ainsi
τοῖς ἐν τῇ σκηνῇ	à ceux *qui étaient* dans la tente
συμβαλέσθαι λόγους περὶ τούτου,	de joindre des discours sur cela,
καὶ ἔφασαν χρῆναι,	et ils disaient falloir,
ὅστις περ οἴοιτο εἶναι ἀνήρ,	quiconque croyait être un homme,
συναγορεύειν ταῦτα.	soutenir ces choses.
XXII. Τὶς δὲ τῶν ταξιάρχων	XXII. Et l'un des taxiarques
ἐπιγελάσας εἶπεν·	ayant ri-là-dessus dit :
« Ἀλλὰ ἐγὼ οἶδα, ἔφη,	« Mais moi je sais, dit il,
ἄνδρα καὶ τοῦ δήμου,	un homme même du peuple,
ὃς συνερεῖ,	qui parlera-avec *nous*,
ὥστε ἰσομοιρίαν	de sorte que un partage-égal
μὴ εἶναι οὕτως εἰκῇ. »	ne pas être ainsi au hasard. »

ἰσομοιρίαν εἶναι. » Ἄλλος δ' ἀντήρετο, τοῦτον τίνα λέγοι. Ὁ δ' ἀπεκρίνατο· « Ἔστι, νὴ Δί', ἀνὴρ σύσκηνος ἐμός, ὃς ἐν παντὶ μαστεύει πλέον ἔχειν. » Ἄλλος δ' αὖ ἐπήρετο αὐτόν· « Ἦ καὶ τῶν πόνων; — Μὰ Δί', ἔφη, οὐ μὲν δή· ἀλλὰ τοῦτό γε ψευδόμενος ἑάλωκα· καὶ γὰρ πόνων, καὶ τῶν ἄλλων τῶν τοιούτων, πάνυ πράως ἐᾷ τὸν βουλόμενον πλέον ἔχειν. »

XXIII. « Ἀλλ' ἐγὼ μέν, ἔφη ὁ Κῦρος, ὦ ἄνδρες, γιγνώσκω, τοὺς τοιούτους ἀνθρώπους, οἷον καὶ νῦν ὅδε λέγει, εἴπερ δεῖ ἐνεργὸν καὶ πειθόμενον ἔχειν τὸ στράτευμα, ἐξαιρετέους εἶναι ἐκ τῆς στρατιᾶς. Δοκεῖ γάρ μοι τὸ μὲν πολὺ τῶν στρατιωτῶν εἶναι οἷον ἕπεσθαι, ᾗ ἄν τις ἡγῆται· ἄγειν δ', οἶμαι, ἐπιχειροῦσιν οἱ μὲν καλοὶ κἀγαθοὶ ἐπὶ τὰ καλὰ κἀγαθά, οἱ δὲ πονηροὶ ἐπὶ τὰ πονηρά.

XXIV. « Καὶ πολλάκις τοίνυν πλείονας ὁμογνώμονας λαμβάνουσιν οἱ φαῦλοι, ἢ οἱ σπουδαῖοι· ἡ γὰρ πονηρία, διὰ τῶν

On lui demanda de qui il parlait. « C'est, répondit-il, d'un soldat de mon bataillon, qui veut toujours avoir meilleure part que les autres en quoi que ce soit.—Eh quoi ! lui dit quelqu'un, aime-t-il aussi à prendre plus de part que les autres dans le travail ? — Non pas ; car, pour les choses pénibles, il les laisse volontiers à qui veut en prendre plus que lui. »

XXIII. « Quiconque veut avoir de bonnes troupes, répliqua Cyrus, doit renvoyer de l'armée tous ceux qui sont de pareille humeur. Car je remarque que les soldats vont d'ordinaire comme on les mène : c'est pourquoi, si les vertueux et les vaillants portent leurs compagnons au bien, les méchants et les lâches les en détournent.

XXIV. « Cependant, il arrive le plus souvent que les méchants trouvent beaucoup plus de gens qui les veulent suivre, que les vertueux;

Ἄλλος δὲ ἀντήρετο,	Et un autre demanda-à-son-tour,
τίνα λέγοι τοῦτον.	qui il disait celui-ci.
Ὁ δὲ ἀπεκρίνατο· « Νὴ Δία,	Et il répondit : « Par Jupiter,
ἀνήρ ἐστι	un homme est
σύσκηνος ἐμός,	compagnon-de-tente de-moi,
ὃς μαστεύει ἔχειν πλέον ἐν παντί. »	qui desire avoir plus en tout. »
Ἄλλος δὲ αὖ ἐπήρετο αὐτόν·	Et un autre encore interrogea lui :
« Ἦ καὶ	« Est-ce que aussi *il desire*
τῶν πόνων;	*avoir plus* des fatigues ?
— Μὰ Δία, ἔφη,	— Par Jupiter, dit-il,
οὐ μὲν δή·	non pas certes ;
ἀλλὰ ψευδόμενος τοῦτό γε	mais mentant en ceci du moins
ἑάλωκα·	j'ai été pris ;
καὶ γὰρ ἐᾷ ἀεὶ	et en effet il permet toujours
πάνυ πράως	tout à fait tranquillement
τὸν βουλόμενον	celui qui veut
ἔχειν πλέον πόνων	avoir plus de travaux
καὶ τῶν ἄλλων τῶν τοιούτων. »	et des autres choses telles. »
XXIII. Ὁ Κῦρος ἔφη·	XXIII. Cyrus dit :
« Ὦ ἄνδρες,	« O hommes,
ἀλλὰ ἐγὼ μὲν γιγνώσκω,	eh bien moi je pense,
τοὺς ἀνθρώπους τοιούτους	les hommes tels
οἷον ὅδε λέγει καὶ νῦν,	que celui-ci dit aussi maintenant,
εἶναι ἐξαιρετέους ἐκ τῆς στρατιᾶς,	être à-retrancher de l'armée,
εἴπερ δεῖ ἔχειν τὸ στράτευμα	si toutefois il faut avoir l'armée
ἐνεργὸν καὶ πειθόμενον.	active et obéissante.
Τὸ μὲν γὰρ πολὺ τῶν στρατιωτῶν	Car le grand *nombre* des soldats
δοκεῖ μοι εἶναι οἷον	paraît à moi être-de-nature
ἕπεσθαι ᾗ ἄν τις ἡγῆται·	à suivre où on *le* conduit ;
οἱ δὲ καλοὶ μὲν καὶ ἀγαθοὶ	mais les *hommes* beaux et bons
ἐπιχειροῦσιν ἄγειν	entreprennent de conduire
ἐπὶ τὰ καλὰ καὶ ἀγαθά,	vers les choses belles et bonnes,
οἱ δὲ πονηροὶ ἐπὶ τὰ πονηρά,	et les mauvais vers les mauvaises,
οἶμαι.	je crois.
XXIV. « Καὶ τοίνυν οἱ φαῦλοι	XXIV. « Et ainsi les *hommes* vils
λαμβάνουσι πολλάκις	prennent souvent
πλείονας ὁμογνώμονας	plus *d'hommes* de-leur-avis
ἢ οἱ σπουδαῖοι·	que les *hommes* vertueux ;
ἡ γὰρ πονηρία, πορευομένη	car le vice, marchant
διὰ τῶν ἡδονῶν παραυτίκα,	à travers les plaisirs d'aussitôt,

παραυτίκα ἡδονῶν [1] πορευομένη, ταύτας ἔχει συμπειθούσας πολλοὺς αὐτῇ ὁμογνωμονεῖν· ἡ δ' ἀρετή, πρὸς ὄρθιον ἄγουσα [2], οὐ πάνυ δεινή ἐστιν ἐν τῷ παραυτίκα εἰκῇ συνεπισπᾶσθαι· ἄλλως τε καὶ ἣν ἄλλοι ὦσιν, ἐπὶ τὸ πρανὲς καὶ τὸ μαλακὸν ἀντιπαρακαλοῦντες.

XXV. « Καὶ τοίνυν, ἤν μέν τινες βλακείᾳ καὶ ἀπονίᾳ μόνον κακοὶ ὦσι, τούτους ἐγὼ νομίζω, ὥςπερ κηφῆνας, δαπάνῃ μόνον ζημιοῦν τοὺς κοινωνούς· οἳ δ' αὖ τῶν μὲν πόνων κακοὶ ὦσι κοινωνοί, πρὸς δὲ τὸ πλεονεκτεῖν σφοδροὶ καὶ ἀναίσχυντοι, οὗτοι καὶ ἡγεμονικοί εἰσι πρὸς τὰ πονηρά· πολλάκις γὰρ δύνανται τὴν πονηρίαν πλεονεκτοῦσαν ἀποδεικνύναι· ὥςτε παντάπασιν ἐξαιρετέοι οἱ τοιοῦτοι ἡμῖν εἰσι.

XXVI. « Καὶ μηδὲ μέντοι σκοπῆτε, ὅπως ἐκ τῶν πολιτῶν ἀντιπληρώσετε τὰς τάξεις· ἀλλ', ὥςπερ ἵππους, οἳ ἂν ἄριστοι

parce que la volupté a mille charmes faciles pour se faire aimer : au contraire, la vertu, montant par un sentier rude et difficile, n'a pas grande amorce pour attirer les esprits à soi, principalement quand d'autres cherchent à ramener ceux qui commencent à la suivre dans un genre de vie plus agréable.

XXV. « Aussi quand les soldats n'ont point d'autres défauts que d'être fainéants et paresseux, je les compare aux frelons, car ce sont autant de bouches inutiles qui causent des pertes à l'armée. Mais ceux qui manquent de cœur quand il faut travailler, et qui du reste sont prompts et hardis à prendre à toutes mains, je tiens qu'ils donnent de très mauvais exemples aux autres, parce qu'il est bien malaisé que leur méchanceté ne soit quelquefois heureuse : c'est pourquoi il en faut purger notre armée.

XXVI. « Et qu'on ne soit point en peine si l'on trouvera des gens de notre pays même pour remplir les compagnies; car comme vous n'ê-

ἔχει ταύτας
συμπειθούσας πολλοὺς
ὁμογνωμονεῖν αὐτῇ·
ἡ δὲ ἀρετή,
ἄγουσα πρὸς ὄρθιον,
οὐκ ἔστι πάνυ δεινὴ
ἐν τῷ συνεπισπᾶσθαι
παραυτίκα εἰκῆ·
ἄλλως τε καὶ
ἢν ἄλλοι ὦσιν
ἀντιπαρακαλοῦντες
ἐπὶ τὸ πρανὲς
καὶ μαλακόν.

XXV. « Καὶ τοίνυν, ἢν μέν τινες
ὦσι μόνον κακοὶ
βλακείᾳ καὶ ἀπονίᾳ,
ἐγὼ νομίζω τούτους
ζημιοῦν μόνον δαπάνῃ
τοὺς κοινωνούς,
ὥςπερ κηφῆνας·
οἳ δὲ αὖ ὦσι μὲν
κακοὶ κοινωνοὶ τῶν πόνων,
σφοδροὶ δὲ καὶ ἀναίσχυντοι
πρὸς τὸ πλεονεκτεῖν,
οὗτοί εἰσι καὶ
ἡγεμονικοὶ
πρὸς τὰ πονηρά·
δύνανται γὰρ πολλάκις
ἀποδεικνύναι τὴν πονηρίαν
πλεονεκτοῦσαν·
ὥστε οἱ τοιοῦτοί εἰσιν
ἐξαιρετέοι
παντάπασιν ἡμῖν.

XXVI. « Καὶ μέντοι
μηδὲ σκοπῆτε
ὅπως ἀντιπληρώσετε
τὰς τάξεις ἐκ τῶν πολιτῶν·
ἀλλά, ὥςπερ ζητεῖτε
τούτους ἵππους,
οἳ ἂν ὦσιν ἄριστοι,

a ces *plaisirs*
qui *l'*aident-à-persuader à beaucoup
d'être-de-même-avis qu'elle;
mais la vertu,
conduisant vers un *endroit* élevé,
n'est pas tout à fait habile
dans le attirer-avec *elle*
sur le champ au hasard;
et autrement encore (et surtout)
si d'autres sont
invitant-d'un-autre-côté
vers *ce qui est* en-pente
et mou (facile).

XXV. « Et ainsi, si quelques-uns
sont seulement méchants
par mollesse et haine-du-travail,
je crois ceux-ci
nuire seulement par la dépense
à *leurs* compagnons,
comme des frelons;
mais d'un autre côté ceux qui sont
mauvais compagnons des fatigues,
mais violents et sans-honte
pour le avoir-davantage,
ceux-ci sont aussi
capables-de-conduire
vers les choses mauvaises;
car ils peuvent souvent
faire-voir le vice
ayant-davantage;
de sorte que les *hommes* tels sont
devant-être-retranchés
tout à fait par nous.

XXVI. « Et certes
n'examinez pas non plus
comment vous remplirez-en-échange
les compagnies de concitoyens;
mais, comme vous recherchez
ces chevaux,
ceux qui peuvent être les meilleurs,

ὦσιν, οὐχ οἳ ἂν πατριῶται, τούτους ζητεῖτε, οὕτω καὶ ἀνθρώπους ἐκ πάντων, οἳ ἂν ὑμῖν μάλιστα δοκῶσι συνισχυριεῖν τε ὑμᾶς καὶ συγκοσμήσειν, τούτους λαμβάνετε. Μαρτυρεῖ δέ μοι καὶ τόδε πρὸς τὸ ἀγαθόν· οὔτε γὰρ ἅρμα δήπου ταχὺ γένοιτ' ἄν, βραδέων ἵππων ἐνόντων, οὔτε δίκαιον[1], ἀδίκων συνεζευγμένων· οὐδέ γε οἶκος δύναται εὖ οἰκεῖσθαι, πονηροῖς οἰκέταις χρώμενος· ἀλλὰ καὶ ἐνδεόμενος οἰκετῶν, ἧττον σφάλλεται, ἢ ὑπὸ ἀδίκων ταραττόμενος.

XXVII. « Εὖ δὲ ἴστε, ὦ ἄνδρες, ἔφη, φίλοι, ὅτι οὐδὲ τοῦτο μόνον ὠφελήσουσιν οἱ κακοὶ ἀφαιρεθέντες, ὅτι κακοι ἀπέσονται, ἀλλὰ καὶ τῶν καταμενόντων, ὅσοι μὲν ἂν ἀνεπίμπλαντο ἤδη κακίας, ἀνακαθαροῦνται πάλιν αὐτήν· οἱ δὲ ἀγαθοί, τοὺς κακοὺς δόντες ἀτιμασθέντας, πολὺ εὐθυμότερον τῆς ἀρετῆς ἀνθέξονται. »

XXVIII. Ὁ μὲν οὕτως εἶπε· τοῖς δὲ φίλοις ἅπασι συνέδοξε ταῦτα, καὶ οὕτως ἐποίουν.......... ....

tes point plus curieux des chevaux de votre pays que de ceux d'une autre contrée, pourvu qu'ils soient bons; de même, il faut particulièrement considérer, dans le choix des hommes, ceux qui sont capables de fortifier notre parti et de nous faire honneur. En voici encore une autre preuve : un chariot n'a garde d'aller vite, s'il est attelé de chevaux pesants, ni d'avoir une course égale, s'il est attelé de mauvais chevaux ; de même, une maison n'est jamais bien conduite, quand elle est gouvernée par de mauvais serviteurs, et celle où il n'y en a point du tout est beaucoup moins en danger.

XXVII. « Sachez donc, mes amis, qu'après avoir chassé les méchants, non seulement nous aurons cet avantage, de nous être délivrés d'une dangereuse compagnie; mais que ceux qui pourront déjà commencer à se corrompre, reprendront leur ancienne pureté, et que les vertueux demeureront plus fermes, voyant l'infamie que vous aurez attachée au vice. »

XXVIII. Ainsi parla Cyrus; tout le monde fut du même avis : et cela fut exécuté en temps et lieu. . . . .

οὐχ οἳ ἂν πατριῶται,	*et* non pas ceux *qui sont* de-votre-pays,
οὕτω λαμβάνετε ἐκ πάντων	ainsi prenez d'entre tous
τούτους ἀνθρώπους,	ces hommes,
οἳ ἂν δοκῶσιν ὑμῖν	qui peuvent paraître à vous
συνισχυριεῖν τε ὑμᾶς	et devoir fortifier vous
καὶ συγκοσμήσειν μάλιστα.	et devoir *vous* orner le plus.
Τόδε δὲ μαρτυρεῖ	Et cela sert-de-témoignage
καί μοι πρὸς τὸ ἀγαθόν·	aussi à moi pour le bien :
ἅρμα γὰρ γένοιτο ἂν δήπου	car un char *ne* serait assurément
οὔτε ταχύ, ἵππων βραδέων	ni rapide, des chevaux lents
ἐνόντων,	y-étant *attelés*,
οὔτε δίκαιον,	ni égal (traîné avec égalité),
ἀδίκων	des *chevaux* inégaux
συνεζευγμένων·	étant-attelés-ensemble ;
οἶκός γε χρώμενος	et une maison certes se servant
οἰκέταις πονηροῖς	de serviteurs mauvais
οὐδὲ δύναται οἰκεῖσθαι εὖ·	ne peut pas non plus être régie bien;
ἀλλὰ καὶ ἐνδεόμενος οἰκετῶν	mais même manquant de serviteurs
σφάλλεται ἧττον,	elle trébuche moins,
ἢ ταραττόμενος	qu'étant bouleversée
ὑπὸ ἀδίκων.	par des *serviteurs* injustes (mauvais).
XXVII. « Ὦ ἄνδρες φίλοι, ἔφη,	XXVII. « O hommes amis, dit-il,
ἴστε δὲ εὖ,	mais sachez bien,
ὅτι οἱ κακοὶ ἀφαιρεθέντες	que les mauvais ayant été retranchés
οὐδὲ ὠφελήσουσι	ne seront-pas-utiles non plus
τοῦτο μόνον,	en ceci seulement,
ὅτι οἱ κακοὶ ἀπέσονται,	que les mauvais seront-absents,
ἀλλὰ καὶ ὅσοι μὲν ἂν	mais encore tous ceux qui
τῶν καταμενόντων	parmi ceux qui restent
ἀνεπίμπλαντο ἤδη κακίας,	étaient remplis déjà de méchanceté,
ἀνακαθαροῦνται πάλιν αὐτήν·	se purifieront de nouveau d'elle ;
οἱ δὲ ἀγαθοί, ἰδόντες	et les bons, ayant vu
τοὺς κακοὺς ἀτιμασθέντας,	les mauvais ayant été déshonorés,
ἀνθέξονται τῆς ἀρετῆς	embrasseront la vertu
πολὺ εὐθυμότερον. »	avec beaucoup plus d'ardeur. »
XXVIII. Ὁ μὲν εἶπεν οὕτω·	XXVIII. Il parla à la vérité ainsi ;
ταῦτα δὲ	et ces choses
συνέδοξεν	parurent-bonnes-à-la-fois
ἅπασι τοῖς φίλοις,	à tous ses amis,
καὶ ἐποίουν οὕτως......	et ils firent ainsi......

ΚΕΦΑΛΑΙΟΝ Γ'.

I. Τοιαῦτα μὲν δὴ καὶ γελοῖα καὶ σπουδαῖα καὶ ἐλέγετο καὶ ἐπράττετο ἐν τῇ σκηνῇ. Τέλος δέ, τὰς τρίτας σπονδὰς ποιήσαντες, καὶ εὐξάμενοι τοῖς θεοῖς τὰ ἀγαθά[1], τὴν σκηνὴν εἰς κοίτην διέλυον. Τῇ δ' ὑστεραίᾳ, ὁ Κῦρος συνέλεξε τοὺς στρατιώτας πάντας, καὶ ἔλεξε τοιάδε·

II. « Ἄνδρες φίλοι, ὁ μὲν ἀγὼν ἡμῖν ἐγγύς· προσέρχονται γὰρ οἱ πολέμιοι. Τὰ δὲ ἆθλα τῆς νίκης, ἢν μὲν ἡμεῖς νικῶμεν (τοῦτο γὰρ ἀεὶ καὶ λέγειν, ἔφη, καὶ ποιεῖν δεῖ), δηλονότι οἵ τε πολέμιοι ἂν ἡμέτεροι καὶ τῶν πολεμίων ἀγαθὰ πάντα· ἢν δὲ ἡμεῖς αὖ νικώμεθα, καὶ οὕτω τὰ τῶν ἡττωμένων ἀγαθὰ πάντα τοῖς νικῶσιν ἀεὶ ἆθλα πρόκειται.

III. « Οὕτω δή, ἔφη, δεῖ ὑμᾶς γιγνώσκειν, ὡς, ὅταν μὲν ἄνθρωποι, κοινωνοὶ πολέμου γενόμενοι, ἐν ἑαυτοῖς ἔχωσιν ἕκαστοι, ὡς, εἰ μὴ αὐτός τις προθυμηθήσεται, οὐδὲν ἐσόμενον τῶν δεόντων, ταχὺ πολλά τε καὶ καλὰ διαπράττονται· οὐδὲν γὰρ

CHAPITRE III.

I. C'est ainsi qu'ils s'entretenaient, tantôt de discours sérieux, tantôt de propos divertissants. Enfin, après avoir achevé les dernières libations et remercié les dieux, ils se retirèrent pour s'aller coucher. Le lendemain Cyrus assembla toutes les troupes, et leur parla en ces termes :

II. « Mes amis, le jour de la bataille approche, les ennemis s'avancent. Vous n'ignorez pas pour quel prix on doit combattre : si nous remportons la victoire (car c'est là ce qu'il faut dire et faire), nos ennemis et tous leurs biens seront en notre puissance; s'il en arrive autrement, vous devez savoir que les biens des vaincus sont toujours la récompense des vainqueurs.

III. « Au reste, je vous avertis que les gens de guerre ne sauraient rien achever de grand ni de mémorable, si chaque soldat ne pense en soi-même, que de sa valeur dépend le salut de toute l'armée : quand

ΚΕΦΑΛΑΙΟΝ Γ'.	CHAPITRE III.
I. Τοιαῦτα μὲν δὴ	I. Ainsi des choses telles
καὶ γελοῖα καὶ σπουδαῖα	et plaisantes et sérieuses
καὶ ἐλέγετο καὶ ἐπράττετο	et se disaient et se faisaient
ἐν τῇ σκηνῇ.	dans la tente.
Τέλος δέ, ποιήσαντες	Mais à la fin, ayant fait
τὰς τρίτας σπονδάς,	les troisièmes libations,
καὶ εὐξάμενοι	et ayant demandé
τὰ ἀγαθὰ τοῖς θεοῖς,	les biens aux dieux,
διέλυον τὴν σκηνὴν εἰς κοίτην.	ils congédièrent la tente pour le lit.
Ὁ δὲ Κῦρος	Mais Cyrus
συνέλεξε τῇ ὑστεραίᾳ	réunit le *jour* suivant
πάντας τοὺς στρατιώτας,	tous les soldats,
καὶ ἔλεξε τοιάδε·	et dit des *paroles* telles :
II. « Ἄνδρες φίλοι,	II. « Hommes amis,
ὁ μὲν ἀγὼν ἐγγὺς ἡμῖν·	le combat *est* près pour nous ;
οἱ γὰρ πολέμιοι προσέρχονται.	car les ennemis approchent.
Τὰ δὲ ἆθλα τῆς νίκης,	Quant aux prix de la victoire,
δηλονότι	*il-est*-évident-que
οἵ τε πολέμιοι ἡμέτεροι ἂν	et les ennemis *seraient* nôtres
καὶ πάντα ἀγαθὰ τῶν πολεμίων,	et tous les biens des ennemis,
ἢν μὲν ἡμεῖς νικῶμεν	si toutefois nous vainquions
(δεῖ γὰρ ἀεί, ἔφη,	(car il faut toujours, dit-il,
καὶ λέγειν καὶ ποιεῖν τοῦτο)·	et dire et faire cela) ;
ἢν δὲ αὖ	mais que si au contraire
ἡμεῖς νικώμεθα,	nous étions vaincus,
πάντα τὰ ἀγαθὰ τῶν ἡττωμένων	tous les biens de ceux qui sont battus
πρόκειται καὶ οὕτως ἀεὶ	sont réservés encore ainsi toujours
ἆθλα τοῖς νικῶσιν.	*comme* prix aux vainqueurs.
III. « Δεῖ δὴ ὑμᾶς, ἔφη,	III. « Il faut donc vous, dit-il,
γιγνώσκειν οὕτως,	connaître (penser) ainsi,
ὡς, ὅταν μὲν ἄνθρωποι,	que, lorsque des hommes,
γενόμενοι κοινωνοὶ πολέμου,	devenant compagnons de guerre,
ἕκαστοι ἔχωσιν ἐν ἑαυτοῖς,	chacuns ont en eux-mêmes,
ὡς οὐδὲν τῶν δεόντων	comme aucune des choses nécessaires
ἐσόμενον,	*ne* devant être,
εἰ μὴ αὐτός τις προθυμηθήσεται,	si lui-même il n'est pas rempli-de-zèle,
διαπράττονται ταχὺ	ils accomplissent vite
πολλά τε καὶ καλά·	et de nombreuses et de belles choses;

αὐτοῖς ἀργεῖται τῶν πράττεσθαι δεομένων· ὁπόταν δὲ ἕκαστος διανοηθῇ, ὡς ἄλλος ἔσται ὁ πράττων καὶ ὁ μαχόμενος, κἂν αὐτὸς μαλακίζηται, τοῖς τοιούτοις, ἔφη, εὖ ἴστε, ὅτι πᾶσιν ἅμα πάντα ἥξει τὰ χαλεπὰ φερόμενα.

IV. « Καὶ ὁ θεὸς οὕτω πως[1] ἐποίησε· τοῖς μὴ θέλουσιν ἑαυτοῖς προςτάττειν ἐκπονεῖν τἀγαθά, ἄλλους αὐτοῖς ἐπιτακτῆρας δίδωσι. Νῦν οὖν, ἔφη, λεγέτω τις, ἐνθάδε ἀναστάς, περὶ αὐτοῦ τούτου· ποτέρως ἂν τὴν ἀρετὴν οἴεται ἀσκεῖσθαι μᾶλλον παρ' ἡμῖν, εἰ μέλλοι ὁ πλεῖστα καὶ πονεῖν καὶ κινδυνεύειν ἐθέλων πλείστης καὶ τιμῆς τεύξεσθαι, ἢ ἂν εἰδῶμεν, ὅτι οὐδὲν διαφέρει κακὸν εἶναι· ὁμοίως γὰρ πάντες τῶν ἴσων τευξόμεθα. »

V. Ἐνταῦθα δὴ ἀναστὰς ὁ Χρυσάντας, εἷς τῶν ὁμοτίμων, ἀνὴρ οὔτε μέγας οὔτε ἰσχυρὸς ἰδεῖν, φρονήσει δὲ διαφέρων, ἔλεξεν

chacun se repose sur son compagnon, quand on se dit qu'il y en a assez d'autres pour combattre, encore qu'on ne s'en mêle point, il est presque impossible d'éviter une ruine générale.

IV. « C'est la providence divine qui a ainsi disposé des choses du monde : ceux qui ne veulent pas se commander à eux-mêmes de faire de belles actions, elle les soumet à l'empire des autres, et leur donne des maîtres. Maintenant donc, je vous demande si l'on n'aura pas plus de courage quand on sera assuré que quiconque signalera le plus sa valeur, sera le mieux récompensé, que si l'on croit qu'il n'importe point d'être lâche, et que toutes choses seront partagées également entre tous. »

V. A ces mots se leva Chrysante, l'un des homotimes, et qui sous un extérieur assez peu avantageux cachait une prudence extraor-

οὐδὲν γὰρ	car rien
τῶν δεομένων πράττεσθαι	de ce qui a besoin d'être fait
ἀργεῖται αὐτοῖς·	n'est différé par eux ;
ὁπόταν δὲ ἕκαστος	mais lorsque chacun
διανοηθῇ	a-dans-l'esprit
ὡς ἄλλος ἔσται	qu'un autre sera
ὁ πράττων καὶ ὁ μαχόμενος,	celui agissant et celui combattant,
καὶ ἐὰν αὐτὸς μαλακίζηται,	même si lui-même est-mou,
ἴστε εὖ, ἔφη,	sachez bien, dit-il,
ὅτι πάντα τὰ χαλεπὰ	que toutes les choses pénibles
ἥξει ἅμα φερόμενα	viendront à la fois étant portées
πᾶσι τοῖς τοιούτοις.	à tous les *hommes* tels.
IV. « Καὶ ὁ θεὸς	IV. « Et le dieu
ἐποίησεν οὕτω πως·	a fait ainsi à peu près :
δίδωσιν ἄλλους	il donne d'autres
ἐπιτακτῆρας αὐτοῖς,	pour commandants à eux,
τοῖς μὴ θέλουσι	à ceux qui ne veulent pas
προστάττειν ἑαυτοῖς	enjoindre à eux-mêmes
ἐκπονεῖν	d'exécuter-en-travaillant
τὰ ἀγαθά.	les choses bonnes.
Τὶς οὖν, ἔφη,	Que quelqu'un donc, dit-il,
ἀναστὰς ἐνθάδε,	s'étant levé ici,
λεγέτω νῦν περὶ τούτου αὐτοῦ·	parle maintenant sur ceci même :
ποτέρως	de laquelle des deux manières
οἴεται	il croit
τὴν ἀρετὴν ἀσκεῖσθαι ἂν μᾶλλον	la vertu pouvoir être exercée mieux
παρὰ ἡμῖν, εἰ ὁ ἐθέλων	chez nous, si celui qui veut
καὶ πονεῖν καὶ κινδυνεύειν πλεῖστα	et travailler et s'exposer le plus
μέλλοι τεύξεσθαι καὶ	doit obtenir aussi
πλείστης τιμῆς,	le plus d'honneur,
ἢ ἂν εἰδῶμεν	ou si nous savons
ὅτι διαφέρει οὐδὲν	qu'il ne diffère en rien
εἶναι κακόν·	d'être lâche ;
πάντες γὰρ	car tous
τευξόμεθα ὁμοίως	nous obtiendrons semblablement
τῶν ἴσων. »	les *récompenses* égales. »
V. Ὁ δὴ Χρυσάντας,	V. Chrysantas donc,
εἷς τῶν ὁμοτίμων,	l'un des homotimes,
ἀνὴρ οὔτε μέγας οὔτε ἰσχυρὸς ἰδεῖν,	homme ni grand ni fort à voir,
διαφέρων δὲ φρονήσει,	mais supérieur en sagesse,

ὧδε· « Ἀλλ' οἶμαι μέν, ἔφη, ὦ Κῦρε, οὐδὲ διανοούμενόν σε, ὡς δεῖ ἴσον τοὺς κακοὺς τοῖς ἀγαθοῖς ἔχειν, ἐμβαλεῖν τοῦτον τὸν λόγον· ἀλλ' ἀποπειρώμενον, εἴ τις ἄρα ἔσται ἀνήρ, ὅστις ἐθελήσει ἐπιδεῖξαι ἑαυτόν, ὡς διανοεῖται [1], μηδὲν καλὸν κἀγαθὸν ποιῶν, ἃ ἂν ἄλλοι τῇ ἀρετῇ καταπράξωσι, τούτων ἰσομοιρεῖν.

VI. « Ἐγὼ δέ, ἔφη, εἰμὶ μὲν οὔτε ποσὶ ταχύς, οὔτε χερσὶν ἰσχυρός· γιγνώσκω δὲ ὅτι, ἐξ ὧν ἂν ἐγὼ τῷ ἐμῷ σώματι ποιήσω, οὐκ ἂν κριθείην οὔτε πρῶτος, οὔτε δεύτερος, οἴομαι δέ, οὐδὲ χιλιοστός, ἴσως δὲ οὐδὲ μυριοστός. Ἀλλὰ καὶ ἐκεῖνο σαφῶς ἐπίσταμαι, ὅτι, εἰ μὲν οἱ δυνατοὶ ἐῤῥωμένως ἀντιλήψονται τῶν πραγμάτων, ἀγαθοῦ τινός μοι μετέσται μέρος, ὅσον ἂν δίκαιον ᾖ· εἰ δ' οἱ μὲν κακοὶ μηδὲν ποιήσουσιν, οἱ δ' ἀγαθοὶ καὶ δυνατοὶ ἀθύμως ἕξουσι, δέδοικα, ἔφη, μὴ ἄλλου τινὸς [2] μᾶλλον, ἢ τοῦ ἀγαθοῦ, μεθέξω πλέον μέρος, ἢ ἐγὼ βούλομαι. »

dinaire ; s'adressant à Cyrus, il lui parla en ces termes : « Quand vous proposez ce doute, ce n'est point votre pensée, que les bons et les mauvais soldats reçoivent les mêmes récompenses; vous voulez plutôt sonder s'il y a des cœurs assez lâches pour ne vouloir rien faire, et pour prétendre toutefois avoir part également au butin que les autres auront acquis par leur valeur.

VI. « Pour moi, je ne suis ni fort agile, ni fort robuste; je sais qu'à juger de moi par ce que je puis faire, je ne saurais être estimé ni le premier de l'armée, ni le second, ni le millième, ni peut-être le dix-millième. Mais si les gens de cœur prennent une résolution digne d'eux, je suis certain que le succès de nos entreprises sera assez favorable pour s'étendre jusqu'à moi, et qu'il y aura de quoi me récompenser selon ce que j'aurai mérité, comme il est juste de le faire. Que si les lâches ne font rien, et si les vaillants se découragent, je crains bien de n'avoir que trop de part à quelque malheur que je n'oserais dire. »

ἀναστὰς ἐνταῦθα, ἔλεξεν ὧδε·	s'étant levé alors, parla ainsi :
« Ὦ Κῦρε, ἔφη, ἀλλὰ οἶμαι μέν,	« O Cyrus, dit-il, eh bien je crois,
σὲ οὐδὲ διανοούμενον,	toi n'ayant-pas-dans-l'esprit non plus,
ὡς δεῖ τοὺς κακοὺς	qu'il faut les lâches
ἔχειν ἴσον τοῖς ἀγαθοῖς,	avoir une *part* égale aux braves,
ἐμβαλεῖν τοῦτον τὸν λόγον·	avoir introduit ce discours;
ἀλλὰ ἀποπειρώμενον,	mais éprouvant,
εἰ ἄρα τις ἀνὴρ ἔσται,	si par hasard quelque homme sera,
ὅςτις ἐθελήσει ἐπιδεῖξαι ἑαυτόν,	qui voudra faire-voir lui-même,
ὡς διανοεῖται,	qu'il pense,
ποιῶν μηδὲν καλὸν καὶ ἀγαθόν,	*ne* faisant rien de beau et de bon,
ἰσομοιρεῖν τούτων,	avoir-une-part-égale de ces *biens*,
ἃ ἄλλοι	que d'autres
καταπράξωσιν ἂν τῇ ἀρετῇ.	auront acquis par la valeur.
VI. « Ἐγὼ δέ εἰμι, ἔφη,	VI. « Or moi je *ne* suis, dit-il,
οὔτε ταχὺς ποσίν,	ni agile des pieds,
οὔτε ἰσχυρὸς χερσί· γιγνώσκω δέ,	ni fort des mains; mais je sais,
ὅτι οὐκ ἂν κριθείην	que je ne pourrais être jugé
οὔτε πρῶτος, οὔτε δεύτερος,	ni le premier ni le second,
οἴομαι δέ, οὔτε χιλιοστός,	et je crois, ni le millième,
ἴσως δὲ οὐδὲ	et peut-être pas même
μυριοστός,	le dix-millième,
ἐξ ὧν ἐγὼ ἂν ποιήσω	d'après *les choses* que j'aurai faites
τῷ ἐμῷ σώματι.	avec mon corps.
Ἀλλὰ ἐπίσταμαι σαφῶς καὶ ἐκεῖνο,	Mais je sais clairement encore cela,
ὅτι μέρος τινὸς ἀγαθοῦ,	qu'une part de quelque bien,
ὅσον ἂν ᾖ δίκαιον,	aussi grande qu'il sera juste,
μετέσται μοι,	reviendra à moi,
εἰ μὲν οἱ δυνατοὶ	si toutefois les *hommes* forts
ἀντιλήψονται ἐρρωμένως	s'attaquent vigoureusement
τῶν πραγμάτων·	aux choses;
εἰ δὲ οἱ μὲν κακοὶ	mais si les lâches
ποιήσουσι μηδέν,	*ne* font rien,
οἱ δὲ ἀγαθοὶ καὶ δυνατοὶ	et que les bons et les forts
ἕξουσιν ἀθύμως,	soient dans-le-découragement,
δέδοικα, ἔφη,	je crains, dit-il,
μὴ μεθέξω	que je n'aie-en-partage
πλέον μέρος ἢ ἐγὼ βούλομαι,	une plus grande part que je *ne* veux,
τινὸς ἄλλου	de quelque autre chose
μᾶλλον ἢ τοῦ ἀγαθοῦ. »	plutôt que du bien. »

VII. Χρυσάντας μὲν δὴ οὕτως εἶπεν. Ἀνέστη δ' ἐπ' αὐτῷ Φεραύλας, Πέρσης, τῶν δημοτῶν, Κύρῳ πως ἔτι οἴκοθεν συνήθης καὶ ἀρεστὸς ἀνήρ, καὶ τὸ σῶμα οὐκ ἀφυής, καὶ τὴν ψυχὴν οὐκ ἀγεννεῖ ἀνδρὶ ἐοικώς. Καὶ ἔλεξε τοιάδε·

VIII. « Ἐγὼ δέ, ἔφη, ὦ Κῦρε καὶ πάντες οἱ παρόντες Πέρσαι, ἡγοῦμαι μὲν ἡμᾶς ἐκ τοῦ ἴσου νῦν ὁρμᾶσθαι πάντας εἰς τὸ ἀγωνίζεσθαι περὶ ἀρετῆς· ὁρῶ γὰρ ὁμοίᾳ μὲν τροφῇ πάντας ἡμᾶς τὸ σῶμα ἀσκοῦντας, ὁμοίας δὲ συνουσίας πάντας ἀξιουμένους, τὰ δὲ αὐτὰ καλὰ πᾶσιν ἡμῖν προκείμενα· τό τε γὰρ τοῖς ἄρχουσι πείθεσθαι, πᾶσιν ἐν κοινῷ κεῖται· καὶ ὃς ἂν φανῇ τοῦτο ἀπροφασίστως ποιῶν, τοῦτον ὁρῶ παρὰ Κύρου τιμῆς τυγχάνοντα· τό τε αὖ πρὸς τοὺς πολεμίους ἄλκιμον εἶναι, οὐ τῷ μὲν προσῆκον, τῷ δὲ οὔ, ἀλλὰ πᾶσι καὶ τοῦτο προκέκριται κάλλιστον εἶναι.

VII. Ainsi parla Chrysante. Après lui Phéraulas se leva et prit la parole : celui-ci, encore qu'il fût du peuple, n'avait pas laissé d'acquérir de longue main beaucoup de crédit auprès de Cyrus, car il était fort bien fait de sa personne, et il avait donné plusieurs marques de son courage. Voici de quelle façon il dit son avis :

VIII. « Il me semble, dit-il, que nous pouvons tous également disputer le prix de la valeur, et que les homotimes n'ont point d'avantage sur les autres soldats. Il n'y a point de différence entre nous et eux pour la nourriture du corps; nous avons tous l'honneur d'approcher le prince; on nous propose à tous les mêmes règles pour notre conduite : il est également recommandé à tous d'obéir à leurs officiers, et je vois qu'auprès de Cyrus, il est également glorieux à tous de s'acquitter de ce devoir; de plus, on ne trouvera point que la valeur soit louable chez les uns, et qu'elle ne le soit point chez les autres : c'est une vertu estimée en tout le monde.

VII. Χρυσάντας μὲν δὴ
εἶπεν οὕτω.
Φεραύλας δέ, Πέρσης,
τῶν δημοτῶν,
ἀνὴρ συνήθης πως
καὶ ἀρεστὸς Κύρῳ
ἔτι οἴκοθεν,
καὶ οὐκ ἀφυὴς τὸ σῶμα,
καὶ οὐκ ἐοικὼς
ἀνδρὶ ἀγεννεῖ
τὴν ψυχήν,
ἀνέστη ἐπὶ αὐτῷ.
Καὶ ἔλεξε τοιάδε·
VIII. « Ὦ Κῦρε, ἔφη,
καὶ πάντες οἱ Πέρσαι
παρόντες,
ἐγὼ δὲ ἡγοῦμαι μὲν
ἡμᾶς πάντας ὁρμᾶσθαι νῦν
ἐκ τοῦ ἴσου
εἰς τὸ ἀγωνίζεσθαι περὶ ἀρετῆς·
ὁρῶ γὰρ ἡμᾶς πάντας
ἀσκοῦντας μὲν τὸ σῶμα
τροφῇ ὁμοίᾳ,
πάντας δὲ ἀξιουμένους
συνουσίας ὁμοίας,
τὰ δὲ αὐτὰ καλὰ
προκείμενα ἡμῖν πᾶσι·
τό τε γὰρ πείθεσθαι
τοῖς ἄρχουσι
κεῖται πᾶσιν ἐν κοινῷ·
καὶ ὃς ἂν φανῇ
ποιῶν τοῦτο ἀπροφασίστως,
ὁρῶ τοῦτον τυγχάνοντα
τιμῆς παρὰ Κύρου·
τό τε αὖ εἶναι ἄλκιμον
πρὸς τοὺς πολεμίους,
οὐ προσῆκον τῷ μέν,
τῷ δὲ οὔ,
ἀλλὰ καὶ τοῦτο προκέκριται
εἶναι κάλλιστον πᾶσι.

VII. Chrysantas donc
parla ainsi.
Et Phéraulas, Perse,
l'un des plébéiens,
homme familier en quelque façon
et agréable à Cyrus
encore de la maison,
et non mal-fait de corps,
et ne ressemblant pas
à un homme sans-noblesse
quant à l'âme,
se leva après lui.
Et il dit des choses telles :
VIII. « O Cyrus, dit-il,
et *vous* tous Perses
qui êtes présents,
pour moi je pense
nous tous nous élancer maintenant
d'un *point* égal
pour le combattre de vertu ;
car je vois nous tous
exerçant à la vérité le corps
par une nourriture semblable,
et tous étant jugés-dignes
d'une société semblable,
et les mêmes choses belles
étant proposées à nous tous :
car et le obéir
à ceux qui commandent
est-proposé à tous en commun ;
et celui qui s'est montré
faisant cela sans-murmurer,
je vois celui-ci obtenant
de l'honneur de la part de Cyrus ;
et encore le être valeureux
contre les ennemis,
non pas convenable à celui-ci,
et à celui-là non,
mais encore ceci a été jugé-d'avance
être très beau pour tous.

IX. « Νῦν δέ, ἔφη, ἡμῖν καὶ δέδεικται μάχη, ἣν ἐγὼ ὁρῶ πάντας ἀνθρώπους φύσει ἐπισταμένους, ὥςπερ γε καὶ τἄλλα ζῶα ἐπίσταταί τινα μάχην ἕκαστα, οὐδὲ παρ' ἑνὸς ἄλλου μαθόντα, ἢ παρὰ τῆς φύσεως [1]· οἷον ὁ βοῦς, κέρατι παίειν· ὁ ἵππος, ὁπλῇ· ὁ κύων, στόματι· ὁ κάπρος, ὀδόντι. Καὶ φυλάττεσθαι δέ, ἔφη, ἐπίσταται ταῦτα πάντα, ἀφ' ὧν μάλιστα δεῖ· καὶ ταῦτα, εἰς οὐδενὸς διδασκάλου πώποτε φοιτήσαντα.

X. « Καὶ ἐγώ, ἔφη, ἐκ παιδίου εὐθὺς [2] μὲν προβάλλεσθαι ἠπιστάμην πρὸ τούτου, ὅτῳ ᾤμην πληγήσεσθαι· καί, εἰ μὴ ἄλλο μηδὲν ἔχοιμι, τὼ χεῖρε προέχων ἐνεπόδιζον, ὅ τι ἠδυνάμην, τὸν παίοντα· καὶ τοῦτο ἐποίουν οὐ διδασκόμενος, ἀλλὰ καὶ ἐπ' αὐτῷ τούτῳ παιόμενος, εἰ προβαλλοίμην. Μάχαιράν γε μήν, εὐθὺς παιδίον ὤν, ἥρπαζον, ὅπου ἴδοιμι, οὐδὲ παρ' ἑνὸς οὐδὲ

IX. « On peut dire même que la nature, qui enseigne aux animaux à combattre avec de certaines armes qu'elle leur a données, n'enseigne pas moins aux hommes une certaine façon de se défendre qui ne leur vient point de l'art; elle a montré au taureau à heurter de ses cornes, au cheval à ruer, au chien à mordre, au sanglier à se servir de ses défenses. L'homme sait se donner de garde de tout ce qui peut lui nuire, sans qu'on le lui ait jamais appris.

X. « Je me souviens que tout enfant, je savais me défendre de tout ce qui devait me frapper; je me servais de mes mains, lorsque je n'avais pas d'autre arme, pour empêcher celui qui voulait me battre; et certes, je n'avais point appris à le faire, mais j'étais même châtié pour ce fait. A cet âge, sitôt que je voyais une épée, je me jetais des-

IX. « Μάχη δέ, ἔφη,	IX. « Mais le combat, dit-il,
ἣν ἐγὼ ὁρῶ πάντας ἀνθρώπους	que je vois tous les hommes
ἐπισταμένους φύσει,	sachant par la nature,
καὶ δέδεικται	aussi a été montré
νῦν ἡμῖν,	maintenant à nous,
ὥςπερ γε καὶ	comme certes aussi
τὰ ἄλλα ζῶα,	les autres animaux,
ἕκαστα, οὐδὲ μαθόντα	chacuns, n'ayant pas appris non plus
παρὰ ἑνὸς ἄλλου	d'un autre
ἢ παρὰ τῆς φύσεως,	que de la nature,
ἐπίσταταί τινα μάχην·	savent quelque manière-de-combattre:
οἷον ὁ βοῦς,	par exemple le bœuf,
παίειν κέρατι·	*sait* frapper de la corne;
ὁ ἵππος, ὁπλῇ·	le cheval, du sabot;
ὁ κύων, στόματι·	le chien, de la gueule;
ὁ κάπρος, ὀδόντι.	le sanglier, de la dent.
Πάντα δὲ ταῦτα, ἔφη,	Mais tous ces *animaux*, dit-il,
ἐπίσταται καὶ	savent aussi
φυλάττεσθαι	se garder *de ceux*
ἀπὸ ὧν δεῖ μάλιστα·	dont il faut *se garder* le plus;
καὶ ταῦτα, φοιτήσαντα πώποτε	et cela, *n*'ayant été jamais
εἰς οὐδενὸς διδασκάλου.	dans *la maison* d'aucun maître.
X. « Καὶ ἐγὼ μέν, ἔφη,	X. « Et moi certes, dit-il,
ἠπιστάμην	je savais
εὐθὺς ἐκ παιδίου	aussitôt dès *l'âge* d'enfant
προβάλλεσθαι πρὸ τούτου	me protéger au devant de cela
ὅτῳ ᾤμην	par quoi je croyais
πληγήσεσθαι·	devoir être frappé;
καί, εἰ μὴ ἔχοιμι μηδὲν ἄλλο,	et, si je n'avais rien autre,
προέχων τὼ χεῖρε	mettant-en-avant les mains
ἐνεπόδιζον τὸν παίοντα,	j'embarrassais celui qui me frappait,
ὅ τι ἠδυνάμην·	en ce que je pouvais;
καὶ ἐποίουν τοῦτο	et je faisais cela
οὐ διδασκόμενος,	n'étant pas enseigné,
ἀλλὰ καὶ παιόμενος	mais encore étant frappé
ἐπὶ τούτῳ αὐτῷ,	pour cela même,
εἰ προβαλλοίμην.	si je mettais-en-avant *mes mains*
Εὐθύς γε μὴν ὢν παιδίον,	Ainsi aussitôt étant enfant,
ἥρπαζον μάχαιραν	je saisissais une épée
ὅπου ἴδοιμι,	partout où je *la* voyais,

τοῦτο μαθών, ὅπως δέοι λαμβάνειν, ἄλλου, ἢ παρὰ τῆς φύσεως, ὥς ἐγώ φημι. Ἐποίουν γοῦν καὶ τοῦτο κωλυόμενος, οὐ διδασκόμενος· ὥσπερ καὶ ἄλλα ἐστίν, ἅ, εἰργόμενος καὶ ὑπὸ πατρὸς καὶ ὑπὸ μητρός, ὑπὸ τῆς φύσεως πράττειν ἠναγκαζόμην. Καί, ναὶ μὰ Δία, ἔπαιόν γε τῇ μαχαίρᾳ πᾶν ὅ τι δυναίμην λανθάνειν· οὐ γὰρ μόνον φύσει ἦν, ὥσπερ τὸ βαδίζειν καὶ τρέχειν, ἀλλὰ καὶ ἡδύ, πρὸς τῷ πεφυκέναι, τοῦτο ποιεῖν ἐδόκει μοι εἶναι.

XI. « Ἐπεὶ οὖν, ἔφη, αὕτη ἡ μάχη καταλείπεται, ἐν ᾗ προθυμίας μᾶλλον ἢ τέχνης ἔργον ἐστί, πῶς ἡμῖν οὐχ ἡδέως πρὸς τούσδε τοὺς ὁμοτίμους ἀγωνιστέον; ὅπου γε τὰ μὲν ἆθλα τῆς ἀρετῆς ἴσα πρόκειται, παραβαλλόμενοι δὲ οὐχ ἴσα εἰς τὸν κίνδυνον ἴμεν, ἀλλ' οὗτοι μὲν ἔντιμον βίον, ὅς μόνος περ ἥδιστος

sus, et personne autre que la nature ne m'avait montré par où il la fallait prendre. Je le faisais, bien que, loin de me l'apprendre, on me le défendît, et la nature m'entraînait ainsi à plusieurs autres choses, malgré les ordres de mes parents. Quand je pouvais tenir quelque épée, je m'en escrimais contre tout ce qui se rencontrait; ce n'était pas seulement un besoin de ma nature, comme de marcher et de courir, mais j'y trouvais un plaisir inexprimable.

XI. « Puisqu'il est naturel à l'homme de combattre, et que dans ces rencontres, il est moins besoin d'art que de résolution, comment ne trouverions-nous pas de plaisir à lutter contre les homotimes? Les récompenses qui leur sont proposées sont les mêmes qui nous attendent, quoique le péril ne soit pas égal : ils exposent une vie pleine de gloire et de biens, c'est-à-dire, la plus douce et la plus agréable qu'on

οὐδὲ μαθὼν οὐδὲ τοῦτο,	n'ayant pas appris non plus ceci,
ὅπως δέοι λαμβάνειν,	comment il fallait *la* prendre,
παρὰ ἑνὸς ἄλλου	d'un autre
ἢ παρὰ τῆς φύσεως,	que de la nature,
ὡς ἐγώ φημι.	comme je *le* dis.
Κωλυόμενος γοῦν,	Étant donc empêché,
οὐ διδασκόμενος,	*et* non pas enseigné,
ἐποίουν καὶ τοῦτο·	je faisais encore cela ;
ὥςπερ καὶ ἄλλα ἐστίν,	comme aussi d'autres choses sont,
ἅ, εἰργόμενος	lesquelles, étant détourné
καὶ ὑπὸ πατρὸς	et par *mon* père
καὶ ὑπὸ μητρός,	et par *ma* mère,
ἠναγκαζόμην ὑπὸ τῆς φύσεως	j'étais forcé par la nature
πράττειν.	de faire.
Καί, ναὶ μὰ Δία,	Et, par Jupiter,
ἔπαιόν γε τῇ μαχαίρᾳ	je frappais certes de l'épée
πᾶν ὅ τι	tout ce que *frappant*
δυναίμην λανθάνειν·	je pouvais demeurer-caché ;
ἦν γὰρ οὐ μόνον	car *cela* était non seulement
φύσει,	par nature,
ὥςπερ τὸ βαδίζειν καὶ τρέχειν,	comme le marcher et courir,
ἀλλὰ καὶ ἐδόκει	mais encore il *me* semblait
εἶναι ἡδὺ ποιεῖν τοῦτο,	être agréable de faire cela,
πρὸς τῷ πεφυκέναι.	outre le être-naturel.
XI. « Ἐπεὶ οὖν, ἔφη,	XI. Puisque donc, dit-il,
αὕτη ἡ μάχη,	ce combat,
ἐν ᾗ ἐστιν ἔργον προθυμίας	dans lequel est un travail d'ardeur
μᾶλλον ἢ τέχνης,	plutôt que d'art,
καταλείπεται,	*nous* est laissé,
πῶς οὐκ ἀγωνιστέον ἡμῖν	comment n'est-il pas à lutter à nous
ἡδέως	avec plaisir
πρὸς τούςδε τοὺς ὁμοτίμους;	contre ces homotimes ?
ὅπου γε τὰ μὲν ἆθλα τῆς ἀρετῆς	où certes les prix de la vertu
πρόκειται ἴσα,	sont proposés égaux,
παραβαλλόμενοι δὲ	et *où* exposant
οὐκ ἴσα,	des choses non égales,
ἴμεν εἰς τὸν κίνδυνον,	nous allons au danger,
ἀλλὰ οὗτοι μὲν	mais ceux-ci *exposant*
βίον ἔντιμον,	une vie honorée,
ὅς περ μόνος ἥδιστος	qui seule *est* la plus agréable

βίων, ἡμεῖς δὲ ἐπίπονον μέν, ἄτιμον δέ, ὅςπερ, οἶμαι, χαλεπώτατος.

XII. « Μάλιστα δέ, ὦ ἄνδρες, τοῦτό με εὐθύμως εἰς τὸν ἀγῶνα τὸν πρὸς τούςδε παρορμᾷ, ὅτι Κῦρος ἔσται ὁ κρίνων, ὃς οὐ φθόνῳ κρίνει· ἀλλὰ σὺν θεῶν ὅρκῳ λέγω, ἦ μὴν ἐμοὶ δοκεῖν Κῦρον, οὕςτινας ἂν ὁρᾷ ἀγαθούς, φιλεῖν οὐδὲν ἧττον ἑαυτοῦ· τούτοις γοῦν ὁρῶ αὐτόν, ὅ τι ἂν ἔχῃ, ἥδιον διδόντα μᾶλλον, ἢ αὐτὸν ἔχοντα.

XIII. « Καίτοι, ἔφη, οἶδα ὅτι οὗτοι μέγα φρονοῦσιν, ὅτι πεπαίδευνται δὴ καὶ πρὸς λιμὸν καὶ πρὸς δίψος καὶ πρὸς ῥῖγος καρτερεῖν· κακῶς εἰδότες, ὅτι καὶ ταῦτα ἡμεῖς ὑπὸ κρείττονος διδασκάλου πεπαιδεύμεθα, ἢ οὗτοι. Οὐ γάρ ἐστι διδάσκαλος τούτων οὐδεὶς κρείττων τῆς ἀνάγκης, ἣ ἡμᾶς καὶ λίαν ἀκριβοῦν ταῦτα ἐδίδαξε.

XIV. « Καὶ πονεῖν οὗτοι μὲν δὴ τὰ ὅπλα φέροντες ἐμελέτων, ἅ ἐστιν ἅπασιν ἀνθρώποις εὑρημένα, ὡς ἂν εὐφορώτατα εἴη·

puisse avoir; nous n'en pouvons hasarder qu'une laborieuse et vile, c'est-à-dire la plus misérable de toutes.

XII. « Ce qui m'excite encore davantage, c'est que Cyrus doit être juge de nos actions, mais juge sans passion et sans envie, et qui, j'en atteste les dieux, a toujours aimé à l'égal de lui-même ceux qui ont eu du courage; aussi nous voyons qu'il a pris plus de plaisir à leur donner ce qu'il a eu, qu'à le retenir pour lui-même.

XIII. « Je sais que les homotimes s'estiment bien fort, à cause qu'ils ont appris à supporter la faim et la soif, le froid et le chaud; mais ils ne savent pas que nous l'avons appris aussi bien qu'eux, et sous un meilleur maître que le leur. Car il n'y a point de meilleur maître pour cela que la nécessité même, laquelle n'a rien oublié à nous montrer sur ce sujet.

XIV. « Il a fallu leur apprendre à porter leurs armes, bien qu'elles soient faites pour être aisées à porter: mais nous, qui sommes accou-

βίων,	des vies,
ἡμεῖς δὲ ἐπίπονον μέν,	et nous une *vie* laborieuse,
ἄτιμον δέ,	et sans-honneurs,
ὅσπερ χαλεπώτατος, οἶμαι.	qui *est* la plus pénible, je crois.
XII. « Ὦ ἄνδρες, τοῦτο δὲ	XII. « O hommes, mais ceci
παρορμᾷ μάλιστά με εὐθύμως	excite le plus moi avec-bon-cœur
εἰς τὸν ἀγῶνα πρὸς τούσδε,	à la lutte contre ceux-ci,
ὅτι Κῦρος,	que Cyrus,
ὃς οὐ κρίνει φθόνῳ,	qui ne juge pas avec envie,
ἔσται ὁ κρίνων·	sera celui qui juge;
ἀλλά, λέγω σὺν ὅρκῳ	mais, je dis avec le serment
θεῶν,	des dieux,
ἦ μὴν Κῦρον δοκεῖν ἐμοὶ	certes Cyrus paraître à moi
φιλεῖν οὐδὲν ἧττον ἑαυτοῦ	aimer en rien moins que lui-même
οὕστινας ἂν ὁρᾷ ἀγαθούς·	ceux qu'il voit braves;
ὁρῶ γοῦν αὐτὸν διδόντα τούτοις	je vois donc lui donnant à ceux-ci
ὅ τι ἂν ἔχῃ	ce qu'il peut avoir
ἥδιον	avec plus de plaisir
μᾶλλον ἢ αὐτὸν ἔχοντα.	plutôt que lui-même *l'*ayant.
XIII. « Καί τοι οἶδα, ἔφη,	XIII. « Cependant je sais, dit-il,
ὅτι οὗτοι φρονοῦσι	que ceux-ci pensent
μέγα,	grandement (sont fiers),
ὅτι πεπαίδευνται δὴ	parce qu'ils ont été élevés certes
καρτερεῖν καὶ πρὸς λιμὸν	à être-endurants et contre la faim
καὶ πρὸς δίψος	et contre la soif
καὶ πρὸς ῥῖγος·	et contre le froid;
εἰδότες κακῶς	sachant mal
ὅτι καὶ ἡμεῖς	que nous aussi
πεπαιδεύμεθα ταῦτα	nous avons été élevés à ces choses
ὑπὸ διδασκάλου κρείττονος ἢ οὗτοι.	par un maître meilleur qu'eux.
Οὐδεὶς γὰρ διδάσκαλος τούτων	Car aucun maître de ces choses
οὐκ ἔστι κρείττων τῆς ἀνάγκης,	n'est meilleur que la nécessité,
ἣ ἐδίδαξεν ἡμᾶς	qui a enseigné à nous
ἀκριβοῦν καὶ λίαν	à savoir-parfaitement et trop
ταῦτα.	ces choses.
XIV. « Καὶ οὗτοι μὲν δὴ	XIV. « Et ceux-ci assurément
φέροντες τὰ ὅπλα	portant les armes
ἅ ἐστιν εὑρημένα	qui ont été trouvées (inventées)
ἅπασιν ἀνθρώποις,	pour tous les hommes
ὡς ἂν εἴη	afin qu'elles fussent

ἡμεῖς δέ γε, ἔφη, ἐν μεγάλοις φορτίοις καὶ βαδίζειν καὶ τρέχειν ἠναγκαζόμεθα· ὥςτε νῦν ἐμοὶ δοκεῖν τὰ τῶν ὅπλων φορήματα πτεροῖς μᾶλλον ἐοικέναι, ἢ φορτίῳ.

XV. « Ὡς οὖν ἐμοῦ γε καὶ ἀγωνιουμένου[1], καί, ὁποῖός τις ἂν ὦ, κατὰ τὴν ἀξίαν τιμᾶσθαι ἀξιώσοντος, οὕτως, ἔφη, ὦ Κῦρε, γίγνωσκε. Καὶ ὑμῖν δέ, ὦ ἄνδρες δημόται, παραινῶ ὁρμᾶσθαι εἰς ἔριν ταύτης τῆς μάχης πρὸς τοὺς πεπαιδευμένους τούςδε· νῦν γάρ, ἔφη, ἄνδρες εἰλημμένοι εἰσὶν ἐν δημοτικῇ ἀγωνίᾳ. »

XVI. Φεραύλας μὲν δὴ οὕτως εἶπεν· ἀνίσταντο δὲ καὶ ἄλλοι πολλοί, ἑκατέροις συναγορεύοντες. Ἔδοξε δ' οὖν, κατὰ τὴν ἀξίαν ἕκαστον τιμᾶσθαι, Κῦρον δὲ τὸν κρίνοντα εἶναι. Ταῦτα μὲν δὴ οὕτω προὐκεχωρήκει.

XVII. Ἐκάλεσε δ' ἐπὶ δεῖπνον ὁ Κῦρος καὶ ὅλην ποτὲ τάξιν

tumés à ployer sous de pesants fardeaux, maintenant qu'on nous a fait prendre les mêmes armes qu'eux, nous les trouvons si légères, qu'il semble plutôt que ce soit des ailes qu'on nous ait données, qu'un nouveau poids dont on nous ait chargés.

XV. « Je vous dirai donc, Cyrus, que je suis résolu de bien combattre ; mais que je ne desire point d'autres récompenses que celles dont je me serai rendu digne. Quant à vous, mes compagnons, je vous exhorte à persister dans cette glorieuse émulation contre les homotimes, qui ont pris tant de peines à se faire instruire; puisqu'ils ne peuvent pas maintenant se défendre de faire essai de leurs forces contre les nôtres. »

XVI. Après que Phéraulas eut parlé, plusieurs se levèrent pour confirmer l'opinion de ces deux orateurs. Il fut ordonné sur l'heure même que chacun serait récompensé selon son mérite, et que Cyrus en serait le juge.

XVII. Peu après, Cyrus convia à souper un bataillon entier,

εὐφοριώτατα,	très-faciles-à-porter,
ἐμελέτων πονεῖν·	s'exerçaient à se fatiguer;
ἡμεῖς δέ γε, ἔφη,	mais nous du moins, dit-il,
ἠναγκαζόμεθα	nous étions forcés
βαδίζειν καὶ τρέχειν	de marcher et de courir
ἐν μεγάλοις φορτίοις·	avec de grands fardeaux ;
ὥςτε τὰ φορήματα τῶν ὅπλων	de sorte que le port des armes
δοκεῖν νῦν ἐμοὶ	paraître maintenant à moi
ἐοικέναι μᾶλλον πτεροῖς	ressembler plutôt à des ailes
ἢ φορτίῳ.	qu'à un fardeau.
XV. « Ὦ Κῦρε, ἔφη,	XV. « O Cyrus, dit-il,
γίγνωσκε οὖν οὕτως,	sache donc ainsi,
ὡς ἐμοῦ γε	comme moi du moins
καὶ ἀγωνιουμένου	et devant combattre
καὶ ἀξιώσοντος	et devant prétendre
τιμᾶσθαι κατὰ τὴν ἀξίαν,	à être honoré selon mon mérite,
ὁποῖός τις ἂν ὦ.	quel que je sois.
Ὦ ἄνδρες δημόται,	O hommes plébéiens,
παραινῶ δὲ καὶ ὑμῖν	je conseille aussi à vous
ὁρμᾶσθαι εἰς ἔριν	de vous élancer vers la rivalité
ταύτης τῆς μάχης	de ce combat
πρὸς τούςδε τοὺς πεπαιδευμένους·	contre ceux-ci qui ont été instruits ;
εἰσὶ γὰρ νῦν, ἔφη,	car ils sont maintenant, dit-il,
ἄνδρες εἰλημμένοι	des hommes pris
ἐν ἀγωνίᾳ δημοτικῇ. »	dans une lutte plébéienne. »
XVI. Φεραύλας μὲν δὴ	XVI. Phéraulas donc
εἶπεν οὕτως·	parla ainsi;
ἄλλοι δὲ καὶ πολλοὶ	et aussi d'autres nombreux
ἀνίσταντο	se levèrent
συναγορεύοντες ἑκατέροις.	parlant-avec l'un et l'autre.
Ἔδοξε δὲ οὖν,	En conséquence il parut-juste,
ἕκαστον τιμᾶσθαι	chacun être honoré
κατὰ τὴν ἀξίαν,	selon son mérite,
Κῦρον δὲ εἶναι τὸν κρίνοντα.	et Cyrus être celui qui jugerait.
Ταῦτα μὲν δὴ	Ces choses donc
προὐκεχωρήκει οὕτως.	avaient-eu-leur-issue ainsi.
XVII. Ὁ δὲ Κῦρος ἐκάλεσέ ποτε	XVII. Mais Cyrus invita un jour
καὶ ὅλην τάξιν	aussi tout un bataillon
σὺν τῷ ταξιάρχῳ	avec le taxiarque
ἐπὶ δεῖπνον,	à souper

σὺν τῷ ταξιάρχῳ, ἰδὼν αὐτὸν τοὺς μὲν ἡμίσεις τῶν ἀνδρῶν τῆς τάξεως ἀντιτάξαντα ἑκατέρωθεν εἰς ἐμβολήν [1], θώρακας μὲν δὴ ἀμφοτέρους ἔχοντας καὶ γέρρα ἐν ταῖς ἀριστεραῖς· εἰς δὲ τὰς δεξιὰς νάρθηκας παχεῖς τοῖς ἡμίσεσιν ἔδωκε, τοῖς δ' ἑτέροις εἶπεν, ὅτι βάλλειν δεήσοι ἀναιρουμένους ταῖς βώλοις.

XVIII. Ἐπεὶ δὲ παρεσκευασμένοι οὕτως ἔστησαν, ἐσήμαινεν αὐτοῖς μάχεσθαι. Ἐνταῦθα δὴ οἱ μὲν ἔβαλλον ταῖς βώλοις, καὶ ἔστιν οἳ ἐτύγχανον καὶ θωράκων καὶ γέρρων, οἳ δὴ καὶ μηροῦ καὶ κνημῖδος. Ἐπεὶ δὲ ὁμοῦ ἐγένοντο, οἱ τοὺς νάρθηκας ἔχοντες ἔπαιον τῶν μὲν μηρούς, τῶν δὲ χεῖρας, τῶν δὲ κνήμας· καὶ τῶν ἐπικυπτόντων ἐπὶ βώλους, ἔπαιον τοὺς τραχήλους καὶ τὰ νῶτα. Τέλος δέ, τρεψάμενοι ἐδίωκον οἱ ναρθηκοφόροι, παίοντες σὺν πολλῷ γέλωτι καὶ παιδιᾷ. Ἐν μέρει γε μὴν οἱ ἕτεροι πάλιν λαβόντες τοὺς νάρθηκας, ταὐτὰ ἐποίησαν τοὺς ταῖς βώλοις βάλλοντας [2].

dont le chef lui avait fait voir un jeu fort agréable. Il avait partagé ses soldats en deux bandes de cinquante hommes chacune, et les avait disposées l'une contre l'autre. Tous étaient armés de cuirasses et portaient leurs boucliers au bras gauche. Cinquante avaient de grosses cannes à la main pour frapper leurs adversaires, et les cinquante autres devaient les attaquer à coups de mottes de terre.

XVIII. Chacun étant prêt, il donna le signal du combat, et à l'instant les mottes de terre commencèrent à voler sur les cuirasses, sur les boucliers, sur les jambes et sur les cuisses. Mais lorsqu'ils se furent approchés, ceux qui tenaient les cannes eurent leur revanche, et chargèrent les autres sur les bras, sur les mains, sur les jambes; et quand ils pensaient se baisser pour ramasser des mottes, ils les frappaient sur le cou et sur le dos; tellement qu'à la fin, ceux qui avaient les cannes les mirent en fuite, et les poursuivirent avec de grands éclats de rires. Après ils changèrent de batterie, et ceux qui avaient attaqué avec les mottes de terre dans le premier combat, prirent les cannes à leur tour, et eurent aussi le même avantage.

ἰδὼν αὐτὸν ἀντιτάξαντα	ayant vu lui ayant rangé-en-face
ἑκατέρωθεν εἰς ἐμβολὴν	des deux côtés pour une attaque
τοὺς μὲν ἡμίσεις	la moitié
τῶν ἀνδρῶν τῆς τάξεως,	des hommes du bataillon,
ἀμφοτέρους μὲν	les uns et les autres à la vérité
ἔχοντας δὴ θώρακας	ayant certes des cuirasses
καὶ γέῤῥα ἐν ταῖς ἀριστεραῖς ·	et des boucliers dans la *main* gauche ;
ἔδωκε δὲ παχεῖς νάρθηκας	et il avait donné de grosses cannes
τοῖς ἡμίσεσιν εἰς τὰς δεξιάς,	à la moitié dans la *main* droite,
εἶπε δὲ τοῖς ἑτέροις,	et il avait dit aux autres,
ὅτι δεήσοι ἀναιρουμένους	qu'il faudrait *eux en* prenant
βάλλειν ταῖς βώλοις.	*les* frapper avec des mottes-de-terre.
XVIII. Ἐπεὶ δὲ	XVIII. Et après que
παρεσκευασμένοι οὕτως	ayant été disposés ainsi
ἔστησαν,	ils se tinrent *à leur poste*,
ἐσήμαινεν αὐτοῖς μάχεσθαι.	il donna-signal à eux de combattre.
Οἱ μὲν δὴ ἔβαλλον ἐνταῦθα	Les uns donc frappèrent alors
ταῖς βώλοις,	avec les mottes-de-terre,
καὶ ἔστιν οἳ ἐτύγχανον	et il *en* est qui rencontraient
καὶ θωράκων καὶ γέῤῥων,	et des cuirasses et des boucliers,
οἳ δὲ	et *d'autres* qui *frappaient*
καὶ μηροῦ καὶ κνημῖδος.	et une cuisse et une bottine.
Ἐπεὶ δὲ ἐγένοντο ὁμοῦ,	Et lorsqu'ils se trouvèrent ensemble,
οἱ ἔχοντες τοὺς νάρθηκας	ceux qui avaient les bâtons
ἔπαιον μηροὺς τῶν μέν,	frappaient les cuisses des uns,
χεῖρας τῶν δέ,	les mains des autres,
κνήμας τῶν δέ · καὶ ἔπαιον	les jambes de ceux-là; et ils battaient
τοὺς τραχήλους καὶ τὰ νῶτα	les cous et les dos
τῶν ἐπικυπτόντων	de ceux qui se baissaient
ἐπὶ βώλους ·	pour *prendre* des mottes ;
οἱ δὲ ναρθηκοφόροι	et les porteurs-de-cannes
τρεψάμενοι τέλος	*les* ayant mis-en-fuite à la fin
ἐδίωκον, παίοντες	*les* poursuivirent, *les* frappant
σὺν πολλῷ γέλωτι	avec beaucoup de rire
καὶ παιδιᾷ.	et de plaisanteries.
Οἱ γε μὴν ἕτεροι ἐν μέρει	Mais aussi les autres à *leur* tour
λαβόντες πάλιν τοὺς νάρθηκας	ayant pris de nouveau les cannes
ἐποίησαν τὰ αὐτὰ	firent les mêmes choses
τοὺς βάλλοντας	à ceux qui *les* frappaient
ταῖς βώλοις.	avec les mottes.

XIX. Ταῦτα δ' ἀγασθεὶς ὁ Κῦρος, τοῦ μὲν ταξιάρχου τὴν ἐπίνοιαν, τῶν δὲ τὴν πειθώ, ὅτι ἅμα μὲν ἐγυμνάζοντο, ἅμα δὲ εὐθυμοῦντο, ἅμα δὲ ἐνίκων οἱ εἰκασθέντες τῇ τῶν Περσῶν ὁπλίσει· τούτοις δὴ ἡσθείς, ἐκάλεσέ τε ἐπὶ δεῖπνον αὐτούς· καὶ ἐν τῇ σκηνῇ ἰδών τινας αὐτῶν ἐπιδεδεμένους, τὸν μέν τινα ἀντικνήμιον, τὸν δὲ χεῖρα, ἠρώτα τί πάθοιεν. Οἱ δ' ἔλεγον ὅτι πληγεῖεν ταῖς βώλοις.

XX. Ὁ δὲ πάλιν ἐπηρώτα, πότερον ἐπεὶ ὁμοῦ [1] ἐγένοντο, ἢ ὅτε πρόσω ἦσαν· οἱ δ' ἔλεγον, ὅτε πρόσω ἦσαν. Ἐπεὶ δὲ ὁμοῦ ἐγένοντο, παιδιὰν ἔφασαν εἶναι καλλίστην οἱ ναρθηκοφόροι. Οἱ δ' αὖ συγκεκομμένοι τοῖς νάρθηξιν, ἀνέκραγον, ὅτι οὐ σφίσι γε δοκοίη παιδιὰν εἶναι τὸ ὁμόθεν παίεσθαι· ἅμα δὲ ἐπεδείκνυσαν τῶν

XIX. Cyrus prit grand plaisir à ce passe-temps, et ne put s'empêcher d'admirer l'invention du capitaine, et l'obéissance des soldats; il était aise aussi que la victoire demeurât toujours du côté de ceux qui combattaient à la manière des Perses. Il les fit donc venir souper avec lui; et comme il en voyait arriver quelques-uns les bras en écharpe, ou la jambe bandée, il s'enquit de ce qu'ils avaient; sur quoi ils lui répondirent qu'ils avaient été blessés des mottes de terre.

XX. Il leur demanda encore s'ils avaient été blessés après qu'ils s'étaient joints, ou bien lorsqu'ils étaient à quelques pas les uns des autres. Ils répondirent tous, que c'était lorsqu'ils étaient éloignés, et qu'il n'y avait eu que du plaisir sitôt qu'ils s'étaient joints. Mais ceux qui avaient été blessés à coups de cannes, dirent qu'il n'y avait point eu de plai-

XIX. Ὁ δὲ Κῦρος
ἀγασθεὶς ταῦτα,
τὴν μὲν ἐπίνοιαν τοῦ ταξιάρχου,
τὴν δὲ πειθὼ
τῶν,
ὅτι ἅμα μὲν ἐγυμνάζοντο
ἅμα δὲ ἐθυμοῦντο,
ἅμα δὲ
οἱ εἰκασθέντες
τῇ ὁπλίσει τῶν Περσῶν
ἐνίκων·
ἡσθεὶς δὴ τούτοις,
ἐκάλεσέ τε αὐτοὺς ἐπὶ δεῖπνον·
καὶ ἰδὼν ἐν τῇ σκηνῇ
τινὰς αὐτῶν ἐπιδεδεμένους,
τὸν μέν τινα ἀντικνήμιον,
τὸν δὲ χεῖρα,
ἠρώτα
τί πάθοιεν.
Οἱ δὲ ἔλεγον
ὅτι πληγεῖεν
ταῖς βώλοις.
XX. Ὁ δὲ ἐπηρώτα πάλιν,
πότερον ἐπεὶ ἐγένοντο
ὁμοῦ,
ἢ ὅτε ἦσαν πρόσω·
οἱ δὲ ἔλεγον,
ὅτε ἦσαν πρόσω.
Οἱ δὲ ναρθηκοφόροι ἔφασαν
εἶναι παιδιὰν καλλίστην,
ἐπεὶ ἐγένοντο ὁμοῦ.
Αὖ δὲ
οἱ συγκεκομμένοι
τοῖς νάρθηξιν,
ἀνέκραγον,
ὅτι τὸ παίεσθαι ὁμόθεν
οὐ δοκοίη σφίσι γε
εἶναι παιδιάν·
ἐπεδείκνυσαν δὲ ἅμα
τὰς πληγὰς τῶν ναρθηκοφόρων

XIX. Et Cyrus
ayant été charmé de ces choses,
d'un côté de l'invention du taxiarque,
de l'autre de l'obéissance
des *soldats* s'exerçaient,
de ce que et en-même-temps ils
et en-même-temps ils se réjouis-
et en-même-temps [saient,
ceux qui avaient été conformés
à l'armement des Perses
vainquaient ;
ayant donc été satisfait de ces choses,
et il invita eux à souper ;
et ayant vu dans la tente
quelques uns d'eux bandés,
l'un à la jambe,
l'autre à la main,
il *leur* demanda
quoi ils avaient éprouvé.
Et ceux-ci disaient
qu'ils avaient frappés
avec les mottes-de-terre.
XX. Et il *leur* demanda de nouveau,
si *c'était* lorsqu'ils s'étaient trouvés
ensemble,
ou lorsqu'ils étaient à distance ;
et ceux-ci dirent *que c'était*
quand ils étaient à distance.
Mais les porteurs-de-cannes dirent
cela être un jeu très beau,
lorsqu'ils s'étaient trouvés ensemble.
Et à leur tour
ceux qui avaient été frappés
avec les cannes,
s'écriaient,
que le être frappé de près
ne paraissait pas à eux du moins
être un jeu ;
et ils faisaient-voir en même temps
les coups des porteurs-de-cannes

ναρθηκοφόρων τὰς πληγὰς καὶ ἐν χερσὶ καὶ ἐν τραχήλοις, ἔνιοι δὲ καὶ ἐν προσώποις. Καὶ τότε μέν, ὥςπερ εἰκός, ἐγέλων ἐπ' ἀλλήλοις. Τῇ δ' ὑστεραίᾳ, μεστὸν ἦν τὸ πεδίον πᾶν τῶν τούτους μιμουμένων· καὶ ἀεί, ὁπότε μὴ ἄλλο τι σπουδαιότερον πράττοιεν, ταύτῃ τῇ παιδιᾷ ἐχρῶντο.

XXI. Ἄλλον δέ ποτε ἰδὼν ταξίαρχον ἄγοντα τὴν τάξιν ἀπὸ τοῦ ποταμοῦ ἐπὶ τὸ ἀριστερὸν ἐφ' ἑνός, καί, ὁπότε δοκοίη αὐτῷ καιρὸς εἶναι, παραγγέλλοντα τὸν ὕστερον λόχον παράγειν, καὶ τὸν τρίτον, καὶ τὸν τέταρτον, εἰς μέτωπον· ἐπεὶ δὲ ἐν μετώπῳ οἱ λοχαγοὶ ἐγένοντο, παρηγγύησεν εἰς δύο ἄγειν τὸν λόχον· ἐκ τούτου δὴ παρῆγον οἱ δεκάδαρχοι εἰς μέτωπον· ὁπότε δ' αὖ ἐδόκει αὐτῷ καιρὸς εἶναι, παρήγγειλεν εἰς τέτταρας τὸν λόχον· οὕτω δὴ οἱ πεμπάδαρχοι αὖ παρῆγον, ὡς εἰς τέτταρας ἴοι δ

sir pour eux, lorsqu'ils s'étaient joints, et montraient les blessures qu'ils avaient reçues aux mains, au cou, et quelques-uns au visage; ce qui leur donna sujet de se railler agréablement. Le lendemain, toute la campagne était couverte de gens qui faisaient le même exercice; et depuis, dès qu'ils avaient quelque loisir, ils ne manquaient pas de prendre ce divertissement.

XXI. Une autre fois il vit un taxiarque qui menait son bataillon le long de la rivière en le dirigeant à gauche; et après que tous ses soldats avaient marché quelque temps sur une seule file, il faisait commandement à la seconde, à la troisième et à la quatrième compagnie de s'avancer à côté de la première jusqu'à ce que les capitaines se rencontrassent en même rang à la tête du bataillon; et quand cela était fait, il commandait à chaque compagnie de se partager en deux files : alors les dizeniers se trouvaient au premier rang. Peu après, sur un nouveau commandement, les commandants de cinq hommes s'avançaient aussi au premier rang, et la compagnie marchait à quatre de

καὶ ἐν χερσὶ καὶ ἐν τραχήλοις,	et sur *leurs* mains et sur *leurs* cous,
ἔνιοι δὲ καὶ	et quelques uns aussi
ἐν προσώποις.	sur *leurs* visages.
Καὶ τότε μὲν ἐγέλων	Et alors certes ils riaient
ἐπὶ ἀλλήλοις,	les uns sur le compte des autres,
ὡς εἰκός.	comme *il était* naturel.
Πᾶν δὲ τὸ πεδίον ἦν μεστὸν	Mais toute la plaine était remplie
τῶν μιμουμένων τούτους	de ceux qui imitaient ceux-ci
τῇ ὑστεραίᾳ·	le *jour* suivant;
καὶ ἐχρῶντο ἀεὶ ταύτῃ τῇ παιδιᾷ,	et ils usaient toujours de ce jeu,
ὁπότε μὴ πράττοιεν	lorsqu'ils ne faisaient pas
ἄλλο τι σπουδαιότερον.	une autre chose plus sérieuse.
XXI. Ἰδὼν δέ ποτε	XXI. Et ayant vu un jour
ἄλλον ταξίαρχον	un autre taxiarque
ἄγοντα τὴν τάξιν ἐπὶ ἑνὸς	conduisant son bataillon un par un
ἀπὸ τοῦ ποταμοῦ ἐπὶ τὸ ἀριστερόν,	du fleuve vers la gauche,
καί, ὁπότε καιρὸς	et, lorsque le temps
δοκοίη αὐτῷ εἶναι,	paraissait à lui être,
παραγγέλλοντα	commandant
τὸν ὕστερον λόχον,	à la seconde compagnie,
καὶ τὸν τρίτον,	et à la troisième,
καὶ τὸν τέταρτον,	et à la quatrième,
παράγειν εἰς μέτωπον·	de s'avancer vers le front;
ἐπεὶ δὲ οἱ λοχαγοὶ	et lorsque les capitaines
ἐγένοντο ἐν μετώπῳ,	se trouvaient sur le front,
παρηγγύησεν	il commandait
ἄγειν τὸν λόχον	de mener la compagnie
εἰς δύο·	deux à deux;
οἱ δὴ δεκάδαρχοι	ainsi les commandants-de-dix-hommes
παρῆγον ἐκ τούτου	s'avançaient d'après cet *ordre*
εἰς μέτωπον·	vers le front;
ὁπότε δὲ αὖ καιρὸς	et lorsque encore le moment
ἐδόκει αὐτῷ εἶναι,	paraissait à lui être,
παρήγγειλε	il commandait
τὸν λόχον	de mener *la compagnie*
εἰς τέτταρας·	quatre par quatre;
καὖ δὴ	ainsi à leur tour
οἱ πεμπάδαρχοι	les commandants-de-cinq-hommes
παρῆγον οὕτως,	s'avançaient ainsi,
ὡς ὁ λόγος	afin que la compagnie

λόχος· ἐπειδὴ δὲ ἐπὶ τῇ θύρᾳ τῆς σκηνῆς ἐγένοντο, παραγγείλας αὖ « Εἰς ἕνα ἰόντων [1], » εἰςῆγε τὸν πρῶτον λόχον, καὶ τὸν δεύτερον τούτου κατ' οὐρὰν ἕπεσθαι ἐκέλευεν, καὶ τὸν τρίτον καὶ τὸν τέταρτον ὡςαύτως παραγγείλας ἡγεῖτο εἴσω· οὕτω δὴ εἰςαγαγὼν κατέκλινεν ἐπὶ τὸ δεῖπνον, ὥςπερ εἰςεπορεύοντο· τοῦτον δ Κῦρος ἀγασθεὶς τῆς τε πραότητος διδασκαλίας καὶ τῆς ἐπιμελείας, ἐκάλεσεν αὖ καὶ ταύτην τὴν τάξιν ἐπὶ τὸ δεῖπνον σὺν τῷ ταξιάρχῳ.

XXII. Παρὼν δέ τις ἐπὶ τὸ δεῖπνον κεκλημένος ἄλλος ταξίαρχος· « Τὴν δ' ἐμήν, ἔφη, ὦ Κῦρε, τάξιν οὐ καλέσεις εἰς τὴν σκηνήν; Καὶ μήν, ὅταν γε παρῇ ἐπὶ τὸ δεῖπνον, ταῦτα πάντα ποιεῖ· καί, ὅταν τέλος ἡ σκηνὴ ἔχῃ, ἐξάγει μὲν ὁ οὐραγὸς τοῦ τελευταίου λόχου τὸν λόχον, ὑστάτους ἔχων τοὺς πρώτους εἰς μάχην τεταγμένους· ἔπειτα δὲ ὁ οὐραγὸς ὁ δεύτερος τοὺς τοῦ

front; quand ils furent à la porte de la tente, il commanda à chaque compagnie de défiler un à un; et ainsi il fit entrer la première, puis la seconde, puis la troisième, et enfin la quatrième, et leur fit prendre place à table suivant cet ordre; Cyrus ayant admiré l'adresse de cet officier, et le soin qu'il avait de ses soldats, ne manqua pas de le convier avec tout son bataillon.

XXII. Un autre chef de bataillon qui se trouva avec eux à la table de Cyrus, s'écria : « Eh quoi! ne ferez-vous pas l'honneur à mon bataillon de lui donner aussi à souper? Jamais il ne prend ses repas qu'après avoir fait un pareil exercice; et de plus, quand il est temps de se retirer, le serre-file de la dernière compagnie sort le premier, et les autres de suite; si bien que les soldats qui marchent ordinairement les

ἴοι εἰς τέτταρας·	allât par quatre;
ἐπειδὴ δὲ ἐγένοντο	et lorsqu'ils se trouvaient
ἐπὶ τῇ θύρᾳ τῆς σκηνῆς,	à la porte de la tente,
παραγγείλας αὖ	ayant commandé de nouveau
« Ἰόντων εἰς ἕνα, »	« Qu'ils aillent un par un, »
εἰςῆγε	il faisait-entrer
τὸν πρῶτον λόχον,	la première compagnie,
καὶ ἐκέλευε τὸν δεύτερον	et il ordonnait à la seconde
ἕπεσθαι κατὰ οὐρὰν τούτου,	de suivre à la queue de celle-ci,
καὶ παραγγείλας ὡςαύτως	et ayant commandé pareillement
τὸν τρίτον καὶ τὸν τέταρτον,	à la troisième et à la quatrième,
ἡγεῖτο εἴσω·	il *les* conduisait dedans;
εἰςαγαγὼν δὴ οὕτω	puis *les* ayant fait-entrer ainsi
κατέκλινεν ἐπὶ τὸ δεῖπνον,	il *les* faisait-asseoir pour le souper,
ὥςπερ εἰςεπορεύοντο·	comme ils étaient entrés;
ὁ Κῦρος ἀγασθεὶς τοῦτον	Cyrus ayant admiré celui-ci
τῆς τε πραότητος	à cause et de la douceur
καὶ τῆς ἐπιμελείας	et du soin
τῆς διδασκαλίας,	de sa manière-d'enseigner,
ἐκάλεσεν αὖ καὶ ταύτην τὴν τάξιν	invita à son tour aussi ce bataillon
σὺν τῷ ταξιάρχῳ	avec le taxiarque
ἐπὶ τὸ δεῖπνον.	à souper.
XXII. Τὶς δὲ ἄλλος ταξίαρχος	XXII. Et un autre taxiarque
κεκλημένος ἐπὶ τὸ δεῖπνον,	ayant été invité au souper
παρὼν ἔφη· « Ὦ Κῦρε,	étant présent dit : « O Cyrus,
οὐ καλέσεις δὲ τὴν ἐμὴν τάξιν	mais n'appelleras-tu pas mon bataillon
εἰς τὴν σκηνήν;	dans ta tente?
Καὶ μὴν ποιεῖ	Et pourtant il fait
πάντα ταῦτα,	toutes ces choses,
ὅταν γε	lorsque du moins
παρῇ ἐπὶ τὸ δεῖπνον·	il se rend au souper;
καί, ὅταν ἡ σκηνὴ ἔχῃ τέλος,	et, lorsque le repas a *sa* fin,
ὁ μὲν οὐραγὸς	le serre-file
τοῦ τελευταίου λόχου,	de la dernière compagnie,
ἔχων ὑστάτους τοὺς πρώτους	ayant les derniers les premiers
τεταγμένους εἰς μάχην,	rangés en bataille,
ἐξάγει τὸν λόχον·	fait-sortir la compagnie;
ὁ δὲ οὐραγὸς ὁ δεύτερος	et le serre-file le second
ἔπειτα	*fait-sortir* ensuite
τοὺς τοῦ ἑτέρου λόχου	ceux de la seconde compagnie

ἑτέρου λόχου ἐπὶ τούτοις, καὶ ὁ τρίτος καὶ ὁ τέταρτος ὡσαύτως· ὅπως, καὶ ὅταν δέῃ ἀπάγειν ἀπὸ πολεμίων, ἐπίστωνται, ὡς δεῖ ἀπιέναι. Ἐπειδὰν δέ, ἔφη, καταστῶμεν εἰς τὸν δρόμον, ἔνθα περιπατοῦμεν, ὅταν μὲν πρὸς ἕω ἴωμεν, ἐγὼ μὲν ἡγοῦμαι, καὶ ὁ πρῶτος λόχος, πρῶτος, καὶ ὁ δεύτερος, ὡς δεῖ, καὶ ὁ τρίτος καὶ ὁ τέταρτος, καὶ αἱ τῶν λόχων δεκάδες καὶ πεμπάδες, ἕως ἂν παραγγέλλω ἐγώ· ὅταν δ', ἔφη, πρὸς ἑσπέραν ἴωμεν, ὁ οὐραγός τε καὶ οἱ τελευταῖοι πρῶτοι ἀφηγοῦνται· ἐμοὶ μέντοι ὅμως πείθονται ὑστέρῳ ἰόντι, ἵνα ἐθίζωνται καὶ ἕπεσθαι καὶ ἀφηγεῖσθαι, ὁμοίως πειθόμενοι. »

XXIII. Καὶ ὁ Κῦρος ἔφη· « Ἦ καὶ ἀεὶ τοῦτο ποιεῖτε; — Ὁποσάκις γε, ἔφη, καὶ δειπνοποιούμεθα, νὴ Δία. — Καλῶ τοίνυν, ἔφη, ὑμᾶς, ἅμα μέν, ὅτι τὰς τάξεις μελετᾶτε καὶ προς-

premiers, se trouvent alors les derniers; ce qui leur apprend comment il faut faire une retraite à la vue des ennemis. Ainsi, quand nous nous promenons, d'abord je marche à leur tête, et chacun d'eux suit dans son rang ordinaire, la première escouade la première, puis la seconde, puis la troisième, puis la quatrième. Mais quand il faut s'en retourner, après que toute la compagnie a fait demi-tour, les serre-files et les soldats des derniers rangs marchent les premiers; et quoique je me trouve alors à la queue de ma compagnie, je n'en suis pas moins obéi que quand je suis à ma place ordinaire. Je les accoutume par ce moyen à aller devant et derrière, à conduire les autres, aussi bien qu'à suivre.

XXIII. « Et vous faites cela souvent? dit Cyrus. — Toutes les fois qu'il faut aller prendre le repas, répondit le capitaine. — Je vous veux donc donner à souper, reprit Cyrus, parce que vous faites l'exercice en en-

ἐπὶ τούτοις,	derrière ceux-ci,
καὶ ὁ τρίτος	et le troisième
καὶ ὁ τέταρτος ὡςαύτως·	et le quatrième pareillement;
ὅπως ἐπίστωνται	afin qu'ils sachent
ὡς δεῖ ἀπιέναι,	comment il faut s'en aller,
καὶ ὅταν δέῃ	aussi quand il faut
ἀπάγειν	s'éloigner
ἀπὸ πολεμίων.	des ennemis.
Ἐπειδὰν δέ, ἔφη,	Et lorsque, dit-il,
καταστῶμεν εἰς τὸν δρόμον	nous sommes arrivés à la course
ἔνθα περιπατοῦμεν,	où nous nous promenons,
ὅταν μὲν ἴωμεν πρὸς ἕω,	lorsque nous allons vers l'est,
ἐγὼ μὲν ἡγοῦμαι,	moi je conduis,
καὶ ὁ πρῶτος λόχος	et la première compagnie
πρῶτος,	*est* la première,
καὶ ὁ δεύτερος, ὡς δεῖ,	et la seconde, comme il faut,
καὶ ὁ τρίτος καὶ ὁ τέταρτος,	et la troisième et la quatrième,
καὶ αἱ δεκάδες	et les subdivisions-de-dix
καὶ πεμπάδες	et subdivisions-de-cinq
τῶν λόχων,	des compagnies,
ἕως ἐγὼ ἂν παραγγέλλω·	jusqu'à ce que je commande;
ὅταν δέ, ἔφη,	et lorsque, dit-il,
ἴωμεν πρὸς ἑσπέραν,	nous allons vers le couchant,
ὅ τε οὐραγὸς καὶ οἱ τελευταῖοι	et le serre-file et les derniers
ἀφηγοῦνται πρῶτοι·	passent-en-tête les premiers;
ὅμως μέντοι πείθονται	cependant certes ils obéissent
ἐμοὶ ἰόντι ὑστέρῳ,	à moi marchant le dernier,
ἵνα ἐθίζωνται,	afin qu'ils s'habituent,
πειθόμενοι ὁμοίως,	obéissant également,
καὶ ἕπεσθαι καὶ ἀφηγεῖσθαι. »	et à suivre et à précéder. »
XXIII. Καὶ ὁ Κῦρος ἔφη·	XXIII. Et Cyrus dit :
« Ἦ ποιεῖτε καὶ	« Est-ce que vous faites aussi
ἀεὶ τοῦτο;	toujours cela ?
— Ὁποσάκις γε, ἔφη,	— Toutes les fois certes, dit-il,
καὶ δειπνοποιούμεθα,	et (que) nous prenons-le-repas,
νὴ Δία.	par Jupiter.
— Καλῶ τοίνυν ὑμᾶς, ἔφη,	— J'invite donc vous, dit-il,
ἅμα μέν,	à la fois,
ὅτι καὶ προσιόντες καὶ ἀπιόντες	parce que et venant et vous en allant
μελετᾶτε τὰς τάξεις,	vous pratiquez les exercices,

ιόντες καὶ ἀπιόντες, ἅμα δέ, ὅτι καὶ ἡμέρας καὶ νυκτός, ἅμα δέ, ὅτι τά τε σώματα περιπατοῦντες ἀσκεῖτε καὶ τὰς ψυχὰς ὠφελεῖτε διδάσκοντες. Ἐπεὶ οὖν πάντα διπλᾶ ποιεῖτε, διπλῆν ὑμῖν δίκαιον καὶ τὴν εὐωχίαν[1] παρέχειν. »

XXIV. « Μὰ Δί', ἔφη ὁ ταξίαρχος, μήγε τοι ἐν μιᾷ ἡμέρᾳ, εἰ μὴ καὶ διπλᾶς τὰς γαστέρας ἡμῖν παρέξεις. » Καὶ τότε μὲν δὴ οὕτω τὸ τέλος τῆς σκηνῆς ἐποιήσαντο. Τῇ δ' ὑστεραίᾳ ὁ Κῦρος ἐκάλεσε ταύτην τὴν τάξιν, ὥςπερ ἔφη, καὶ τῇ ἄλλῃ. Αἰσθανόμενοι δὲ ταῦτα, καὶ οἱ ἄλλοι τὸ λοιπὸν πάντες αὐτοὺς ἐμιμοῦντο.

ΚΕΦΑΛΑΙΟΝ Δ'.

I. Ἐξέτασιν δέ ποτε τοῦ Κύρου πάντων ποιουμένου ἐν τοῖς ὅπλοις καὶ σύνταξιν, ἦλθε παρὰ Κυαξάρους ἄγγελος, λέγων, ὅτι « Ἰνδῶν παρείη πρεσβεία· κελεύει οὖν σε ἐλθεῖν ὡς τάχιστα.

trant et en sortant, et aussi parce que, jour et nuit, vous exercez les corps par des marches, et vous améliorez les esprits par vos instructions; or, comme vous travaillez au double, il faut aussi vous préparer un festin au double.

XXIV. « Ce ne sera donc pas pour un seul jour, repartit le capitaine, à moins que de nous donner aussi deux ventres. » Et là-dessus chacun se retira. Le lendemain et le jour suivant Cyrus manda cet officier avec son bataillon, comme il avait dit; ce qui donna envie à tous les autres de les imiter.

CHAPITRE IV.

I. Or, comme Cyrus faisait la revue de son armée, et qu'il la rangeait lui-même en bataille, il vint un homme, de la part de Cyaxare, l'avertir qu'il était arrivé des ambassadeurs du roi des Indes, et que Cyaxare le priait de le venir trouver promptement. « Je

ἅμα δέ,	et à la fois,
ὅτι	parce que *vous les pratiquez*
καὶ ἡμέρας καὶ νυκτός,	et jour et nuit,
ἅμα δέ,	et à la fois,
ὅτι περιπατοῦντές τε	parce que et vous promenant
ἀσκεῖτε τὰ σώματα,	vous exercez les corps,
καὶ διδάσκοντες	et enseignant
ὠφελεῖτε τὰς ψυχάς.	vous êtes-utiles aux âmes.
Ἐπεὶ οὖν ποιεῖτε	Puisque donc vous faites
πάντα διπλᾶ,	toutes choses doubles,
δίκαιον παρέχειν ὑμῖν	*il est* juste de donner à vous
καὶ τὴν εὐωχίαν διπλῆν. »	aussi la bonne-chère double. »
XXIV. Ὁ ταξίαρχος ἔφη·	XXIV. Le taxiarque dit :
« Μὰ Δία,	« Par Jupiter,
μή τοί γε ἐν μιᾷ ἡμέρᾳ,	non pas certes en un jour,
εἰ μὴ παρέξεις	à moins que tu ne donnes
ἡμῖν	à nous
καὶ τὰς γαστέρας διπλᾶς. »	aussi les ventres doubles. »
Καὶ τότε μὲν δὴ	Et alors donc
ἐποιήσαντο οὕτω	ils firent ainsi
τὸ τέλος τῆς σκηνῆς.	la fin de la tente (du repas).
Ὁ δὲ Κῦρος	Et Cyrus
ἐκάλεσε ταύτην τὴν τάξιν	invita ce bataillon
τῇ ὑστεραίᾳ	le lendemain
καὶ τῇ ἄλλῃ,	et l'autre *jour*,
ὥσπερ ἔφη.	comme il avait dit.
Πάντες δὲ καὶ οἱ ἄλλοι	Mais tous les autres aussi
αἰσθανόμενοι ταῦτα,	remarquant ces choses,
ἐμιμοῦντο αὐτοὺς τὸ λοιπόν	imitaient eux dans la suite.

ΚΕΦΑΛΑΙΟΝ Δ'. — CHAPITRE IV.

I. Τοῦ δὲ Κύρου ποιουμένου ποτὲ	I. Mais Cyrus faisant un jour
ἐξέτασιν καὶ σύνταξιν	l'examen et la revue
πάντων ἐν τοῖς ὅπλοις,	de tous sous les armes,
ἄγγελος	un messager
ἦλθε παρὰ Κυαξάρους,	vint *de la part* de Cyaxare,
λέγων ὅτι πρεσβεία Ἰνδῶν	disant qu'une députation d'Indiens
παρείη·	était présente ;
« κελεύει οὖν σε ἐλθεῖν	« il invite donc toi à venir
ὡς τάχιστα.	le plus vite.

Φέρω δέ σοι, ἔφη ὁ ἄγγελος, καὶ στολὴν τὴν καλλίστην παρὰ Κυαξάρους· βούλεται γάρ σε ὡς εὐκοσμότατα[1] καὶ λαμπρότατα προςάγειν, ὡς ὀψομένων τῶν Ἰνδῶν, ὅπως ἂν προςίῃς. »

II. Ἀκούσας δὲ ταῦτα, ὁ Κῦρος παρήγγειλε τῷ πρώτῳ τεταγμένῳ ταξιάρχῳ, εἰς μέτωπον στῆναι, ἐφ' ἑνὸς ἄγοντα τὴν τάξιν, ἐν δεξιᾷ ἔχοντα ἑαυτόν· καὶ τῷ δευτέρῳ ἐκέλευσε ταὐτὰ τοῦτον παραγγεῖλαι, καὶ διὰ πάντων οὕτω παραδιδόναι ἐκέλευσεν. Οἱ δὲ πειθόμενοι, ταχὺ μέντοι παρήγγελλον, ταχὺ δὲ τὰ παραγγελλόμενα ἐποίουν· ἐν ὀλίγῳ δὲ χρόνῳ ἐγένετο τὸ μὲν μέτωπον ἐπὶ τριακοσίων (τοσοῦτοι γὰρ ἦσαν οἱ ταξίαρχοι), τὸ δὲ βάθος ἐφ' ἑκατόν.

III. Ἐπεὶ δὲ κατέστησαν, ἕπεσθαι ἐκέλευσεν, ὡς ἂν αὐτὸς ἡγῆται· καὶ εὐθὺς τροχάζων ἡγεῖτο. Ἐπεὶ δὲ κατενόησε τὴν ἀγυιάν, τὴν πρὸς τὸ βασίλειον φέρουσαν, στενωτέραν οὖσαν, ἢ ὡς ἐπὶ μετώπου πάντας διιέναι, παραγγείλας τὴν πρώτην χι-

vous apporte un riche habit, ajouta-t-il ; car il veut que vous soyez superbement vêtu quand vous paraîtrez devant les Indiens, sachant bien qu'ils y prendront garde. »

II. Cyrus commanda aussitôt au premier taxiarque de s'aller mettre à la tête et à la droite de son bataillon, et de disposer tous ses soldats sur une seule file : il fit passer ce même commandement à un autre taxiarque, et de celui-là à un troisième, et ainsi de main en main. L'ordre fut transmis et exécuté presque en un instant, et il se forma un grand corps de trois cents de front, car il y avait autant de taxiarques, sur cent de profondeur.

III. Ses troupes étant ainsi disposées, il leur commanda de le suivre, et s'avança au pas de course. Mais ayant réfléchi que le chemin qui menait au palais ne serait pas assez large pour marcher dans cette or-

φέρω δέ σοι,	Or j'apporte à toi,
ἔφη ὁ ἄγγελος,	dit le messager,
καὶ τὴν καλλίστην στολὴν	aussi la plus belle robe
παρὰ Κυαξάρους·	de *la part de* Cyaxare;
βούλεται γάρ σε προσάγειν	car il veut toi t'approcher
ὡς εὐκοσμότατα	le plus élégamment
καὶ λαμπρότατα,	et le plus brillamment,
ὡς τῶν Ἰνδῶν ὀψομένων,	comme les Indiens devant observer,
ὅπως ἂν προσίῃς. »	comment tu t'avanceras. »
II. Ὁ δὲ Κῦρος ἀκούσας ταῦτα	II. Mais Cyrus ayant entendu cela
παρήγγειλε τῷ ταξιάρχῳ	ordonna au taxiarque
τεταγμένῳ πρώτῳ,	placé le premier,
ἄγοντα τὴν τάξιν ἐπὶ ἑνός,	conduisant son bataillon un par un,
ἔχοντα ἑαυτὸν ἐν δεξιᾷ,	ayant lui-même (se tenant) à droite,
στῆναι εἰς μέτωπον·	de se poster au front :
καὶ ἐκέλευσε	et il commanda
τοῦτον παραγγεῖλαι	à celui-là d'ordonner
τὰ αὐτὰ τῷ δευτέρῳ,	les mêmes choses au second,
καὶ ἐκέλευσε	et il commanda
παραδιδόναι	de transmettre *ces ordres*
οὕτω διὰ πάντων.	ainsi par tous.
Οἱ δὲ πειθόμενοι	Ceux-ci obéissant
παρήγγελλον μέντοι ταχύ,	ordonnaient certes promptement,
ἐποίουν δὲ ταχὺ	et ils exécutaient promptement
τὰ παραγγελλόμενα·	les choses ordonnées;
τὸ δὲ μέτωπον μὲν ἐγένετο	or le front devint
ἐν ὀλίγῳ χρόνῳ ἐπὶ τριακοσίων	en peu de temps sur trois cents
(οἱ γὰρ ταξίαρχοι	(car les taxiarques
ἦσαν τοσοῦτοι),	étaient en aussi grand nombre),
τὸ δὲ βάθος ἐπὶ ἑκατόν.	mais la profondeur sur cent.
III. Ἐπεὶ δὲ κατέστησαν,	III. Et lorsqu'ils se furent placés,
ἐκέλευσεν ἕπεσθαι,	il ordonna de suivre,
ὡς αὐτὸς ἂν ἡγῆται·	comme lui-même *les* conduirait;
καὶ τροχάζων εὐθὺς ἡγεῖτο.	et courant aussitôt il *les* conduisait.
Ἐπεὶ δὲ κατενόησε	Mais lorsqu'il eut remarqué
τὴν ἀγυιάν,	la rue,
τὴν φέρουσαν πρὸς τὸ βασίλειον,	celle qui menait au palais,
οὖσαν στενωτέραν,	étant trop étroite,
ἢ ὡς πάντας διιέναι ἐπὶ μετώπου,	que pour tous passer de front,
παραγγείλας	ayant commandé

λιοστὺν ἕπεσθαι κατὰ χώραν, τὴν δὲ δευτέραν κατ' οὐρὰν ταύτης ἀκολουθεῖν, καὶ διὰ παντὸς οὕτως· αὐτὸς μὲν ἡγεῖτο οὐκ ἀναπαυόμενος, αἱ δὲ ἄλλαι χιλιοστύες κατ' οὐρὰν ἑκάστη τῆς ἔμπροσθεν εἵποντο.

IV. Ἔπεμψε δὲ καὶ ὑπηρέτας δύο ἐπὶ τὸ στόμα τῆς ἀγυιᾶς, ὅπως, εἴ τις ἀγνοοίη, σημαίνοιεν τὸ δέον ποιεῖν. Ὡς δὲ ἀφίκοντο ἐπὶ τὰς Κυαξάρους θύρας[1], παρήγγειλε τῷ πρώτῳ ταξιάρχῳ τὴν τάξιν εἰς δώδεκα τάττειν βάθος, τοὺς δὲ δωδεκάρχας ἐν μετώπῳ καθιστάναι περὶ τὸ βασίλειον· καὶ τῷ δευτέρῳ ταὐτὰ ἐκέλευσε παραγγεῖλαι, καὶ διὰ παντὸς οὕτως.

V. Οἱ μὲν δὴ ταῦτα ἐποίουν. Ὁ δ' εἰςῄει πρὸς τὸν Κυαξάρην ἐν τῇ Περσικῇ στολῇ[2], οὐδέν τι ὑβρισμένῃ[3]. Ἰδὼν δὲ αὐτόν, ὁ Κυαξάρης τῷ μὲν τάχει ἥσθη, τῇ δὲ φαυλότητι τῆς στολῆς ἠχθέσθη, καὶ εἶπε· « Τί τοῦτο, ὦ Κῦρε; οἷον πεποίηκας, οὕτω φανεὶς τοῖς Ἰνδοῖς; ἐγὼ δ', ἔφη, ἐβουλόμην σε ὡς λαμπρότατον

donnance, il commanda aux dix premiers bataillons, qui faisaient mille hommes, de s'avancer, tandis que le reste faisait halte; puis à dix autres de se mettre à la queue des premiers, et ainsi de dix en dix.

IV. Il laissa deux officiers à l'entrée du chemin pour faire observer le même ordre. Comme il fut proche du palais, il commanda aux taxiarques qui étaient arrivés avec lui, de ranger leurs bataillons tour à tour à douze de profondeur, et d'en faire faire autant à ceux qui viendraient après.

V. Cela fait, il entra et alla trouver le roi, vêtu d'une élégante robe, à la mode de Perse. Cyaxare le loua fort de sa diligence, mais il se fâcha de le voir vêtu comme il était. « Et que pensez-vous faire? lui dit-il, de vous présenter ainsi devant les ambassadeurs: je voulais que

τὴν πρώτην χιλιοστὺν	au premier millier
ἕπεσθαι κατὰ χώραν,	de suivre selon *leur* rang,
τὴν δὲ δευτέραν	puis au second
ἀκολουθεῖν κατὰ οὐρὰν ταύτης,	de suivre à la queue de celui-ci,
καὶ οὕτω διὰ παντός,	et ainsi de suite,
αὐτὸς μὲν οὐκ ἀναπαυόμενος	lui-même ne s'arrêtant pas
ἡγεῖτο,	conduisait,
αἱ δὲ ἄλλαι χιλιοστύες εἵποντο	et les autres milliers suivaient
ἑκάστη κατὰ οὐρὰν τῆς ἔμπροσθεν.	chacun à la queue du précédent.
IV. Ἔπεμψε δὲ καὶ	IV. Mais il envoya aussi
δύο ὑπηρέτας	deux officiers
ἐπὶ τὸ στόμα τῆς ἀγυιᾶς,	à l'entrée de la rue,
ὅπως σημαίνοιεν	afin qu'ils enseignassent
τὸ δέον ποιεῖν,	ce qu'il fallait faire,
εἴ τις ἀγνοοίη.	si quelqu'un *l*'ignorait.
Ὡς δὲ ἀφίκοντο	Lorsqu'ils furent arrivés
ἐπὶ τὰς θύρας Κυαξάρους,	à la porte de Cyaxare,
παρήγγειλε	il ordonna
τῷ πρώτῳ ταξιάρχῳ	au premier taxiarque
τάττειν τὴν τάξιν	de ranger son bataillon
εἰς δώδεκα βάθος,	sur douze de profondeur,
καθιστάναι δὲ	puis de poster
τοὺς δωδεκάρχας ἐν μετώπῳ	les chefs-de-douze sur le front
περὶ τὸ βασίλειον·	autour du palais;
καὶ ἐκέλευσε παραγγεῖλαι	et il ordonna de commander
τὰ αὐτὰ τῷ δευτέρῳ,	les mêmes choses au second,
καὶ οὕτω διὰ παντός.	et ainsi de suite.
V. Οἱ μὲν δὴ ἐποίουν ταῦτα.	V. Eux faisaient donc ces choses.
Ὁ δὲ εἰσῄει πρὸς τὸν Κυαξάρην	Mais lui entra chez Cyaxare
ἐν τῇ στολῇ Περσικῇ,	dans le costume persan,
ὑβρισμένῃ οὐδέν τι.	fastueux en rien.
Ὁ δὲ Κυαξάρης ἰδὼν αὐτὸν	Mais Cyaxare voyant lui
ἥσθη μὲν τῷ τάχει,	se réjouit de sa promptitude,
ἠχθέσθη δὲ τῇ φαυλότητι	mais fut affligé de la simplicité
τῆς στολῆς,	de sa robe,
καὶ εἶπε· « Ὦ Κῦρε, τί τοῦτο;	et dit : « O Cyrus, qu'est ceci?
φανεὶς οὕτω τοῖς Ἰνδοῖς,	te montrant ainsi aux Indiens,
οἷον πεποίηκας;	qu'as-tu fait?
Ἐγὼ δὲ ἐβουλόμην, ἔφη,	Moi je voulais, dit-il,
σὲ φανῆναι ὡς λαμπρότατον·	toi paraître le plus paré que possible :

φανῆναι· καὶ γὰρ ἐμοὶ κόσμος ἂν ἦν τοῦτο, ἐμῆς ὄντα ἀδελφῆς υἱόν, ὅτι μεγαλοπρεπέστατον φαίνεσθαι.»

VI. Καὶ ὁ Κῦρος πρὸς ταῦτα εἶπε· «Καὶ ποτέρως ἄν, ὦ Κυαξάρη, μᾶλλόν σε ἐκόσμουν, εἴπερ πορφυρίδα ἐνδύς, καὶ ψέλλια λαβών, καὶ στρεπτὸν περιθέμενος, σχολῇ σαλεύων ὑπήκουόν σοι, ἢ νῦν, ὅτε σὺν τοσαύτῃ καὶ τοιαύτῃ δυνάμει οὕτω σοι ὀξέως ὑπακούω, διὰ τὸ σὲ τιμᾶν, ἱδρῶτι καὶ σπουδῇ καὶ αὐτὸς κεκοσμημένος καὶ σὲ κοσμῶν, καὶ τοὺς ἄλλους ἐπιδεικνύς σοι οὕτω πειθομένους;» Κῦρος μὲν οὖν ταῦτα εἶπεν· ὁ δὲ Κυαξάρης, νομίσας αὐτὸν ὀρθῶς λέγειν, ἐκέλευσεν ἄγειν τοὺς Ἰνδούς.

VII. Οἱ δὲ Ἰνδοὶ εἰσελθόντες ἔλεξαν ὅτι πέμψειε σφᾶς ὁ Ἰνδῶν βασιλεύς, κελεύων ἐρωτᾶν, ἐξ ὅτου ὁ πόλεμος εἴη Μήδοις τε καὶ τῷ Ἀσσυρίῳ· «ἐπεὶ δέ σου ἀκούσαιμεν, ἐκέλευσεν, αὖ ἐλθόντας πρὸς τὸν Ἀσσύριον, καὶ ἐκείνου τὰ αὐτὰ ταῦτα πυθέσθαι· τέλος δ' αὖ ἀμφοτέροις εἰπεῖν ὑμῖν, ὅτι ὁ Ἰνδῶν βασι-

vous fussiez magnifiquement vêtu en cette entrevue : il y va de mon honneur, puisque vous êtes le fils de ma sœur, que vous portiez de riches habits. »

VI. « Vous aurais-je fait plus d'honneur, répondit Cyrus, si je m'étais habillé de pourpre, si je m'étais chargé de bracelets et de chaînes d'or, et qu'avec cela j'eusse tardé longtemps à venir, que de vous avoir obéi si promptement que j'ai fait, et de m'être rendu près de vous avec des forces si considérables? Je ne veux point d'autre ornement que la sueur de mon visage, et ma diligence; c'est par là que je crois vous faire honneur, en faisant paraître à tout le monde avec quelle promptitude on exécute vos ordres. » Ainsi parla Cyrus; Cyaxare s'étant contenté de ces raisons, commanda qu'on fit entrer les Indiens.

VII Ces ambassadeurs dirent qu'ils étaient envoyés de la part de leur maître, pour s'informer d'où provenait la guerre entre les Assyriens et les Mèdes; et qu'après avoir entendu les motifs des Mèdes, ils avaient ordre de passer chez les Assyriens pour écouter aussi ce qu'ils

καὶ γὰρ τοῦτο	car cela
ἂν ἦν κόσμος ἐμοί,	eût été un ornement pour moi,
ὄντα υἱὸν ἐμῆς ἀδελφῆς,	*toi* étant fils de ma sœur,
φαίνεσθαι	paraître
ὅτι μεγαλοπρεπέστατον. »	le plus magnifique que possible. »
VI. Καὶ ὁ Κῦρος εἶπε πρὸς ταῦτα·	VI. Et Cyrus dit à cela :
« Ὦ Κυαξάρη, καὶ ποτέρως	« O Cyaxare, et comment
ἂν ἐκόσμουν σε μᾶλλον,	aurais-je fait-honneur à toi davantage,
εἴπερ ἐνδὺς πορφυρίδα,	si ayant revêtu une robe-de-pourpre,
καὶ λαβὼν ψέλλια,	et ayant pris des bracelets,
καὶ περιθέμενος στρεπτόν,	et m'étant mis un collier,
σαλεύων σχολῇ	me remuant lentement
ὑπήκουόν σοι,	j'avais obéi à toi,
ἢ νῦν, ὅτε ὑπακούω	ou maintenant, lorsque j'obéis
οὕτω ὀξέως σοι	si rapidement à toi
σὺν δυνάμει τοσαύτῃ	avec une armée si nombreuse
καὶ τοιαύτῃ,	et si belle,
διὰ τὸ τιμᾷν σε,	pour le honorer toi,
καὶ αὐτὸς κεκοσμημένος	et moi-même orné
καὶ κοσμῶν σε	et ornant toi
ἱδρῶτι καὶ σπουδῇ,	par la sueur et le zèle,
καὶ ἐπιδεικνὺς τοὺς ἄλλους	et montrant les autres
οὕτω πειθομένους σοι ; »	aussi obéissants pour toi ? »
Κῦρος μὲν οὖν εἶπε ταῦτα·	Cyrus donc dit ces choses ;
ὁ δὲ Κυαξάρης νομίσας	et Cyaxare ayant jugé
αὐτὸν λέγειν ὀρθῶς	lui dire bien
ἐκέλευσεν ἄγειν τοὺς Ἰνδούς.	ordonna d'introduire les Indiens.
VII. Οἱ δὲ Ἰνδοὶ εἰσελθόντες	VII. Mais les Indiens étant entrés
ἔλεξαν ὅτι ὁ βασιλεὺς τῶν Ἰνδῶν	dirent que le roi des Indiens
πέμψειε σφᾶς,	avait envoyé eux,
κελεύων ἐρωτᾷν,	ordonnant de demander,
ἐξ ὅτου ὁ πόλεμος εἴη	pourquoi la guerre était
Μήδοις τε καὶ τῷ Ἀσσυρίῳ·	aux Mèdes et à l'Assyrien ;
ἐπεὶ δὲ ἀκούσαιμέν σου,	mais quand nous aurions entendu toi.
ἐκέλευσεν,	il a ordonné,
ἐλθόντας αὖ	*nous* allant en second lieu
πρὸς τὸν Ἀσσύριον, καὶ πυθέσθαι	vers l'Assyrien, demander aussi
ταῦτα τὰ αὐτὰ ἐκείνου·	ces mêmes choses à lui ;
εἰπεῖν δὲ αὖ τέλος	et dire ensuite à la fin
ὑμῖν ἀμφοτέροις	à vous deux

λεύς, τὸ δίκαιον σκεψάμενος, φαίη μετὰ τοῦ ἠδικημένου ἔσεσθαι. »

VIII. Πρὸς ταῦτα ὁ Κυαξάρης εἶπεν· « Ἐμοῦ τοίνυν ἀκούετε, ὅτι οὐκ ἀδικοῦμεν τὸν Ἀσσύριον οὐδέν· ἐκείνου δ', εἰ δεῖσθε, ἐλθόντες νῦν πύθεσθε, ὅ τι λέγει. » Παρὼν δέ, ὁ Κῦρος ἤρετο τὸν Κυαξάρην· « Ἦ καὶ ἐγώ, ἔφη, εἴπω, ὅ τι γιγνώσκω; » Καὶ ὁ Κυαξάρης ἐκέλευσεν[1]. « Ὑμεῖς μὲν τοίνυν, ἔφη, ἀπαγγείλατε τῷ Ἰνδῶν βασιλεῖ τάδε (εἰ μή τι ἄλλο δοκεῖ Κυαξάρει), ὅτι φαμὲν ἡμεῖς, εἴ τι φησὶν ὑφ' ἡμῶν ἀδικεῖσθαι ὁ Ἀσσύριος, αἱρεῖσθαι αὐτὸν τὸν τῶν Ἰνδῶν βασιλέα δικαστήν. » Οἱ μὲν δή, ταῦτα ἀκούσαντες, ᾤχοντο.

IX. Ἐπειδὴ δὲ οἱ Ἰνδοὶ ἐξῆλθον, ὁ Κῦρος πρὸς τὸν Κυαξάρην ἤρχετο λόγου τοιοῦδε· « Ὦ Κυαξάρη, ἐγὼ μέντοι ἦλθον, οὐδέν τι πολλὰ ἔχων ἴδια χρήματα οἴκοθεν· ὁπόσα δ' ἦν, τούτων πάνυ

voudraient alléguer; afin qu'après avoir examiné le droit des uns et des autres, il se pût déclarer en faveur de l'offensé. »

VIII. Cyaxare leur fit cette réponse : « Puisque vous desirez savoir d'où procède cette guerre, je vous déclare, pour moi, que je n'ai fait aucune injure au roi d'Assyrie : c'est pourquoi, vous pouvez l'aller trouver, et apprendre de lui de quoi il se plaint. » Quand il eut achevé, Cyrus lui demanda s'il lui permettait de dire son avis; et Cyaxare le trouvant bon, il ajouta : « Vous direz donc à votre maître, pourvu que Cyaxare en demeure d'accord, que nous sommes tout prêts à le prendre pour arbitre, si le roi d'Assyrie a quelque plainte à faire contre nous. » Après cela les ambassadeurs prirent congé d'eux.

IX. Lorsqu'ils se furent retirés, Cyrus entra en discours avec Cyaxare, et lui dit : « Quand je suis parti de Perse pour venir à votre service, je n'emportai pas avec moi beaucoup d'argent; cependant, si peu que

ὅτι ὁ βασιλεὺς Ἰνδῶν	que le roi des Indiens
σκεψάμενος τὸ δίκαιον	ayant considéré le juste
φαίη ἔσεσθαι	dit devoir être
μετὰ τοῦ ἠδικημένου. »	avec l'offensé. »
VIII. Ὁ Κυαξάρης	VIII. Cyaxare
εἶπε πρὸς ταῦτα·	dit à cela :
« Ἀκούετε τοίνυν ἐμοῦ,	« Entendez donc de moi,
ὅτι οὐκ ἀδικοῦμεν οὐδὲν	que nous n'offensons en rien
τὸν Ἀσσύριον·	l'Assyrien :
εἰ δὲ δεῖσθε,	mais si vous *en* avez-besoin
ἐλθόντες νῦν	étant allés maintenant
πύθεσθε ἐκείνου ὅ τι λέγει. »	apprenez de lui ce qu'il dit. »
Ὁ δὲ Κῦρος παρὼν	Mais Cyrus étant présent
ἤρετο τὸν Κυαξάρην·	interrogea Cyaxare :
« Ἦ καὶ ἐγὼ εἴπω,	« Est-ce que aussi moi je puis dire,
ἔφη,	dit-il,
ὅ τι γιγνώσκω ; »	ce que je pense ? »
Καὶ ὁ Κυαξάρης ἐκέλευσεν.	Et Cyaxare *l'y* invita.
« Ὑμεῖς μὲν τοίνυν, ἔφη,	« Vous donc, dit-il,
ἀπαγγείλατε τάδε	annoncez ceci
τῷ βασιλεῖ Ἰνδῶν	au roi des Indiens
(εἰ μή τι ἄλλο δοκεῖ	(à moins qu'autre chose ne plaise
Κυαξάρει),	à Cyaxare),
ὅτι ἡμεῖς φαμεν,	que nous déclarons,
εἰ ὁ Ἀσσύριός φησιν	si l'Assyrien déclare
ἀδικεῖσθαί τι	être offensé en quelque chose
ὑπὸ ἡμῶν, αἱρεῖσθαι	par nous, choisir
τὸν βασιλέα αὐτὸν τῶν Ἰνδῶν	le roi même des Indiens
δικαστήν. »	pour juge. »
Οἱ μὲν δὴ ἀκούσαντες ταῦτα	Ceux-ci donc ayant entendu cela
ᾤχοντο.	s'en allèrent.
IX. Ἐπειδὴ δὲ	IX. Mais lorsque
οἱ Ἰνδοὶ ἐξῆλθον,	les Indiens furent sortis,
ὁ Κῦρος ἤρχετο τοιοῦδε λόγου	Cyrus commença un tel discours
πρὸς τὸν Κυαξάρην·	à Cyaxare :
« Ὦ Κυαξάρη, ἐγὼ μέντοι ἦλθον,	« O Cyaxare, je suis assurément venu,
ἔχων οὐδέν τι πολλὰ	n'ayant pas beaucoup
χρήματα ἴδια	d'argent propre *à moi*
οἴκοθεν·	de la maison :
ὁπόσα δὲ ἦν,	mais si peu qu'il était,

ὀλίγα λοιπὰ ἔχω· ἀνήλωκα δέ, ἔφη, εἰς τοὺς στρατιώτας. Καὶ τοῦτο ἴσως, ἔφη, θαυμάζεις σύ, πῶς ἀνήλωκα ἐγώ, σοῦ αὐτοὺς τρέφοντος· εὖ δ' ἴσθι, ἔφη, ὅτι οὐδὲν ἄλλο ποιῶν, ἢ τιμῶν καὶ χαριζόμενος, ὅταν τινὶ ἀγασθῶ τῶν στρατιωτῶν.

X. « Δοκεῖ γάρ μοι, ἔφη, πάντας μέν, οὓς ἄν τις βούληται ἀγαθοὺς συνεργοὺς ποιεῖσθαι ὁποιουτινοσοῦν πράγματος, ἥδιον εἶναι, εὖ τε λέγοντα καὶ εὖ ποιοῦντα παρορμᾷν μᾶλλον, ἢ λυποῦντα καὶ ἀναγκάζοντα· οὓς δὲ δὴ τῶν εἰς τὸν πόλεμον ἔργων ποιήσασθαί τις βούλοιτο συνεργοὺς προθύμους, τούτους παντάπασιν ἔμοιγε δοκεῖ ἀγαθοῖς θηρατέον εἶναι καὶ λόγοις καὶ ἔργοις. Φίλους γάρ, οὐκ ἐχθρούς, δεῖ εἶναι τοὺς μέλλοντας ἀπροφασίστους συμμάχους ἔσεσθαι, καὶ μήτε ἐπὶ τοῖς ἀγαθοῖς τοῦ ἄρχοντος φθονήσοντας, μήτε ἐν τοῖς κακοῖς προδώσοντας.

XI. « Ταῦτ' οὖν ἐγὼ οὕτω προγιγνώσκων, χρημάτων δοκῶ προσδεῖσθαι. Πρὸς μὲν οὖν σὲ πάντα ὁρᾷν, ὃν αἰσθάνομαι δα-

j'en avais, je l'ai presque tout dépensé pour mes soldats. Je sais que cela vous étonnera, vu que vous leur fournissez leur subsistance; mais vous saurez que je l'ai employé à faire des présents et des gratifications à ceux qui l'ont mérité.

X. « Car j'ai toujours cru que quiconque veut être fidèlement servi, doit plutôt se faire obéir par la douceur et par les bienfaits, que par la rigueur et par les menaces. Et cela se doit observer particulièrement à la guerre, où il ne faut pas compter sur de bons soldats, si l'on ne leur gagne le cœur et par de bonnes paroles et par des actions obligeantes. C'est en se faisant aimer d'eux, qu'ils sont toujours prêts à s'exposer pour les intérêts de leur chef, qu'ils ne lui portent point d'envie dans ses prospérités, et qu'ils ne l'abandonnent point dans ses malheurs.

XI. « C'est par suite de ces idées, que je me trouve aujourd'hui sans argent. Je m'imagine bien qu'il n'est pas possible que vous, qui

ἔχω πάνυ ὀλίγα τούτων λοιπά·	j'ai fort peu de cet *argent* de reste :
ἀνήλωκα δὲ	mais je *l'*ai dépensé
εἰς τοὺς στρατιώτας, ἔφη·	pour les soldats, dit-il :
καὶ σὺ θαυμάζεις	et toi tu t'étonnes
ἴσως τοῦτο, ἔφη,	peut-être de cela, dit-il,
πῶς ἐγὼ ἀνήλωκα,	comment je *l'*ai dépensé,
σοῦ τρέφοντος αὐτούς·	toi nourrissant eux :
ἴσθι δὲ εὖ, ἔφη,	mais sache bien, dit-il,
ὅτι ποιῶν οὐδὲν ἄλλο	que *c'est ne* faisant rien autre chose
ἢ τιμῶν καὶ χαριζόμενος,	que récompensant et gratifiant,
ὅταν ἀγασθῶ τινι	lorsque je suis content de quelqu'un
τῶν στρατιωτῶν.	des soldats.
X. « Δοκεῖ γάρ μοι	X. « Car il semble à moi
εἶναι ἥδιον, ἔφη,	être plus agréable, dit-il,
λέγοντά τε εὖ καὶ ποιοῦντα εὖ,	et disant bien et traitant bien,
μᾶλλον ἢ λυποῦντα	plutôt qu'affligeant
καὶ ἀναγκάζοντα,	et forçant,
παρορμᾷν πάντας μὲν οὓς ἄν τις	d'exciter tous ceux que quelqu'un
βούληται ποιεῖσθαι	voudrait rendre pour lui
ἀγαθοὺς συνεργοὺς	bons auxiliaires
πράγματος ὁποιουτινοσοῦν·	dans une entreprise quelconque ;
δοκεῖ δὲ ἔμοιγε	mais il semble à moi du moins
εἶναι θηρατέον παντάπασιν	être à-rechercher entièrement
ἀγαθοῖς καὶ λόγοις καὶ ἔργοις,	avec de bonnes paroles et actions,
οὓς δή τις	ceux que quelqu'un
βούλοιτο ποιήσασθαι	voudrait rendre pour lui
συνεργοὺς προθύμους	auxiliaires zélés
τῶν ἔργων εἰς τὸν πόλεμον.	des entreprises pour la guerre.
Δεῖ γὰρ τοὺς μέλλοντας ἔσεσθαι	Car il faut ceux devant être
συμμάχους ἀπροφασίστους	alliés dévoués
καὶ μήτε φθονήσοντας	et ne devant pas être-envieux
ἐπὶ τοῖς ἀγαθοῖς τοῦ ἄρχοντος,	dans les succès du général,
μήτε προδώσοντας	et ne devant pas trahir
ἐν τοῖς κακοῖς,	dans le malheur,
εἶναι φίλους, οὐκ ἐχθρούς.	être amis, non ennemis.
XI. « Ἐγὼ οὖν προγιγνώσκων	XI. « Moi donc prévoyant
οὕτω ταῦτα,	ainsi ces choses,
δοκῶ προσδεῖσθαι χρημάτων.	je crois avoir-besoin-encore d'argent.
Δοκεῖ μὲν οὖν μοι εἶναι ἄτοπον	Donc il paraît à moi être déplacé
ὁρᾷν πάντα πρὸς σέ,	de regarder pour tout vers toi,

πανῶντα πολλά, ἄτοπόν μοι δοκεῖ εἶναι· σκοπεῖν δ' ἀξιῶ κοινῇ καὶ σὲ καὶ ἐμέ, ὅπως σε μὴ ἐπιλείψει χρήματα· ἢν γὰρ σὺ ἄφθονα ἔχῃς, οἶδα ὅτι καὶ ἐμοὶ ἂν εἴη λαμβάνειν, ὁπότε δεοίμην, ἄλλως τε καὶ εἰ εἰς τοιοῦτόν τι λαμβάνοιμι, ὃ μέλλει καὶ σοὶ δαπανηθὲν βέλτιον εἶναι.

XII. « Ἔναγχος[1] οὖν ποτέ σου μέμνημαι ἀκούσας, ὡς ὁ Ἀρμένιος[2] καταφρονοίη σου νῦν, ὅτι ἀκούει τοὺς πολεμίους προςιόντας ἐφ' ἡμᾶς, καὶ οὔτε στράτευμα πέμποι, οὔτε τὸν δασμόν, ὃν ἔδει, ἀπάγοι. — Ποιεῖ γὰρ ταῦτα, ἔφη, ὦ Κῦρε, ἐκεῖνος· ὥςτε ἔγωγε ἀπορῶ, πότερόν μοι κρεῖττον στρατεύεσθαι καὶ πειρᾶσθαι ἀνάγκην αὐτῷ προςθεῖναι, ἢ λυσιτελεῖ ἐᾶσαι ἐν τῷ παρόντι, μὴ καὶ τοῦτον πολέμιον πρὸς τοῖς ἄλλοις προςθώμεθα. »

XIII. Καὶ ὁ Κῦρος ἐπήρετο· « Αἱ δ' οἰκήσεις αὐτῷ πότερον ἐν ἐχυροῖς χωρίοις εἰσίν, ἢ καί που ἐν εὐεφόδοις; » Καὶ ὁ Κυα-

faites déjà de grandes dépenses, puissiez fournir à tout; aussi je pense qu'il est à propos que vous et moi regardions aux moyens de ne point manquer d'argent; car je m'assure que quand vous en aurez en abondance, vous me permettrez bien d'en prendre pour mes nécessités, surtout lorsque j'espère l'employer d'une façon qui sera avantageuse à vos affaires.

XII. « Je me souviens donc, continua-t-il, de vous avoir ouï dire depuis peu, que le roi d'Arménie commençait à vous mépriser, après qu'il a su que nos ennemis s'approchaient, qu'il n'a point envoyé d'armée à votre secours, et même a manqué de vous payer le tribut ordinaire. — Cela est vrai, dit Cyaxare, et je suis maintenant en peine si je dois marcher contre lui, et le ranger par force à son devoir, ou s'il ne vaudra point mieux le laisser maintenant en repos, de crainte d'en faire un nouvel ennemi qui se joigne aux autres.

XIII. Eh bien! demanda Cyrus, sa résidence est-elle dans des lieux fortifiés ou abordables? — Sa résidence, répondit Cyaxare, n'est pas

ὃν αἰσθάνομαι δαπανῶντα πολλά·	que je sens dépensant beaucoup ;
ἀξιῶ δὲ καὶ σὲ καὶ ἐμὲ	mais je crois-à-propos et toi et moi
σκοπεῖν κοινῇ	aviser en commun
ὅπως χρήματα	à ce que les richesses
μὴ ἐπιλείψει σε.	ne manquent pas à toi.
Ἢν γὰρ σὺ ἔχῃς ἄφθονα,	Car si tu *en* avais en abondance,
οἶδα ὅτι ἂν εἴη	je sais qu'il serait *possible*
καὶ ἐμοὶ λαμβάνειν,	aussi à moi d'*en* prendre,
ὁπότε δεοίμην,	quand j'*en* aurais besoin,
ἄλλως τε καὶ εἰ λαμβάνοιμι	et autrement (surtout) si j'*en* prenais
εἴς τι τοιοῦτον,	pour quelque chose telle,
ὃ δαπανηθὲν μέλλει	qui dépensée doit
εἶναι βέλτιον καὶ σοί.	être meilleure aussi pour toi.
XII. « Μέμνημαι οὖν	XII. « Je me souviens donc
ἀκούσας	ayant entendu
σοῦ ἐναγχός ποτε,	de toi récemment un jour,
ὡς ὁ Ἀρμένιος	que l'Arménien
καταφρονοίη νῦν σου,	méprise maintenant toi,
ὅτι ἀκούει τοὺς πολεμίους	parce que il apprend les ennemis
προσιόντας ἐπὶ ἡμᾶς,	s'avançant vers nous,
καὶ οὔτε πέμποι στράτευμα,	et que ni il n'envoie une armée,
οὔτε ἀπάγοι	ni ne paye
τὸν δασμόν, ὃν ἔδει.	le tribut, qu'il fallait.
— Ὦ Κῦρε, ἔφη, ἐκεῖνος γὰρ	— O Cyrus, dit-il, lui en effet
ποιεῖ ταῦτα·	fait ces choses :
ὥστε ἔγωγε ἀπορῶ,	de sorte que je suis-embarrassé,
πότερον κρεῖττόν μοι	s'*il est* meilleur pour moi
στρατεύεσθαι	de faire-une-expédition
καὶ πειρᾶσθαι	et de tenter
προσθεῖναι αὐτῷ ἀνάγκην,	d'imposer à lui la contrainte,
ἢ λυσιτελεῖ	ou s'il est-avantageux
ἐᾶσαι ἐν τῷ παρόντι,	de négliger *cela* pour le présent,
μὴ προσθώμεθα καὶ	de peur que nous ne nous ajoutions
τοῦτον πολέμιον πρὸς τοῖς ἄλλοις. »	cet ennemi outre les autres. » [aussi
XIII. Καὶ ὁ Κῦρος ἐπήρετο·	XIII. Et Cyrus demanda :
« Πότερον δὲ αἱ οἰκήσεις	« Est-ce que les habitations
εἰσὶν αὐτῷ	sont à lui
ἐν χωρίοις ἐχυροῖς,	dans des positions fortifiées,
ἢ καί που	ou encore quelque part
ἐν εὐεφόδοις;	dans des *endroits* accessibles ?

ξάρης εἶπεν· « Αἱ μὲν οἰκήσεις οὐ πάνυ ἐν ἐχυροῖς· ἐγὼ γὰρ τούτου οὐκ ἠμέλουν· ὄρη μέντοι ἐστίν, ἔνθα δύναιτο ἂν ἀπελθὼν ἐν τῷ παραχρῆμα ἐν ἀσφαλεῖ εἶναι τοῦ μηδ' αὐτός γε ὑποχείριος γενέσθαι, μηδέ, ὅσα ἐνταῦθα δύναιτο ὑπεκκομίσασθαι, εἰ μή τις πολιορκοίη προςκαθήμενος, ὥςπερ ὁ ἐμὸς πατήρ ποτε ἐποίησεν. »

XIV. Ἐκ τούτου δὴ ὁ Κῦρος λέγει τάδε· « Ἀλλ', εἰ θέλεις, ἔφη, ἐμὲ πέμψαι, ἱππέας μοι προςθείς, ὁπόσοι δοκοῦσιν ἱκανοὶ εἶναι, οἶμαι ἄν, σὺν τοῖς θεοῖς, ποιῆσαι αὐτὸν καὶ τὸ στράτευμα πέμψαι καὶ ἀποδοῦναι τὸν δασμόν σοι· ἔτι δὲ ἐλπίζω καὶ φίλον αὐτὸν μᾶλλον ἡμῖν γενήσεσθαι, ἢ νῦν ἐστι. »

XV. Καὶ ὁ Κυαξάρης εἶπε· « Καὶ ἐγώ, ἔφη, ἐλπίζω ἐκείνους ἐλθεῖν πρὸς σὲ μᾶλλον, ἢ πρὸς ἡμᾶς. Ἀκούω γάρ, ὅτι[1] καὶ συνθηρευτάς τινας τῶν παίδων αὐτοῦ σοι γενέσθαι, ὥςτε ἴσως ἂν καὶ

bien fortifiée. J'y ai toujours veillé; mais il y a des montagnes où il se peut retirer, et où il ne serait pas aisé de le forcer, ni de prendre ce qu'il aurait emporté avec lui, à moins que de l'y assiéger, comme fit mon père.

XIV. — « Si vous voulez, dit Cyrus, me laisser aller de ce côté-là, avec la cavalerie que vous jugerez nécessaire pour cette entreprise, je m'offre, avec l'aide des dieux, de le réduire au point de vous envoyer une armée, de vous payer le tribut qu'il vous doit, et qui plus est de vous être à l'avenir plus fidèle que par le passé.

XV. — « Je veux croire, répondit Cyaxare, qu'il se rendra plutôt à vous qu'à moi. Car j'ai ouï dire que ses enfants ont été souvent à la chasse avec vous; peut-être ils viendront vous trouver, et je ne doute

Καὶ ὁ Κυαξάρης εἶπεν·	— Et Cyaxare dit :
« Αἱ μὲν οἰκήσεις	« Les habitations à la vérité
οὐ πάνυ	ne *sont* pas précisément
ἐν ἐχυροῖς·	dans des *endroits* fortifiés ;
ἐγὼ γὰρ οὐκ ἠμέλουν τούτου·	car moi je ne négligeais pas cela :
ἐστὶ μέντοι ὄρη,	pourtant il y a des montagnes,
ἔνθα ἀπελθὼν δύναιτο ἂν	où allant il pourrait
εἶναι ἐν τῷ παραχρῆμα	être sur le champ
ἐν ἀσφαλεῖ	en sûreté
τοῦ μηδὲ αὐτός γε	de ni lui certes
γενέσθαι ὑποχείριος,	être pris,
μηδέ, ὅσα δύναιτο	ni les biens qu'il pourrait
ὑπεκκομίσασθαι ἐνταῦθα,	emporter là,
εἰ μή τις προσκαθήμενος	à moins que quelqu'un bloquant
πολιορκοίη,	ne l'assiége,
ὥσπερ ὁ ἐμὸς πατὴρ	comme mon père
ἐποίησέ ποτε. »	fit autrefois. »
XIV. — Ὁ δὴ Κῦρος λέγει	XIV. — Cyrus dit donc
ἐκ τούτου τάδε·	après cela ces paroles :
« Ἀλλὰ εἰ θέλεις πέμψαι ἐμέ, ἔφη,	« Mais si tu veux envoyer moi, dit-il,
προσθεὶς μοι ἱππέας	ayant joint à moi des cavaliers
ὁπόσοι δοκοῦσιν	autant qu'ils paraissent
εἶναι ἱκανοί,	être suffisants,
οἶμαι ποιῆσαι ἂν	je pense pouvoir faire
σὺν τοῖς θεοῖς	avec les dieux
αὐτὸν καὶ πέμψαι τὸ στράτευμα	lui et envoyer l'armée
καὶ ἀποδοῦναι τὸν δασμόν σοι·	et payer le tribut à toi :
ἐλπίζω δὲ ἔτι	puis j'espère encore
αὐτὸν γενήσεσθαι	lui devoir devenir
καὶ μᾶλλον φίλον ἡμῖν	même plus ami pour nous
ἢ ἐστι νῦν. »	qu'il n'est maintenant. »
XV. — Καὶ ὁ Κυαξάρης εἶπε·	XV. — Et Cyaxare dit :
« Καὶ ἐγὼ ἐλπίζω, ἔφη,	« Et moi j'espère, dit-il,
ἐκείνους ἐλθεῖν μᾶλλον	eux venir plutôt
πρὸς σὲ ἢ πρὸς ἡμᾶς.	vers toi que vers nous.
Ἀκούω γὰρ	Car j'entends *dire*
τινὰς τῶν παίδων αὐτοῦ	quelques uns des enfants de lui
γενέσθαι καὶ	avoir été aussi
συνθηρευτάς σοι,	compagnons-de-chasse à toi,
ὥστε ἔλθοιεν ἂν	de sorte qu'ils viendraient

πάλιν ἔλθοιεν πρὸς σέ· ὑποχειρίων δὲ γενομένων τινῶν αὐτῶν, πάντ' ἂν πραχθείη, ᾗ ἡμεῖς βουλόμεθα. — Οὐκοῦν σοι δοκεῖ, ἔφη ὁ Κῦρος, σύμφορον εἶναι τὸ λεληθέναι ἡμᾶς ταῦτα βουλεύοντας; — Μᾶλλον γὰρ ἄν, ἔφη ὁ Κυαξάρης, καὶ ἔλθοι τις αὐτῶν εἰς χεῖρας, καί, εἴ τις ὁρμῷτο ἐπ' αὐτούς, ἀπαρασκευαστότεροι ἂν λαμβάνοιντο. »

XVI. « Ἄκουε τοίνυν, ἔφη ὁ Κῦρος, ἤν τί σοι δόξω λέγειν. Ἐγὼ πολλάκις δὴ σὺν πᾶσι τοῖς μετ' ἐμοῦ Πέρσαις τεθήρακα ἀμφὶ τὰ ὅρια τῆς τε σῆς χώρας καὶ τῆς τῶν Ἀρμενίων, καὶ ἱππέας δὲ ἤδη τινὰς προςλαβὼν τῶν ἐνθένδε ἑταίρων ἀφικόμην.— Τὰ μὲν τοίνυν ὅμοια ποιῶν, ἔφη ὁ Κυαξάρης, οὐκ ἂν ὑποπτεύοιο· εἰ δὲ πολὺ πλείων ἡ δύναμις φαίνοιτο, ἧς εἰώθεις ἔχων θηρᾷν, τοῦτο ἤδη ὕποπτον ἂν γίγνοιτο. »

point que quand vous aurez gagné leur esprit, les affaires ne se terminent à notre contentement.— Ne vous semble-t-il donc pas à propos de déguiser notre dessein? dit Cyrus.—Sans doute, repartit Cyaxare, et c'est le meilleur moyen de les attirer à nous et de tomber sur eux sans qu'ils soient en état de défense. »

XVI. « Écoutez donc ma pensée, poursuivit Cyrus. Vous savez que j'ai quelquefois été à la chasse avec toute mon armée, vers les frontières d'Arménie, et que quelquefois même j'ai mené de votre cavalerie avec moi.— Cela est vrai, dit Cyaxare, et quand vous le ferez encore, vous ne leur donnerez aucun ombrage; mais si vous menez plus de monde qu'à l'ordinaire, cela pourra être suspect. »

Ἴσως καὶ πάλιν πρὸς σέ·	peut-être encore de nouveau vers toi;
τινῶν δὲ αὐτῶν	or quelques uns d'eux
γενομένων	étant devenus
ὑποχειρίων,	soumis,
πάντα ἂν πραχθείη	tout pourrait se faire
ᾗ ἡμεῖς βουλόμεθα.	comme nous *le* voulons.
— Ὁ Κῦρος ἔφη·	— Cyrus dit :
Οὐκοῦν δοκεῖ σοι	Ne semble-t-il donc pas à toi
τὸ ἡμᾶς βουλεύοντας ταῦτα	le, nous méditant cela
λεληθέναι εἶναι σύμφορον;	être ignorés, être avantageux ?
— Ὁ Κυαξάρης ἔφη·	— Cyaxare dit :
Τὶς γὰρ αὐτῶν ἔλθοι ἂν	En effet quelqu'un d'eux viendrait
καὶ μᾶλλον	même plus volontiers
εἰς χεῖρας,	dans *tes* mains,
καί, εἴ τις ὁρμῷτο ἐπὶ αὐτούς,	et, si quelqu'un s'élançait contre eux,
ἀπαρασκευαστότεροι	moins préparés
λαμβάνοιντο ἄν. »	ils seraient surpris. »
XVI. — Ὁ Κῦρος ἔφη·	XVI. — Cyrus dit
« Ἄκουε τοίνυν,	« Écoute donc,
ἢν δόξω σοι	si je paraîtrai à toi
λέγειν τι.	dire quelque chose *d'utile*.
Ἐγὼ τεθήρακα πολλάκις δὴ	J'ai chassé souvent certes
σὺν πᾶσι τοῖς Πέρσαις	avec tous les Perses
μετὰ ἐμοῦ	avec moi
ἀμφὶ τὰ ὅρια	près des frontières
τῆς τε σῆς χώρας	et de ton territoire
καὶ τῆς τῶν Ἀρμενίων,	et de celui des Arméniens,
καὶ προσλαβὼν δὲ ἤδη	et ayant pris-en-outre déja
τινὰς ἱππέας	quelques cavaliers
τῶν ἑταίρων ἐνθένδε	de mes amis d'ici
ἀφικόμην.	je me suis approché *de là*.
— Ὁ Κυαξάρης ἔφη·	— Cyaxare dit :
Ποιῶν μὲν τοίνυν τὰ ὅμοια,	Faisant donc la même chose,
οὐκ ἂν ὑποπτεύοιο·	tu ne serais pas soupçonné :
εἰ δὲ ἡ δύναμις	mais si les troupes
φαίνοιτο	étaient vues
πολὺ πλείων	beaucoup plus nombreuses
ἧς ἔχων	que *celles* qu'ayant
εἰώθεις θηρᾶν,	tu avais coutume de chasser,
τοῦτο γίγνοιτο ἂν ἤδη ὕποπτον. »	cela serait déjà suspect. »

XVII. « Ἀλλ' ἔστιν, ἔφη ὁ Κῦρος, καὶ πρόφασιν κατασκευάσαι καὶ ἐνθάδε οὐκ ἄπιστον, καὶ ἤν τις ἐκεῖσε[1] ἐξαγγείλῃ δή, ὡς ἐγὼ βουλοίμην μεγάλην θήραν ποιῆσαι· καὶ ἱππέας, ἔφη, αἰτοίην ἄν σε ἐκ τοῦ φανεροῦ[2]. — Κάλλιστα λέγεις, ἔφη ὁ Κυαξάρης· ἐγὼ δέ σοι οὐκ ἐθελήσω διδόναι πλὴν μετρίους τινάς, ὡς βουλόμενος πρὸς τὰ φρούρια ἐλθεῖν τὰ πρὸς τῇ Ἀσσυρίᾳ. Καὶ γὰρ τῷ ὄντι[3] βούλομαι, ἔφη, ἐλθὼν κατασκευάσαι αὐτὰ ὡς ἐχυρώτατα. Ὁπότε δὲ σὺ προεληλυθοίης σὺν ᾗ ἔχεις δυνάμει[4], καὶ θηρῴης καὶ δὴ δύο ἡμέρας, πέμψαιμι ἄν σοι ἱκανοὺς ἱππέας καὶ πεζοὺς τῶν παρ' ἐμοὶ ἠθροισμένων, οὓς σὺ λαβὼν εὐθὺς ἀνίοις· καὶ αὐτὸς δὲ ἔχων τὴν ἄλλην δύναμιν, πειρῴμην μὴ πρόσω ὑμῶν εἶναι, ἵνα, εἴ που καιρὸς εἴη, ἐπιφανείην. »

XVII. « Il sera aisé, dit Cyrus, de trouver un prétexte vraisemblable pour grossir notre troupe : on n'a qu'à dire que je veux faire une grande chasse; et pour ce sujet, je vous demanderai ouvertement de la cavalerie. — Cela sera fort bien, répondit Cyaxare, et je feindrai de ne vous en pouvoir donner que fort peu, disant que je veux aller vers la frontière d'Assyrie. Et de fait, ajouta-t-il, j'ai dessein de mettre les places de cette frontière en état de ne rien craindre. Mais, au bout de deux jours, quand vous aurez commencé votre chasse, je vous enverrai la meilleure partie de ma cavalerie et de mon infanterie, et avec ce renfort vous entrerez dans le pays ennemi; cependant je ne m'éloignerai pas avec le reste de mes troupes, afin de vous joindre si l'occasion le requiert. »

XVII. — Ὁ Κῦρος ἔφη·
« Ἀλλὰ ἔστι καὶ
κατασκευάσαι πρόφασιν
οὐκ ἄπιστον καὶ ἐνθάδε,
καὶ ἤν τις ἐξαγγείλῃ δὴ ἐκεῖσε,
ὡς ἐγὼ βουλοίμην
ποιῆσαι μεγάλην θήραν,
καὶ αἰτοίην ἂν
ἱππέας σε
ἐκ τοῦ φανεροῦ, ἔφη. »
— Ὁ Κυαξάρης ἔφη·
« Λέγεις κάλλιστα·
ἐγὼ δὲ οὐκ ἐθελήσω
διδόναι σοι,
πλήν τινας
μετρίους,
ὡς βουλόμενος ἐλθεῖν
πρὸς τὰ φρούρια
τὰ πρὸς τῇ Ἀσσυρίᾳ.
Καὶ γὰρ βούλομαι τῷ ὄντι,
ἔφη,
ἐλθὼν κατασκευάσαι αὐτὰ
ὡς
ἐχυρώτατα.
Ὁπότε δὲ σὺ προεληλυθοίης
σὺν δυνάμει ᾗ ἔχεις,
καὶ θηρῴης
καὶ δὴ δύο ἡμέρας,
πέμψαιμι ἄν σοι ἱππέας
καὶ πεζοὺς ἱκανοὺς
τῶν ἠθροισμένων
παρὰ ἐμοί,
οὓς σὺ λαβὼν
ἀνίοις εὐθύς.
Καὶ αὐτὸς δὲ ἔχων
τὴν ἄλλην δύναμιν,
πειρῴμην εἶναι
μὴ πρόσω ὑμῶν,
ἵνα ἐπιφανείην,
εἴ που καιρὸς εἴη. »

XVII. — Cyrus dit :
« Mais il est *possible* même
de préparer un prétexte
non incroyable même ici,
et si quelqu'un annonçait certes là,
que je veux
faire une grande chasse,
et si je demandais
des cavaliers à toi
d'une *manière* apparente, dit-il. »
— Cyaxare dit :
« Tu parles très bien :
mais moi je ne voudrai pas
donner à toi *des cavaliers*,
si ce n'est quelques uns
en-nombre-modéré,
comme voulant aller
vers les places-fortes
celles *qui sont* près de l'Assyrie.
Car je veux en effet,
dit-il,
étant allé disposer ces *forteresses*
comme
très fortes (les plus fortes que possi-
Mais lorsque tu serais parti [ble).
avec la force que tu as,
et que tu aurais chassé
même depuis deux jours,
j'enverrais à toi des cavaliers
et des fantassins suffisants
de ceux qui sont rassemblés
près de moi,
lesquels toi ayant pris
tu marcherais tout de suite.
Mais *moi*-même ayant
le reste des forces,
je tâcherais d'être
non loin de vous,
afin que je parusse,
si par hasard occasion était. »

XVIII. Οὕτω δὴ ὁ μὲν Κυαξάρης εὐθὺς πρὸς τὰ φρούρια ἤθροιζεν ἱππέας τε καὶ πεζούς, καὶ ἁμάξας δὲ σίτου προέπεμπε τὴν ἐπὶ τὰ φρούρια ὁδόν. Ὁ δὲ Κῦρος εὐθέως ἐθύετο ἐπὶ τῇ πορείᾳ, καὶ ἅμα πέμπων ἐπὶ τὸν Κυαξάρην, ᾔτει τῶν νεωτέρων ἱππέων. Ὁ δέ, πάνυ πολλῶν βουλομένων ἕπεσθαι, οὐ πολλοὺς ἔδωκεν αὐτῷ. Προεληλυθότος δ' ἤδη τοῦ Κυαξάρους σὺν δυνάμει καὶ πεζικῇ καὶ ἱππικῇ τὴν πρὸς τὰ φρούρια ὁδόν, γίγνεται τῷ Κύρῳ τὰ ἱερά, ἐπὶ τὸν Ἀρμένιον ἰέναι, καλά. Καὶ οὕτως ἐξάγει δή, ὡς εἰς θήραν παρεσκευασμένος.

XIX. Πορευομένῳ δὲ αὐτῷ εὐθὺς ἐν τῷ πρώτῳ χωρίῳ ὑπανίσταται λαγώς· ἀετὸς δ' ἐπιπτάμενος αἴσιος [1], ὡς κατεῖδε τὸν λαγὼ φεύγοντα, ἐπιφερόμενος ἔπαισέ τε αὐτόν, καὶ συναρπάσας ἐξῆρε, καὶ ἀπενεγκὼν ἐπὶ λόφον τινὰ οὐ πρόσω, ἐχρῆτο τῇ

XVIII. Ceci résolu entre eux, Cyaxare donna rendez-vous à son armée vers les frontières d'Assyrie, et en même temps il fit partir grand nombre de chariots chargés de blé et de vivres pour mener du même côté. Cyrus fit aussi des sacrifices pour son voyage, et envoya demander à Cyaxare ses plus jeunes cavaliers. Le roi lui accorda ce qu'il demandait; mais, de tous ceux qui se présentèrent pour aller avec lui, et le nombre en était grand, il le permit à fort peu. Il se dirigea avec le reste vers les frontières d'Assyrie. Cyrus ayant eu les sacrifices favorables pour son entreprise contre le roi d'Arménie, partit avec un équipage de chasse.

XIX. Comme il commençait à marcher par la campagne, un lièvre se leva devant lui, et à l'instant même un aigle paraissant à main droite vit le lièvre qui fuyait, vint fondre dessus, et l'ayant pris dans ses serres l'emporta sur un coteau fort proche, où il le déchira à la vue

XVIII. Οὕτω δὴ	XVIII. Ainsi donc
ὁ μὲν Κυαξάρης	à la vérité Cyaxare
ἤθροιζεν εὐθὺς	rassemblait aussitôt
ἱππέας τε καὶ πεζοὺς	et des cavaliers et des fantassins
πρὸς τὰ φρούρια,	vers les forteresses,
καὶ προέπεμπε δὲ	et il envoyait-en-avant
αμάξας σίτου	des chariots de blé
τὴν ὁδὸν ἐπὶ τὰ φρούρια.	*par* la route vers les forteresses.
Ὁ δὲ Κῦρος	Mais Cyrus
ἐθύετο εὐθέως	faisait-des-sacrifices sur-le-champ
ἐπὶ τῇ πορείᾳ,	pour le voyage,
καὶ πέμπων ἅμα	et envoyant en-même-temps
ἐπὶ τὸν Κυαξάρην,	vers Cyaxare,
ᾔτει	il demandait quelques uns
τῶν νεωτέρων ἱππέων.	des plus jeunes cavaliers.
Ὁ δὲ οὐκ ἔδωκε	Mais *Cyaxare* n'*en* donna pas
πολλοὺς αὐτῷ,	beaucoup à lui,
πάνυ πολλῶν	de tout à fait nombreux
βουλομένων ἕπεσθαι.	voulant *le* suivre.
Τοῦ δὲ Κυαξάρους	Mais Cyaxare
προεληλυθότος ἤδη	s'étant avancé déjà
σὺν δυνάμει	avec les forces
καὶ πεζικῇ καὶ ἱππικῇ	et d'-infanterie et de-cavalerie
τὴν ὁδὸν πρὸς τὰ φρούρια,	*par* la route vers les forteresses,
τὰ ἱερά,	les sacrifices,
ἰέναι ἐπὶ τὸν Ἀρμένιον,	*pour le* aller contre le *roi* d'Arménie,
γίγνεται καλὰ τῷ Κύρῳ.	sont favorables à Cyrus.
Καὶ οὕτω δὴ παρεσκευασμένος	Et ainsi donc préparé
ἐξάγει ὡς εἰς θήραν.	il s'avance comme pour une chasse.
XIX. Λαγὼς δὲ ὑπανίσταται	XIX. Mais un lièvre se lève
αὐτῷ πορευομένῳ	à lui allant
εὐθὺς ἐν τῷ πρώτῳ χωρίῳ·	aussitôt dans le premier endroit;
ἀετὸς δὲ	et un aigle
ἐπιπτάμενος αἴσιος,	volant-au-dessus favorable,
ὡς κατεῖδε τὸν λαγὼ φεύγοντα,	dès qu'il vit le lièvre fuyant,
ἐπιφερόμενος	se portant-dessus
ἔπαισέ τε αὐτόν,	et frappa lui,
καὶ συναρπάσας ἐξῆρε,	et *l*'ayant enlevé *l*'emporta,
καὶ ἀπενεγκὼν	et *l*'ayant porté
ἐπί τινα λόφον οὐ πρόσω,	sur une colline non loin,

ἄγρᾳ, ὅ τι ἤθελεν. Ἰδὼν οὖν ὁ Κῦρος τὸ σημεῖον, ἥσθη τε καὶ προσεκύνησε Δία βασιλέα, καὶ εἶπε πρὸς τοὺς παρόντας· « Ἡ μὲν θήρα καλὴ ἔσται, ὦ ἄνδρες, ἢν θεὸς θέλῃ. »

XX. Ὡς δὲ πρὸς τοῖς ὁρίοις ἐγένοντο, εὐθύς, ὥσπερ εἰώθει, ἐθήρα· καὶ τὸ μὲν πλῆθος τῶν πεζῶν καὶ τῶν ἱππέων ὤγμευον αὐτῷ, ὡς ἐπιόντες τὰ θηρία ἐξανισταῖεν· οἱ δὲ ἄριστοι καὶ πεζοὶ καὶ ἱππεῖς διέστησαν, καὶ τὰ ἀνιστάμενα ὑπεδέχοντο καὶ ἐδίωκον· καὶ ᾕρουν πολλοὺς καὶ σῦς καὶ ἐλάφους καὶ δορκάδας καὶ ὄνους ἀγρίους[1]· πολλοὶ γὰρ ἐν τούτοις τοῖς τόποις ὄνοι καὶ νῦν ἔτι γίγνονται.

XXI. Ἐπεὶ δ' ἔληξαν τῆς θήρας, προσμίξας πρὸς τὰ ὅρια τῶν Ἀρμενίων ἐδειπνοποιήσατο· καὶ τῇ ὑστεραίᾳ αὖθις ἐθήρα, προσελθὼν πρὸς τὰ ὄρη, ὧν ὠρέγετο. Ἐπεὶ δ' αὖ ἔληξεν, ἐδειπνο-

de toute la troupe. Cyrus fut extrêmement réjoui de ce présage; et après avoir adoré le souverain Jupiter, il dit à ceux qui étaient autour de lui : « Nous ferons aujourd'hui une bonne chasse avec l'aide des dieux. »

XX. Comme il fut proche des frontières, il se mit à chasser selon ce qu'il avait accoutumé de faire, et ses soldats se répandirent de côté et d'autre. Les meilleures troupes de sa cavalerie et de son infanterie se divisèrent en deux bandes, pour attaquer et pour poursuivre tout ce qui paraîtrait devant eux. Et ainsi ils prirent une grande quantité de sangliers, de cerfs, de daims et d'ânes sauvages; car il y a toujours eu grand nombre de ces derniers animaux en ce pays-là.

XXI. La chasse étant achevée, il arriva sur les frontières d'Arménie, où il fit prendre le repas à ses soldats; le lendemain, il recommença à chasser, s'approchant peu à peu de certaines montagnes qu'il voulait gagner. Il y fit encore souper son armée. Dès qu'il eut avis que les

ἐχρῆτο τῇ ἄγρᾳ	il se servait de la proie
ὅ τι ἤθελεν.	*en* ce qu'il voulait.
Ὁ οὖν Κῦρος ἰδὼν τὸ σημεῖον,	Donc Cyrus ayant vu le signe,
ἥσθη τε καὶ προςεκύνησε	et fut réjoui et adora
Δία βασιλέα,	Jupiter roi,
καὶ εἶπε	et dit
πρὸς τοὺς παρόντας·	à ceux *qui étaient* présents :
« Ὦ ἄνδρες, ἡ μὲν θήρα	« O hommes, la chasse à la vérité
ἔσται καλή, ἣν θεὸς θέλῃ. »	sera belle, si dieu veut. »
XX. Ὡς δὲ ἐγένετο	XX. Mais dès qu'il fut
πρὸς τοῖς ὁρίοις,	près des frontières,
ἐθήρα εὐθύς,	il chassa aussitôt,
ὥςπερ εἰώθει·	comme il avait-coutume ;
καὶ τὸ μὲν πλῆθος	et la multitude
τῶν πεζῶν καὶ τῶν ἱππέων	des fantassins et des cavaliers
ᾤγμευον αὐτῷ,	suivaient-directement pour lui,
ὡς ἐπιόντες	afin que venant-sur *eux*
ἐξανισταῖεν τὰ θηρία·	ils fissent-lever les animaux ;
οἱ δὲ ἄριστοι	mais les meilleurs
καὶ πεζοὶ καὶ ἱππεῖς	et fantassins et cavaliers
διέστησαν,	se divisèrent,
καὶ ὑπεδέχοντο καὶ ἐδίωκον	et ils recevaient et poursuivaient
τὰ ἀνιστάμενα·	les *animaux* qui se levaient ;
καὶ ᾕρουν πολλοὺς	et ils tuaient beaucoup
καὶ σῦς καὶ ἐλάφους	et de sangliers et de cerfs
καὶ δορκάδας καὶ ὄνους ἀγρίους·	et de daims et d'ânes sauvages ;
πολλοὶ γὰρ ὄνοι γίγνονται	car beaucoup d'ânes naissent
καὶ νῦν ἔτι ἐν τούτοις τοῖς τόποις.	et maintenant encore dans ces lieux
XXI. Ἐπεὶ δὲ ἔληξαν	XXI. Mais après qu'ils eurent cessé
τῆς θήρας,	la chasse,
προςμίξας πρὸς τὰ ὅρια	s'étant approché vers les frontières
τῶν Ἀρμενίων	des Arméniens
ἐδειπνοποιήσατο·	il prit-son-repas :
καὶ ἐθήρα αὖθις	et il chassa de-nouveau
τῇ ὑστεραίᾳ,	le lendemain,
προςελθὼν	s'étant avancé
πρὸς τὰ ὄρη	vers les montagnes
ὧν ὠρέγετο.	que il voulait-gagner.
Ἐπεὶ δὲ αὖ ἔληξεν,	Mais après que encore il eut cessé,
ἐδειπνοποιεῖτο.	il prit-son-repas.

ποιεῖτο. Τὸ δὲ παρὰ Κυαξάρους στράτευμα ὡς ᾔσθετο προςιόν, ὑποπέμψας πρὸς αὐτούς, εἶπεν, ἀπέχοντας αὐτοῦ δειπνοποιεῖσθαι ὡς δύο παρασάγγας [1], τοῦτο προϊδών, ὡς συμβαλεῖται πρὸς τὸ λανθάνειν· ἐπεὶ δὲ δειπνήσειεν, εἶπε τῷ ἄρχοντι αὐτῶν παρεῖναι πρὸς αὐτόν. Μετὰ δὲ τὸ δεῖπνον, τοὺς ταξιάρχους ἐκάλει. Ἐπεὶ δὲ παρῆσαν, ἔλεξεν ὧδε·

XXII. « Ἄνδρες φίλοι, ὁ Ἀρμένιος πρόσθεν μὲν καὶ σύμμαχος ἦν καὶ ὑπήκοος Κυαξάρει· νῦν δέ, ὡς ᾔσθετο τοὺς πολεμίους ἐπιόντας, καταφρονεῖ, καὶ οὔτε τὸ στράτευμα πέμπει ἡμῖν, οὔτε τὸν δασμὸν ἀποδίδωσι· νῦν οὖν τοῦτον δεῖ θηρᾶσαι, ἣν δυνώμεθα. Ὧδέ μοι οὖν δοκεῖ, ἔφη, ποιεῖν· Σὺ μέν, ὦ Χρυσάντα, ἐπειδὰν ἀποκοιμηθῇς ὅσον μέτριον, λαβὼν τοὺς ἡμίσεις Περσῶν τῶν σὺν ἡμῖν, ἴθι τὴν ὀρεινήν [2], καὶ κατάλαβε τὰ ὄρη, εἰς ἃ

troupes de Cyaxare venaient le rejoindre, il leur envoya dire de se tenir pour prendre leur repas à trois ou quatre lieues de lui, jugeant que cet éloignement pourrait servir à mieux déguiser son entreprise. Cependant il fit avertir celui qui les commandait de le venir trouver sur le soir, et manda aux taxiarques de son armée de s'y trouver aussi. Quand ils furent tous assemblés, il leur dit :

XXII. « Mes amis, le roi d'Arménie a toujours été allié et tributaire de Cyaxare; mais quand il a su que les Assyriens venaient lui faire la guerre, il a commencé à le mépriser, et ne lui a point envoyé de secours, ni payé le tribut qu'il lui doit; c'est pourquoi, c'est lui qui doit être maintenant l'objet de notre chasse. Voici ce qu'il me paraît convenable de faire : Vous, Chrysante, quand vous vous serez reposé quelque temps, prenez la moitié des Perses qui sont avec nous, et allez vous saisir de ces

Ὡς δὲ ᾔσθετο	Mais comme il apprit
τὸ στράτευμα παρὰ Κυαξάρους	les troupes *venant* de chez Cyaxare
προσιόν,	s'approchant,
ὑποπέμψας πρὸς αὐτούς,	ayant envoyé vers elles,
εἶπεν, ἀπέχοντας αὐτοῦ	il dit, *eux* étant éloignés de lui
ὡς δύο παρασάγγας	environ de deux parasanges
δειπνοποιεῖσθαι,	prendre-leur-repas,
προϊδὼν τοῦτο,	ayant prévu cela,
ὡς συμβαλεῖται	que *cela* contribuera
πρὸς τὸ λανθάνειν·	pour le être caché ;
ἐπεὶ δὲ δειπνήσειεν,	mais après qu'ils auraient mangé,
εἶπε τῷ ἄρχοντι αὐτῶν	il dit au chef d'elles
παρεῖναι πρὸς αὐτόν.	de venir vers lui.
Ἐκάλει δὲ τοὺς ταξιάρχους	Et il convoqua les taxiarques
μετὰ τὸ δεῖπνον.	après le repas.
Ἐπεὶ δὲ παρῆσαν,	Et après qu'ils furent-présents,
ἔλεξεν ὧδε·	il parla ainsi.
XXII. « Ἄνδρες φίλοι,	XXII. « Hommes amis,
ὁ Ἀρμένιος	le *roi* d'Arménie
ἦν μὲν πρόσθεν	était à la vérité auparavant
καὶ σύμμαχος καὶ ὑπήκοος	et allié et obéissant
Κυαξάρει·	pour Cyaxare :
νῦν δέ, ὡς ᾔσθετο	mais maintenant, dès qu'il a appris
τοὺς πολεμίους ἐπιόντας,	les ennemis venant vers *lui*,
καταφρονεῖ,	il *le* méprise,
καὶ οὔτε πέμπει	et il n'envoie pas
τὸ στράτευμα ἡμῖν,	les troupes à nous,
οὔτε ἀποδίδωσι τὸν δασμόν·	et il ne paye pas le tribut :
δεῖ οὖν νῦν	il faut donc maintenant
θηρᾶσαι τοῦτον,	chasser lui,
ἢν δυνώμεθα.	si nous pouvons.
Δοκεῖ οὖν μοι	Il semble donc *bon* à moi
ποιεῖν ὧδε, ἔφη.	d'agir ainsi, dit-il.
Ὦ Χρυσάντα, σὺ μέν,	O Chrysantas, toi à la vérité,
ἐπειδὰν ἀποκοιμηθῇς	quand tu auras dormi
ὅσον μέτριον,	*autant* qu'*il est* suffisant,
λαβὼν τοὺς ἡμίσεις	ayant pris la moitié
Περσῶν τῶν σὺν ἡμῖν	des Perses qui *sont* avec nous
ἴθι τὴν ὀρεινήν,	va *sur* la *route* montagneuse,
καὶ κατάλαβε τὰ ὄρη,	et occupe les montagnes

φασιν αὐτόν, ὅταν τι φοβηθῇ, καταφεύγειν· ἡγεμόνας δέ σοι ἐγὼ δώσω.

XXIII. « Φασὶ μὲν οὖν καὶ δασέα ταῦτα τὰ ὄρη εἶναι, ὥστ' ἐλπὶς ὑμᾶς μὴ ὀφθῆναι· ὅμως δέ, εἰ προπέμποις πρὸ τοῦ στρατεύματος τοὺς εὐζώνους ἄνδρας, λῃσταῖς ἐοικότας καὶ τὸ πλῆθος καὶ τὰς στολάς, οὗτοι ἄν σοι, εἴ τισιν ἐντυγχάνοιεν τῶν Ἀρμενίων, οὓς μὲν ἂν συλλαμβάνοντες αὐτῶν, κωλύοιεν τῶν ἐξαγγελιῶν· οὓς δὲ μὴ δύναιντο λαμβάνειν, ἀποσοβοῦντες ἂν ἐμποδὼν γίγνοιντο τοῦ μὴ ὁρᾶν αὐτοὺς τὸ ὅλον στράτευμα, ἀλλ' ὡς περὶ κλωπῶν βουλεύεσθαι.

XIV. « Καὶ σὺ μέν, ἔφη, οὕτω ποίει. Ἐγὼ δὲ ἅμα τῇ ἡμέρᾳ, τοὺς ἡμίσεις μὲν τῶν πεζῶν ἔχων, ἅπαντας δὲ τοὺς ἱππέας, πορεύσομαι διὰ τοῦ πεδίου εὐθὺς πρὸς τὰ βασίλεια. Καὶ ἢν μὲν ἀνθίστηται, δῆλον ὅτι μάχεσθαι δεήσει· ἢν δ' ἂν ὑποχωρῇ τοῦ

montagnes, où l'on dit qu'il se réfugie dans le danger; je vous donnerai des guides pour vous conduire.

XXIII. Comme elles sont toutes couvertes de bois, il ne vous sera pas malaisé de vous y tenir caché; toutefois, je trouverais assez à propos d'envoyer devant vous quelques hommes agiles déguisés en voleurs, afin d'arrêter tous les Arméniens qu'ils rencontreront, de crainte qu'ils ne portent l'alarme dans le pays; ceux qui pourront s'échapper n'auront point vu l'armée entière et ne songeront en tout cas à se défendre que contre une troupe de brigands.

XXIV. « Agissez donc ainsi. Pour moi, dès la pointe du jour, je m'avancerai avec le reste de mon infanterie et toute la cavalerie qui est ici, vers la demeure du roi. S'il se met en défense, nous le combat-

εἰς ἃ φασιν αὐτὸν καταφεύγειν,	dans lesquelles ils disent lui s'enfuir,
ὅταν φοβηθῇ τι ·	lorsqu'il craint quelque chose ;
ἐγὼ δὲ δώσω ἡγεμόνας σοι.	et je donnerai des guides à toi.
XXIII. « Φασὶ μὲν οὖν καὶ	XXIII. « On dit donc même
ταῦτα τὰ ὄρη	ces montagnes
εἶναι δασέα,	être couvertes-de-taillis,
ὥςτε ἐλπὶς	de sorte que *il y a* espoir
ὑμᾶς μὴ ὀφθῆναι·	vous ne pas être vus :
ὅμως δέ,	mais cependant,
εἰ προπέμποις	si tu envoyais-d'avance
πρὸ τοῦ στρατεύματος	devant l'armée
τοὺς ἄνδρας εὐζώνους,	les hommes armés-à-la-légère,
ἐοικότας λῃσταῖς	ressemblant à des voleurs
καὶ τὸ πλῆθος καὶ τὰς στολάς,	et par le nombre et par les habits,
εἰ ἐντυγχάνοιεν	s'ils rencontraient
τισὶ τῶν Ἀρμενίων,	quelques uns des Arméniens,
οὗτοι κωλύοιεν ἂν σοι	ils empêcheraient pour toi
τῶν ἐξαγγελιῶν	de *porter* les nouvelles
οὓς μὲν αὐτῶν	ceux que d'entre eux
ἂν συλλαμβάνοντες·	prenant (ils pourraient prendre);
ἀποσοβοῦντες δέ,	et repoussant
οὓς μὴ δύναιντο λαμβάνειν,	ceux qu'ils ne pourraient prendre,
γίγνοιντο ἂν ἐμποδὼν	ils deviendraient un obstacle
τοῦ αὐτοὺς μὴ ὁρᾷν	du, eux ne pas voir
τὸ στράτευμα ὅλον,	l'armée entière,
ἀλλὰ βουλεύεσθαι	mais délibérer
ὡς περὶ κλωπῶν.	comme au sujet de voleurs.
XXIV. « Καὶ σὺ μὲν	XXIV. « Et toi à la vérité
ποίει οὕτως, ἔφη.	agis ainsi, dit-il.
Ἐγὼ δέ, ἔχων τοὺς ἡμίσεις μεν	Et moi, ayant la moitié
τῶν πεζῶν,	des fantassins,
ἅπαντας δὲ ἱππέας,	et tous les cavaliers,
πορεύσομαι	je marcherai
ἅμα τῇ ἡμέρᾳ	en-même-temps-que le jour
διὰ τοῦ πεδίου	à travers la campagne
εὐθὺς πρὸς τὰ βασίλεια.	droit vers le palais-du-roi.
Καὶ ἢν μὲν ἀνθίστηται,	Et s'il résiste,
δῆλον ὅτι δεήσει μάχεσθαι ·	*il est* évident qu'il faudra combattre:
ἢν δὲ ὑποχωρῇ ἂν	mais s'il se retirait
τοῦ πεδίου,	de la campagne,

πεδίου, δῆλον ὅτι μεταθεῖν[1] δεήσει· ἢν δ' εἰς τὰ ὄρη φεύγῃ, ἐνταῦθα δή, ἔφη, σὸν ἔργον μηδένα ἀφιέναι τῶν πρὸς σὲ ἀφικνουμένων.

XXV. «Νόμιζε δέ, ὥσπερ ἐν θήρᾳ, ἡμᾶς μὲν τοὺς ἐπιζητοῦντας ἔσεσθαι, σὲ δὲ τῶν ἐπὶ ταῖς ἄρκυσι. Μέμνησο οὖν ἐκεῖνο, ὅτι φθάνειν δεῖ πεφραγμένους τοὺς πόρους[2], πρὶν κινεῖσθαι τὴν θήραν· καὶ λεληθέναι δὲ δεῖ τοὺς ἐπὶ τοῖς στόμασιν, εἰ μέλλουσι μὴ ἀποστρέφειν τὰ προςφερόμενα.

XXVI. «Μὴ μέντοι, ἔφη, ὦ Χρυσάντα, οὕτως αὖ ποίει, ὥσπερ ἐνίοτε διὰ τὴν φιλοθηρίαν· πολλάκις γὰρ ὅλην τὴν νύκτα ἄϋπνος πραγματεύῃ· ἀλλὰ νῦν ἐᾶσαι χρὴ τοὺς ἄνδρας τὸ μέτριον ἀποκοιμηθῆναι, ὡς ἂν δύνωνται ὑπνομαχεῖν.

XXVII. «Μηδέ γε σύ, ὅτι οὐχ ἡγεμόνας ἔχων ἀνθρώπους πλανᾷ ἀνὰ τὰ ὄρη, ἀλλ', ὅπῃ ἂν τὰ θηρία ὑφηγῆται, ταύτῃ μεταθεῖς, μή τοι καὶ νῦν οὕτω τὰ δύςβατα πορεύου, ἀλλὰ κέλευε

frons; s'il se retire, nous le poursuivrons : et en cas qu'il pense se sauver dans les montagnes, ce sera à vous d'avoir soin qu'il n'en échappe pas un.

XXV. « Imaginez-vous que c'est une chasse que nous allons faire, et que vous avez la charge de demeurer aux toiles, tandis que je battrai la campagne. Surtout, souvenez-vous qu'il ne faut point commencer la chasse que les passages ne soient occupés, et que ceux qui sont en embuscade doivent n'être pas vus, pour ne point effaroucher le gibier.

XXVI. « Prenez garde toutefois à ne point faire comme à la chasse, où vous passez assez souvent les nuits sans dormir : il faut que vous laissiez prendre du repos à vos gens, afin qu'en un autre temps ils puissent mieux résister au sommeil.

XXVII. Il vous arrive aussi quelquefois de vous égarer dans les montagnes, non pas tant faute de guides que par l'ardeur qui vous emporte à suivre la proie ; ne pensez pas faire de même dans cette rencontre, gardez-vous de vous engager dans le fort du bois, dont

δῆλον ὅτι δεήσει	*il est* évident qu'il faudra
μεταθεῖν·	courir-après ;
ἢν δὲ φεύγῃ εἰς τὰ ὄρη,	et s'il fuit dans les montagnes,
σὸν ἔργον δὴ ἐνταῦθα, ἔφη,	ton ouvrage certes *est* alors, dit-il,
μηδένα τῶν ἀφικνουμένων πρὸς σὲ	aucun de ceux qui arrivent vers toi
ἀφιέναι.	échapper.
XXV. « Νόμιζε δὲ ἡμᾶς μὲν	XXV. « Mais crois nous d'un côté
ἔσεσθαι τοὺς ἐπιζητοῦντας,	devoir être ceux qui recherchent,
σὲ δὲ τῶν ἐπὶ ταῖς ἄρκυσιν,	et toi *un* de ceux *placés* aux filets,
ὥςπερ ἐν θήρᾳ.	comme dans une chasse.
Μέμνησο οὖν ἐκεῖνο,	Rappelle-toi donc ceci,
ὅτι δεῖ φθάνειν	qu'il faut prévenir
τοὺς πόρους πεφραγμένους,	les passages obstrués,
πρὶν τὴν θήραν κινεῖσθαι,	avant la chasse être-en-mouvement,
δεῖ δὲ καὶ	et qu'il faut aussi
τοὺς ἐπὶ τοῖς στόμασι λεληθέναι,	ceux *qui sont* aux entrées être cachés,
εἰ μέλλουσι μὴ ἀποστρέφειν	s'ils doivent ne pas écarter
τὰ προςφερόμενα.	les *animaux* qui se présentent.
XXVI. « Ὦ Χρυσάντα, ἔφη,	XXVI. « O Chrysantas, dit-il,
μὴ ποίει μέντοι αὖ οὕτως,	cependant ne fais pas aussi ainsi,
ὥςπερ ἐνίοτε	comme quelquefois
διὰ τὴν φιλοθηρίαν·	par amour-de la chasse ;
ἄυπνος γὰρ πραγματεύῃ	car sans-dormir tu t'occupes
πολλάκις ὅλην τὴν νύκτα·	souvent toute la nuit :
ἀλλὰ χρὴ νῦν	mais il faut maintenant
ἐᾶσαι τοὺς ἄνδρας	laisser les hommes
ἀποκοιμηθῆναι τὸ μέτριον,	dormir le *temps* suffisant,
ὡς ἂν δύνωνται	afin qu'ils puissent
ὑπνομαχεῖν.	lutter-contre-le-sommeil.
XXVII. « Μηδὲ σύ γε,	XXVII. « Ni toi certes,
ὅτι οὐκ ἔχων ἀνθρώπους ἡγεμόνας	parce que n'ayant pas d'hommes guides
πλανᾷ ἀνὰ τὰ ὄρη,	tu erres sur les montagnes,
ἀλλὰ μεταθεῖς ταύτῃ,	mais tu poursuis là,
ὅπῃ ἂν τὰ θηρία ὑφηγῆται,	où les animaux te conduisent,
μήτοι πορεύου καὶ νῦν	ne va pas aussi maintenant
οὕτω τὰ	de même *dans* les *endroits*
δύςβατα,	impraticables,
ἀλλὰ κέλευε τοὺς ἡγεμόνας	mais ordonne les guides
ἡγεῖσθαί σοι	guider toi
τὴν ῥᾴστην,	dans le *chemin* le plus facile

σοὶ τοὺς ἡγεμόνας, ἐὰν μὴ πάνυ πολὺ ἐλάσσων ἡ ὁδὸς ᾖ, τὴν ῥᾴστην ἡγεῖσθαι· στρατιᾷ γὰρ ἡ ῥᾴστη, ταχίστη.

XXVIII. « Μηδέ γε, ὅτι σὺ εἴθισαι τρέχειν ἀνὰ τὰ ὄρη, μήτοι δρόμῳ ἡγήσῃ, ἀλλ', ὡς ἂν δύνηταί σοι ὁ στρατὸς ἕπεσθαι, τῷ μέσῳ τῆς σπουδῆς [1] ἡγοῦ.

XXIX. « Ἀγαθὸν δὲ καὶ τῶν δυνατωτάτων καὶ προθύμων ὑπομένοντάς τινας ἐνίοτε παρακελεύεσθαι· ἐπειδὰν δὲ παρέλθῃ τὸ κέρας, παροξυντικὸν εἰς τὸ σπεύδειν πάντας, παρὰ τοὺς βαδίζοντας τρέχοντας ὁρᾶσθαι. »

XXX. Χρυσάντας μὲν δὴ ταῦτα ἀκούσας, καὶ ἐπιγαυρωθεὶς τῇ ἐντολῇ τοῦ Κύρου, λαβὼν τοὺς ἡγεμόνας, ἀπελθών, καὶ παραγγείλας ἃ ἔδει τοῖς σὺν αὐτῷ μέλλουσι πορεύεσθαι, ἀνεπαύετο. Ἐπεὶ δὲ ἀνεκοιμήθησαν ὅσον ἐδόκει μέτριον εἶναι, ἐπορεύοντο ἐπὶ τὰ ὄρη.

XXXI. Κῦρος δέ, ἐπεὶ ἡμέρα ἐγένετο, ἄγγελον προέπεμπε πρὸς τὸν Ἀρμένιον, προειπὼν αὐτῷ λέγειν ὧδε· « Κῦρος, ὦ

vous auriez peine à vous retirer, et commandez à vos guides, qu'à moins que d'abréger extrêmement le chemin, ils vous conduisent toujours par les routes les plus faciles; car pour une armée, le chemin le plus facile est toujours le plus court.

XXVIII. « Enfin, ne vous imaginez pas de courir de toute votre force, comme vous faites en chassant; prenez un pas que vos troupes puissent suivre, et hâtez-vous médiocrement.

XXIX. « Il est bon aussi que quelques uns des plus dispos et des plus robustes demeurent quelquefois derrière; et quand une partie des troupes sera passée, ceux-ci commençant à doubler le pas, donneront courage au reste de les suivre. »

XXX. Chrysante reçut avec une extrême joie le commandement de Cyrus, et ayant pris des guides et donné les ordres nécessaires à ceux qui devaient l'accompagner, il alla se reposer. Lorsque ses troupes eurent pris assez de repos, il partit, et suivit le chemin des montagnes.

XXXI. Quant à Cyrus, dès la pointe du jour il envoya un héraut au roi d'Arménie, pour lui porter ces paroles : « Voici ce que Cyrus

ἐὰν ἡ ὁδὸς μὴ ᾖ
πάνυ πολὺ ἐλάσσων·
ἡ γὰρ ῥάστη
ταχίστη στρατιᾷ.

XXVIII. « Μηδέ γε μήτοι
ἡγήσῃ δρόμῳ,
ὅτι σὺ εἴθισαι τρέχειν
ἀνὰ τὰ ὄρη,
ἀλλὰ ἡγοῦ
τῷ μέσῳ
τῆς σπουδῆς,
ὡς ὁ στρατὸς δύνηται ἂν
ἕπεσθαί σοι.

XXIX. « Ἀγαθὸν δὲ
καί τινας
τῶν δυνατωτάτων καὶ προθύμων
ὑπομένοντας
παρακελεύεσθαι ἐνίοτε·
ἐπειδὰν δὲ τὸ κέρας παρέλθῃ,
παροξυντικὸν
εἰς τὸ πάντας σπεύδειν,
τρέχοντας ὁρᾶσθαι
παρὰ τοὺς βαδιζόντας. »

XXX. Χρυσάντας μὲν δὴ
ἀκούσας ταῦτα
καὶ ἐπιγαυρωθεὶς
τῇ ἐντολῇ τοῦ Κύρου,
λαβὼν τοὺς ἡγεμόνας, ἀπελθών,
καὶ παραγγείλας ἃ ἔδει
τοῖς μέλλουσι πορεύεσθαι
σὺν αὐτῷ, ἀνεπαύετο.
Ἐπεὶ δὲ ἀνεκοιμήθησαν
ὅσον ἐδόκει εἶναι μέτριον,
ἐπορεύοντο ἐπὶ τὰ ὄρη.

XXXI. Κῦρος δέ,
ἐπεὶ ἡμέρα ἐγένετο,
προέπεμπε ἄγγελον
πρὸς τὸν Ἀρμένιον,
προειπὼν αὐτῷ λέγειν ὧδε·
« Ὦ Ἀρμένιε, Κῦρος κελεύει

si (à moins que) le chemin ne soit
tout à fait beaucoup plus court;
car le plus facile
est le plus court pour une armée.

XXVIII. « Ni certes non plus
ne marche-pas-à-la-tête au galop,
parce que tu es habitué à courir
sur les montagnes,
mais marche-à-la-tête
avec l'intermédiaire
de la vitesse *et de la lenteur,*
afin que l'armée puisse
suivre toi.

XXIX. « Mais *il est* bon
aussi quelques uns
des plus forts et des zélés
restant-en-arrière
encourager quelquefois *les autres;*
mais lorsque l'aile est passée,
il est excitant
pour le tous se hâter,
eux courant être vus
près de ceux qui marchent. »

XXX. Chrysantas donc
ayant entendu ces choses
et enorgueilli
du commandement de Cyrus,
ayant pris les guides, étant parti,
et ayant ordonné ce qu'il fallait
à ceux qui devaient marcher
avec lui, se reposa.
Mais après qu'ils eurent reposé
autant qu'il paraissait être convenable,
ils marchèrent vers les montagnes.

XXXI. Et Cyrus,
lorsque le jour fut arrivé,
envoya-en-avant un messager
vers le *roi* d'-Arménie,
ayant prescrit à lui de parler ainsi:
« O *roi* d'-Arménie, Cyrus ordonne

Ἀρμένιε, κελεύει οὕτω ποιεῖν σε, ὅπως ὡς τάχιστα ἔχων οἴσεις καὶ τὸν δασμὸν καὶ τὸ στράτευμα. Ἢν δ' ἐρωτᾷ ὅπου εἰμί, λέγε τἀληθῆ, ὅτι ἐπὶ τοῖς ὁρίοις. Ἢν δ' ἐρωτᾷ εἰ καὶ αὐτὸς ἔρχομαι, λέγε κἀνταῦθα τἀληθῆ, ὅτι οὐκ οἶσθα. Ἢν δέ, ὁπόσοι ἐσμέν, πυνθάνηται, συμπέμπειν τινὰ κέλευε καὶ μαθεῖν. »

XXXII. Τὸν μὲν δὴ ἄγγελον, ἐπιστείλας ταῦτα, ἔπεμψε· νομίζων φιλικώτερον εἶναι οὕτως, ἢ μὴ προειπόντα πορεύεσθαι. Αὐτὸς δὲ συνταξάμενος, ᾗ ἄριστον καὶ πρὸς τὸ ἀνύτειν τὴν ὁδὸν καὶ πρὸς τὸ μάχεσθαι, εἴ τι δέοι, ἐπορεύετο. Προεῖπε δὲ τοῖς στρατιώταις, μηδένα ἀδικεῖν· καί, εἴ τις Ἀρμενίων τῳ[1] ἐντυγχάνοι, θαῤῥεῖν τε παραγγέλλειν, καὶ ἀγορὰν τὸν θέλοντα ἄγειν, ὅπου ἂν ὦσιν, εἴ τις σιτία ἢ ποτὰ τυγχάνοι πωλεῖν βουλόμενος.

vous commande : venez promptement le trouver avec une armée, et avec le tribut que vous lui devez. « Et s'il vous demande où je suis, ajouta Cyrus, répondez-lui la vérité, et dites-lui que je suis sur sa frontière. S'il vous demande encore si j'entre en personne dans son pays, répondez-lui aussi la vérité, et dites-lui que vous n'en savez rien. S'il vous demande combien nous sommes, dites-lui qu'il envoie quelqu'un avec vous pour le voir. »

XXXII. Et après avoir instruit ainsi son héraut, il le fit partir, croyant qu'il était plus doux d'en user de la sorte que d'entrer hostilement dans ses États sans l'en avertir. Il ne laissa pas toutefois de s'avancer avec ses troupes, après avoir disposé toutes choses, et pour la marche, et pour le combat. Au reste, il défendit de commettre aucun désordre dans le pays ; ordonnant qu'au contraire on assurât les habitants qu'il n'y avait rien à craindre pour eux, et qu'ils pouvaient venir vendre des vivres dans l'armée en toute sûreté.

σὲ ποιεῖν οὕτως	toi agir en sorte
ὅπως ἔχων ὡς τάχιστα οἴσεις	que ayant au plus vite tu apportes
καὶ τὸν δασμὸν καὶ τὸ στράτευμα.	et le tribut et l'armée.
Ἢν δὲ ἐρωτᾷ ὅπου εἰμί,	Mais s'il demande où je suis,
λέγε τὰ ἀληθῆ,	dis les choses vraies,
ὅτι ἐπὶ τοῖς ὁρίοις.	que *je suis* sur les frontières.
Ἢν δὲ ἐρωτᾷ	Mais s'il demande
εἰ καὶ αὐτὸς ἔρχομαι,	si et *moi*-même je viens,
λέγε καὶ ἐνταῦθα τὰ ἀληθῆ,	dis aussi ici les choses vraies,
ὅτι οὐκ οἶσθα.	que tu ne sais pas.
Ἢν δὲ πυνθάνηται,	Mais s'il s'informe,
ὁπόσοι ἐσμέν, κέλευε	combien nous sommes, ordonne
συμπέμπειν τινὰ	d'envoyer-avec *toi* quelqu'un
καὶ μαθεῖν. »	et de *l'*apprendre. »
XXXII. Ἐπιστείλας μὲν δὴ	XXXII. Donc ayant recommandé
ταῦτα, ἔπεμψε τὸν ἄγγελον·	ces choses, il envoya le messager ;
νομίζων εἶναι φιλικώτερον οὕτως,	croyant être plus amical ainsi,
ἢ μὴ προειπόντα	que n'ayant pas prévenu
πορεύεσθαι.	s'avancer.
Αὐτὸς δὲ	Mais lui-même
συνταξάμενος	ayant fait-ses-dispositions
ἐπορεύετο,	s'avançait,
ᾗ ἄριστον	comme *il était* le mieux
καὶ πρὸς τὸ ἀνύτειν τὴν ὁδὸν	et pour le faire la route
καὶ πρὸς τὸ μάχεσθαι,	et pour le combattre,
εἰ δέοι τι.	s'il *le* fallait *en* quelque chose.
Προεῖπε δὲ τοῖς στρατιώταις	Mais il avertit les soldats
ἀδικεῖν μηδένα·	de ne faire-d'injustice à personne,
καί, εἴ τις ἐντυγχάνοι	et, si quelqu'un rencontrait
τῳ Ἀρμενίων,	quelqu'un des Arméniens,
παραγγέλλειν τε	et de *l'*engager
θαῤῥεῖν,	à avoir-de-la-confiance,
καὶ τὸν θέλοντα	et *d'engager* celui qui voudrait
ἄγειν ἀγοράν,	à amener des denrées,
ὅπου ἂν ὦσιν,	où ils seraient,
εἴ τις τυγχάνοι βουλόμενος	si quelqu'un se trouvait voulant
πωλεῖν	vendre
σιτία ἢ ποτά.	de la nourriture ou de la boisson.

NOTES

SUR LE DEUXIÈME LIVRE DE LA CYROPÉDIE.

Page 4. — 1. Τῆς Περσίδος. La Perside, aujourd'hui le *Farsistan*, bornée au nord par la Médie et au sud par le golfe Persique.

— 2. Ἀετὸς δεξιός. Quinte-Curce raconte aussi, IV, 15, qu'un aigle vola au-dessus de la tête d'Alexandre. — Δεξιός est synonyme de αἴσιος, heureux, favorable, comme en latin *dexter* est synonyme de *felix*, *propitius*. Homère a dit : δεξιὸς ὄρνις.

Page 6.— 1. Πόσον τι. Le pronom τὶς joint à un adjectif de quantité répond au latin *fere, à peu près*. Nous trouvons de même, III, πόσοι τινές, et, IV, πόση τις.

Page 8.— 1. Ὁ Λυδός, le Lydien, c'est-à-dire le roi de Lydie. La Lydie ou Méonie, royaume de l'Asie-Mineure, sur la mer Égée, avait Sardes pour capitale.

—2. La grande Phrygie, contrée de l'Asie-Mineure, sur laquelle avait régné Midas.

—3. La Cappadoce était bornée au nord par le Pont; elle était arrosée par l'Halys et le Mélas.

— 4. Πάμπολύ τι χρῆμα. De même, on voit dans Hérodote, III, 109 : πολλόν τι χρῆμα τῶν τέκνων (πολλόν, du temps d'Hérodote, s'employait au lieu de πολύ), et IV, 43 : χρῆμα πολλὸν νεῶν.

Page 10.—1. Φρυγίας τῆς παρ' Ἑλλήσποντον. C'était la petite Phrygie.

— 2. Le Caystre, aujourd'hui le *Petit Méandre,* rivière de la Lydie, qui se jetait dans la mer Égée.

— 3. La Carie, contrée de l'Asie-Mineure, sur la Méditerranée et sur la mer Égée, avait pour capitale Halicarnasse.

— 4. La Cilicie forme aujourd'hui la partie méridionale de la Caramanie.

— 5. La Paphlagonie, contrée de l'Asie-Mineure, en Galatie, sur le Pont-Euxin.

— 6. L'Assyrie, dont les principales villes étaient Ninive et Arbèles, forme aujourd'hui le *Diarbekir,* le *Kurdistan* et l'*Irak.*

— 7. La Babylonie ou Chaldée, traversée par l'Euphrate et le Tigre, avait Babylone pour capitale. Elle forme aujourd'hui l'*Irak-Arabi.*

— 8. Ὁπότε δεῦρ' ἐμβάλλοι. Sous-entendez στρατιάν. Le verbe grec ἐμβάλλειν s'emploie absolument, comme le latin *movere.* Quinte-Curce, VII, 9 : *in Indiam movit.*

Page 12.—1. Ὡς ἐπὶ τῆς ἡμετέρας. Sous-entendu χώρας ou δυνάμεως.

— 2. L'Arménie, grande contrée de l'Asie, entre la mer Caspienne et le Pont-Euxin.

— 3. Μάχη n'a pas toujours le sens limité de *combat;* il veut dire ici *la manière de se battre, le mode de combat.*

Page 14.—1. Εἴ τι πείσονται. Le verbe πάσχειν, avec le pronom τὶ, est souvent employé chez les Grecs, par euphémisme, pour dire *être battu, être défait.* Ainsi, Démosthène, *Discours sur la Couronne,* parlant de Philippe, dit : εἴ τι πάθοι. Plus loin, XI, nous trouverons : ἔδεισα, μὴ πάθοιτέ τι.

— 2. Γέρρον, bouclier de jonc ou d'osier, dont se servaient principalement les Perses.

— 3. Κοπίς, *tout instrument tranchant,* et plus particulièrement *sabre, hache.*

— 4. Σάγαρις, sorte d'épée ou de coutelas particulière aux Perses.

Page 16.—1. Ὅτι et ὡς, joints au superlatif, ont la même valeur que *quam* en latin : ὅτι προσωτάτω ou ὡς προσωτάτω, *quam longissime.*

Page 18.— 1. Ἀγωνιεῖσθαι, de ἀγωνιοῦμαι, futur attique pour ἀγωνίσομαι.

Page 20. — 1. Οἱ τῶν ἱκανωτάτων.... τῶν ἀκουόντων. On lit dans Ennius, qui emprunte cette pensée à Euripide :

> Nam quum opulenti loquuntur pariter, atque ignobiles,
> eadem dicta, eademque oratio æque non valet.

Molière a dit aussi, dans son *Amphitryon :*

> Tous les discours sont des sottises,
> partant d'un homme sans éclat ;
> ce seraient paroles exquises,
> si c'était un grand qui parlât.

— 2. Τὰ ἡμέτερα. Sous-entendu ἔργα.

Page 22. — 1. Τὸν αὐτὸν ἡμῖν. Remarquez que l'adjectif αὐτός prend quelquefois après lui le datif. De même pour *idem* en latin. Horace, *Art poétique,* 467 :

> Invitum qui servat, idem facit occidenti.

— 2. Χείρους ἡμῶν ταῦτα ποιεῖν. Χείρων et ἀγαθός, βελτίων, se mettent souvent avec un infinitif. De même, Virgile a dit, églogue V, 2 :

> Quandoque *boni* convenimus ambo
> Tu calamos *inflare* leves, ego *dicere* versus.

Page 26.— 1. Ἐν ᾧ......ἐν τούτῳ. Sous-entendu χρόνῳ. En latin, *dum.... interea.*

— 2. Θήγειν répond au latin *acuere.* Nous avons déjà vu, XI, θήγειν τὰς ψυχάς, et XIII, θήγειν τὸ φρόνημα. Horace, *Art poétique,* 402 :

> Tyrtæusque mares animos in martia bella
> versibus exacuit.

Page 28.— 1. Φιλονεικίαι. Le substantif φιλονεικία a quelquefois, comme ici, le sens de *rivalité, noble émulation;* plus souvent il signifie *querelle, dispute.*

Page 30.—1. Οἱ ἰδιῶται, lorsqu'il s'agit d'une armée, désigne *les simples soldats ;* lorsqu'on parle des habitants d'une ville, ce sont *les simples particuliers*, ceux qui ne sont revêtus d'aucun caractère public.

Page 36.— 1. Ἔστι.... συναρμόσαι. Ἔστι suivi d'un infinitif a le sens de *il est facile*, *on peut*. De même en latin, dans les locutions *videre est*, *reperire est.*

Page 38.— 1. Remarquez la différence des deux substantifs παιδία et παιδιά : le premier a le sens d'*instruction ;* le second signifie *jeu, amusement.*

Page 40.—1. Καλοίη, forme attique pour καλοῖ, comme δοκοίη pour δοκοῖ.

Page 44.— 1. Τρία κρέα, mot à mot, *trois viandes,* c'est-à-dire, *trois portions de viandes.*

Page 46.—1. Ἀνιαθεὶς δῆλος ἐγένετο. Tournure très fréquente, pour δῆλον ἐγένετο ὅτι....

— 2. Τῆς τύχης. Ce génitif, qui équivaut à l'accusatif des Latins, dans les exclamations, est quelquefois précédé de ὦ ou de φεῦ.

Page 48.— 1. Τώ, duel masculin, pour le féminin τά. Habitude du dialecte des Attiques.

Page 50.— 1. Ὦ ἄνθρωπε. Terme d'amitié, synonyme de ὦ φίλε, ὦ 'γαθέ, ὦ βέλτιστε.

Page 54.— 1. Εὐθεράπευτοι. Le sens ordinaire de εὐθεράπευτος est *facile à guérir* ; il signifie ici *facile à courtiser, à gagner.*

— 2. Οἴει. Seconde personne avec la forme attique, au lieu de οἴῃ

— 3. Τί βουλόμενοι. Le verbe est ici explétif. De même, on dirait en latin : *Quid sibi volunt mentientes?* au lieu de *cur* ou *quo consilio mentiuntur?*

— 4. Εὐφήμει. Le verbe εὐφημεῖν signifie *dire de bonnes paroles, ne pas prononcer des mots de mauvais augure.* De même en latin, *benedicere*, dans Plaute.

Page 58.—1. Κλαίειν καθίζω τινά, ou κλαίοντά τινα καθίζω, *maltraiter quelqu'un, le réduire à verser des larmes.* On dit aussi κλαίοντα καθίστημι. Voyez les *Entretiens mémorables de Socrate*, livre II, chap. 1er, § 12, et Euripide, *Andromaque*, 625.

Page 60.— 1. Τὸ πολλοῦ ἄξιον, c'est-à-dire, τὸ κλαίειν.

Page 62.— 1. Ψηφίσασθαι ἄν. Infinitif aoriste qui, avec la particule ἄν, remplace le futur ψηφιεῖσθαι.

Page 66.— 1. Συναγορευόντων ὑμῶν.... αἰσχρὸν ὄν. Remarquez ici l'emploi du nominatif absolu, à côté du génitif absolu, qui est beaucoup plus usité.

— 2. Ψῆφος signifie proprement *un petit caillou*, qui servait à jouer ou à compter, en guise de jeton ; c'était aussi une petite pierre sur laquelle on inscrivait son suffrage ; par suite, ψῆφος a signifié *le suffrage*, et quelquefois même *la délibération qui précède le vote.* Il a ici ce dernier sens.

Page 70.— 1. Τῶν παραυτίκα ἡδονῶν, les plaisirs faciles. Cette expression se retrouve dans les *Entretiens mémorables*, II, 1, 20. On dirait aussi bien αἱ ἐγγυτάτω ἡδοναί (*Entretiens*, IV, 5, 10).

— 2. Πρὸς ὄρθιον ἄγουσα. Voici des vers d'Hésiode, *Œuvres et et jours*, 285 et suivants, qui renferment les mêmes idées, exprimées presque de la même manière :

> Τὴν μὲν γὰρ κακότητα καὶ ἰλαδόν ἐστιν ἑλέσθαι
> ῥηϊδίως· λείη μὲν ὁδός, μάλα δ' ἐγγύθι ναίει.
> Τῆς δ' ἀρετῆς ἱδρῶτα θεοὶ προπάροιθεν ἔθηκαν
> ἀθάνατοι· μακρὸς δὲ καὶ ὄρθιος οἶμος ἐπ' αὐτὴν
> καὶ τρηχὺς τὸ πρῶτον· ἐπὴν δ' εἰς ἄκρον ἵκηαι,
> ῥηϊδίη δὴ ἔπειτα πέλει, χαλεπή περ ἐοῦσα.

Voyez Xénophon, *Entretiens mémorables*, II, 1, 20.

Page 72.— 1. Οὔτε δίκαιον. Δίκαιος se dit non seulement des hommes, mais encore des animaux et des choses inanimées. Ainsi, Xénophon, *Entretiens mémorables*, IV, 4, 5 : Φασὶ δέ τινες καὶ ἵππον καὶ βοῦν τῷ βουλομένῳ δικαίους ποιήσασθαι πάντα μεστὰ εἶναι τῶν διδαξόντων. Voici l'explication que donne Ruhnkenius : Δίκαιος *dicitur vel de re vel de persona, in qua nec abundat aliquid nec deficit, quæ muneri suo par est, numeris suis absoluta.* On dit de même en latin : *prælium justum, amnis justus*, etc. Virgile, *Géorgiques*, II, 447 : *Justissima tellus.*

Page 74. — 1. Εὐξάμενοι τὰ ἀγαθὰ τοῖς θεοῖς. Platon et Socrate pensaient qu'il faut se contenter de demander aux dieux les biens en général ; car les dieux savent mieux que nous ce qui peut être pour nous un bien. Voici, selon Platon, un modèle de prière :

> Ζεῦ βασιλεῦ, τὰ μὲν ἐσθλὰ καὶ εὐχομένοις καὶ ἀνεύκτοις
> ἄμμι δίδου, τὰ δὲ δεινὰ καὶ εὐχομένοις ἀπαλέξειν.

Voyez Xénophon, *Entretiens mémorables*, I, 3, 2.

Page 76.— 1. Οὕτω πως. Ajouté à un adverbe, πως a le sens du latin *fere*, de même que τὶς avec un adjectif de quantité. Voyez la note 1 de la page 6.

Page 78.—1. Ἐπιδεῖξαι ἑαυτὸν ὡς διανοεῖται. Hellénisme fréquent, pour ἐπιδεῖξαι ἑαυτὸν διανοηθῆναι ou ὡς αὐτὸς διανοεῖται.

—2. Ἄλλου τινός, espèce d'euphémisme, au lieu de κακῶν πολλῶν. Voyez la note 4 de la page 54.

Page 82.— 1. Παρὰ τῆς φύσεως. Voyez Anacréon, 2 :

> Φύσις κέρατα ταύροις,
> ὁπλὰς δ' ἔδωκεν ἵπποις,
> ποδωκίην λαγωοῖς,
> λέουσι χάσμ' ὀδόντων.

Pline, *Histoire naturelle*, VII, 1 : *Cetera (animalia) sentire naturam suam, alia pernicitatem usurpare, alia præpetes volatus, alia nare*, etc.

— 2. Ἐκ παιδίου εὐθύς, et quelques lignes plus bas, εὐθὺς παιδίον ὤν, *dès mon enfance.*

Page 88.— 1. Ἀγωνιουμένου, forme attique, pour ἀγωνισομένου.

Page 90. — 1. Ἐμβολή, synonyme de ὁρμή, qui répond au latin *impetus.*

— 2. Ταὐτὰ ἐποίησαν.... τοὺς βάλλοντας. Remarquez le double accusatif, après ποιεῖν. De même, en latin, on trouve chez les anciens auteurs *facere aliquid aliquem.* Plaute, *Mostellaria*, II, 1, 42 :

> Si ego advenientem ita patrem faciam tuum.

Ita remplace ici l'accusatif *aliquid.*

Page 92. — 1. Ὁμοῦ, chez les Attiques, a la même valeur que ἐγγύς, et pourrait se traduire en latin par *prope* ou *cominus.*

Page 96. — 1. Ἰόντων, forme attique, pour ἰέτωσαν.

Page 100.—1. Τὴν εὐωχίαν. Voyez comment Xénophon, *Entretiens mémorables,* III, 14, 7, explique le sens de ce mot, qui veut dire *repas, bonne chère.*

Page 102.—1. Ὡς ou ὅτι se met devant un superlatif, comme *quam* en latin : ὡς εὐκοσμότατα, *quam ornatissime*. On sait qu'en grec le pluriel neutre s'emploie très souvent avec la valeur d'un adverbe.

Page 104.—1. Ἐπὶ τὰς θύρας Le substantif θύρα n'a pas seulement le sens de *porte ;* il signifie aussi, par extension, l'intérieur d'une habitation, d'un palais, comme en latin *limen, limina.*

— 2. Στολή était la robe longue particulière aux Mèdes. Cornélius Népos, *Pausanias*, 3 : *Apparatu regio utebatur, veste Medica.* Quinte-Curce, VI, 6, l'appelle aussi *persica vestis*. Nous avons déjà trouvé au livre 1er de la Cyropédie, 4 : στολὴν τὴν Μηδικὴν ἐκδύντα.

3. — Οὐδέν τι ὑβρισμένης. Élien, V, 1, 31, rapproche τὰ ἄγαν πολυτελῆ et τὰ ὑβρισμένα.

Page 108.— 1. Κελεύειν et en latin *jubere* ont souvent le sens d'*inviter*. Ainsi on dit : *Jubeo te salvere.*

Page 112.— 1. Ἔναγχος, *nuper*, mot que l'on trouve fréquemment dans Platon.

— 2. Ce roi d'Arménie, dont on ignore le nom, avait deux fils ; l'aîné s'appelait Tigrane, et le jeune, Sabaris.

Page 114. — 1. Ὅτι est ici explétif. On en trouve de nombreux exemples.

Page 116. — 1. Εἰ δὲ.... θηρᾷν. Ἧς est mis ici par ellipse et attraction. La phrase complète serait : Εἰ δὲ ἡ δύναμις (εἴη) πολὺ πλείων (ἐκείνης) ἣν ἔχων εἰώθεις θηρᾷν.

Page 118.—1 Ἐνθάδε.... ἐκεῖσε. Ἐνθάδε indique le pays des Mèdes ; ἐκεῖσε, celui des Arméniens.

— 2. Ἐκ τοῦ φανεροῦ, comme φανερῶς.

— 3. Τῷ ὄντι. On dit aussi ὄντως.

— 4. Σὺν ᾗ ἔχεις δυνάμει. Attraction et ellipse, pour σὺν τῇ δυνάμει ἣν ἔχεις.

Page 120. — 1. Αἴσιος a ici la même idée que δεξιός. Voyez la note 2 de la page 4.

Page 122.— 1. Ὄνους ἀγρίους. Ὄνος ἄγριος se réunit souvent en un seul mot, ὄναγρος. — Virgile, *Géorgiques*, III, 409 :

> Sæpe etiam cursu timidos agitabis onagros.

Pline, *Histoire naturelle*, IX, 58 : *In Cilicia* dorcades *non trans-*

sunt montes Syris vicinos; onagri *montem qui Cappadociam a Cilicia dividit.*

Page 124.— 1. Δύο παρασάγγας. On appelait παρασάγγη une mesure itinéraire des Perses, qui valait trente stades grecs.

— 2. Τὴν ὀρεινήν. Sous-entendu ὁδόν ou χώραν.

Page 128.— 1. Μεταθεῖν, terme de chasse.

— 2. Φθάνειν δεῖ πεφραγμένους τοὺς πόρους. Mot à mot, *prévenir les passages fermés*, c'est-à-dire, *se hâter de fermer les passages avant que*, etc.

Page 130. — 1. Τῷ μέσῳ τῆς σπουδῆς, c'est-à-dire, sans aller trop lentement ni trop vite, *d'un pas raisonnable.*

Page 132. — 1. Τῳ et του, sans accent, enclitiques, pour τινί et τινός.

SUITE DES CLASSIQUES GRECS.

seur agrégé de philosophie à la Faculté des lettres de Paris.) 50 c.

PLATON : *Phédon*. (Sommer.) 65 c.

PLUTARQUE : *De la lecture des poëtes*. (Ch. Aubert, professeur au lycée Louis-le-Grand.) 1 fr. 25 c.

— *De l'éducation des enfants*. (C. Bailly, inspecteur d'académie.) 75 c.

— *Vie d'Alexandre*. (V. Bétolaud, professeur au lycée Charlemagne.) 90 c.

— *Vie de César*. (Materne.) 90 c.

— *Vie de Cicéron*. (Talbot, professeur au lycée Louis-le-Grand). 90 c.

— *Vie de Démosthène*. (Sommer.) 90 c.

— *Vie de Pompée*. (Druon, proviseur du lycée de Cahors.) 1 fr.

— *Vie de Solon*. (Deltour, professeur au lycée Louis-le-Grand.) 1 fr.

PLUTARQUE : *Vie de Thémistocle*. (Sommer.) 90 c.

SOPHOCLE : *OEdipe roi*. (Delzons, professeur au lycée de Rouen.) 1 fr.

THÉOCRITE : *Idylles choisies*. (L. Renier.) 1 fr. 25 c.

THUCYDIDE : *Guerre du Péloponnèse*, livre IIe. (Sommer.) 1 fr. 60 c.

XÉNOPHON : *Anabase*, livre premier. (Moncourt, professeur à la Faculté des lettres de Clermont.) 1 fr.

— *Cyropédie*. Livre premier. (C. Huret, inspecteur d'Académie.) 65 c.

— *Cyropédie*. Livre deuxième. (Huret.) Prix. 65 c.

— *Entretiens mémorables de Socrate* (les quatre livres). (Sommer.) 2 fr.

Chaque livraison séparément. 60 c.

CLASSIQUES LATINS.

EN VENTE :

CICERO : *De Amicitia dialogus* (A. Legouëz, professeur au lycée Bonaparte.) Prix. 25 c.

— *De Officiis* libri tres. (H. Marchand, professeur au lycée de Versailles.) Prix. 90 c.

— *De Oratore libri tres*. (V. Bétolaud, professeur au lycée Charlemagne.) Prix. 1 fr. 50 c.

— *De Senectute dialogus*. (V. Parct, professeur au collége Rollin). 25 c.

— *Epistolæ selectæ*. (E. Sommer, agrégé des classes supérieures, docteur ès lettres.) 50 c.

— *In Catilinam orationes quatuor*. (E. Sommer.) 40 c.

— *In Verrem oratio de Signis*. (J. Thibault, ancien élève de l'École normale supérieure.) 40 c.

— *In Verrem oratio de Suppliciis*. (O. Dupont, ancien professeur au lycée Napoléon.) 40 c.

— *Pro Archia poeta*. (A. Chansselle, professeur au lycée d'Alger.) 20 c.

— *Pro Ligario*. (Matern, censeur du lycée Sain-Louis.) 20 c.

— *Pro Marcello*. (Materne.) 20 c.

— *Pro Milone*. (E. Sommer.) 25 c.

— *Pro Murena*. (J. Thibault.) 25 c.

— *Tusculanarum quæstionum libri quinque*. (C. Jourdain, agrégé de philosophie près les Facultés des lettres.) Prix. 1 fr. 25 c.

CONCIONES : (F. Colincamp, professeur à la Faculté des lettres de Douai.) Prix. 2 fr.

CORNELIUS NEPOS : *Opera quæ supersunt*. (L. Quicherat.) 80 c.

HEUZET : *Selectæ e profanis scriptoribus historiæ*. (C. Leprévost, professeur au lycée Bonaparte.) 1 fr. 50 c.

HORATIUS FLACCUS (Sommer.) 1 f. 80

JUSTINUS : *Historiæ Philippicæ*. (E. Pessonneaux, professeur au lycée Napoléon.) 1 fr. 25 c.

LHOMOND : *De Viris illustribus Romæ*. (Chaine et Pront, anciens professeurs au lycée Charlemagne.) 90 c.

OVIDIUS : *Choix des Métamorphoses*. Nouvelle édition conforme au texte officiel. (G. Lesage, directeur de l'institution Barbet-Massin.) 1 fr. 25 c.

— *Selectæ fabulæ ex libris Metamorphoseon* (G. Lesage.) 1 fr.

PHÆDRUS : *Fabularum libri quinque, cum fabellis novis*. Édition suivie des imitations de La Fontaine et de Florian. (E. Talbert, censeur du lycée Charlemagne.) 75 c.

QUINTUS CURTIUS RUFUS : *De rebus*

SUITE DES CLASSIQUES LATINS.

gestis Alexandri Magni libri superstites. (G. Lesage.) 1 fr. 50 c.

SALLUSTIUS : *Catilina et Jugurtha.* (Croiset, professeur au lycée Saint-Louis.) 90 c.

TERENTIUS : *Adelphi.* (V. Bétolaud, prof. au lycée Charlemagne.) 75 c.

TITUS LIVIUS : *Narrationes selectæ et res memorabiles.* (E. Sommer, agrégé des classes supérieures, docteur ès lettres.) 1 fr. 25 c.

VIRGILIUS MARO : *Opera.* (E. Sommer.) 2 fr.

— *Les Bucoliques et les Géorgiques* séparément. 75 c.

CLASSIQUES FRANÇAIS.

EN VENTE :

BOILEAU : *Œuvres poetiques.* (E. Geruzez, agrégé de la Faculté des lettres de Paris.) 1 fr. 25 c.

BOSSUET : *Discours sur l'histoire universelle.* (Olleris, doyen de la Faculté des lettres de Clermont.) 2 fr.

— *Oraisons funèbres.* (C. Aubert, professeur au lycée Louis-le-Grand.) Prix. 1 fr. 50 c.

CORNEILLE : *Théâtre choisi.* (E. Geruzez.) 2 fr. 50 c.

FÉNELON : *Dialogues des morts.* (B. Jullien, docteur ès lettres, licencié sciences.) 1 fr. 50 c.

— *Dialogues sur l'éloquence.* (Delzons, professeur au lycée de Rouen.) 75 c.

— *Opuscules académiques* contenant le discours de réception à l'Académie française, le mémoire sur les occupations de l'Académie et la lettre à l'Académie sur l'Éloquence, la Poésie, l'Histoire. (Delzons.) 75 c.

— *Les Aventures de Télémaque*, suivies des *Aventures d'Aristonoüs*, contenant les passages des auteurs grecs, latins et français, imités dans le *Télémaque*, des notes géographiques, et une notice sur Fénelon. (A. Chassang, docteur ès lettres.) 1 fr. 25 c.

LA FONTAINE : *Fables*, précédées d'une notice biographique et littéraire et suivies de Philémon et Baucis (E. Geruzez, agrégé de la Faculté des lettres de Paris.) 1 fr. 50 c.

MASSILLON : *Petit Carême.* (F. Colincamp, professeur à la Faculté des lettres de Douai.) 1 fr. 50 c.

MONTESQUIEU : *Considérations sur les causes de la grandeur des Romains et de leur décadence.* (C. Aubert, professeur au lycée Louis-le-Grand.) 1 fr. 25 c.

RACINE : *Théâtre choisi.* (E. Geruzez.) Prix. 2 fr. 50 c.

ROUSSEAU (J. B.) : *Œuvres lyriques*, suivies des plus belles odes des Lyriques français, et d'un recueil d'épigrammes. (E. Geruzez.) 1 fr. 50 c.

VOLTAIRE : *Histoire de Charles XII*, (Brochard-Dauteuille, ancien élève de l'École normale supérieure, agrégé d'histoire.) 1 fr. 50 c.

— *Siècle de Louis XIV.* (Garnier, agrégé d'histoire.) 2 fr. 50 c.

— *Théâtre choisi.* (E. Geruzez.) 2 fr. 50 c.

DICTIONNAIRES CLASSIQUES.

LANGUE LATINE.

DICTIONNAIRE FRANÇAIS-LATIN, composé sur le plan du *Dictionnaire latin-français* et tiré des auteurs classiques latins pour la langue commune, les auteurs spéciaux pour la langue technique, des Pères de l'Église pour la langue sacrée et du Glossaire de Du Cange pour la langue du moyen âge, par M. L. QUICHERAT, agrégé de l'Université. 1 vol. grand in-8. Prix, cartonné en toile. 9 fr.

LEXIQUE FRANÇAIS-LATIN, à l'usage des commençants, extrait du *Dictionnaire français latin* de M. L. QUICHERAT, et augmenté de toutes les formes de mots irréguliers ou difficiles; par M. SOMMER. 1 vol. in-8. Pr., cart. 3 fr. 50 c.

DICTIONNAIRE LATIN-FRANÇAIS, contenant plus de 1500 mots qu'on ne trouve dans aucun lexique publié jusqu'à ce jour, par MM. L. QUICHERAT, agrégé de l'Université, et A. DAVELUY, ancien professeur de rhétorique au lycée Napoléon, suivi d'un *Vocabulaire latin-français des noms propres de la langue latine*, par M. L. QUICHERAT. Ouvrage autorisé par le Conseil de l'instruction publique. 1 volume grand in-8. Prix, cartonné. 9 fr.

Le même ouvrage, sans le *Vocabulaire*, cartonné. 8 fr.

LEXIQUE LATIN-FRANÇAIS, à l'usage des commençants, extrait du Dictionnaire latin-français de MM. QUICHERAT et DAVELUY, et augmenté de toutes les formes de mots irréguliers ou difficiles; par M. SOMMER, agrégé des classes supérieures, docteur ès lettres. 1 volume in-8. Prix, cartonné. 3 fr. 50 c.

THESAURUS POETICUS LINGUÆ LATINÆ, ou Dictionnaire prosodique et poétique de la langue latine, par M. L. QUICHERAT. Ouvrage autorisé par le Conseil de l'instruction publique. 1 volume grand in-8. Prix, cartonné. 8 fr.

LANGUE GRECQUE.

DICTIONNAIRE GREC-FRANÇAIS, par M. C. ALEXANDRE, inspecteur général de l'instruction publique. 11e *édition, entièrement refondue par l'auteur et considérablement augmentée.* Ouvrage autorisé par le Conseil de l'instruction publique 1 très-fort volume grand in-8. Prix, cartonné. 15 fr.

ABRÉGÉ DU DICTIONNAIRE GREC-FRANÇAIS, à l'usage des commençants, contenant tous les mots indistinctement et toutes les formes difficiles de la Bible, de l'Iliade et des auteurs qu'on explique dans les classes inférieures, par le même auteur. Ouvrage autorisé par le Conseil de l'instruction publique, 1 volume de 750 pages. Prix, cartonné. 7 fr. 50 c.

DICTIONNAIRE FRANÇAIS-GREC, par MM. ALEXANDRE, inspecteur général de l'instruction publique; PLANCHE, professeur émérite de rhétorique, et DEFAUCONPRET, directeur du collége Rollin. Nouvelle édition, refondue et augmentée. Ouvrage autorisé par le Conseil de l'instruction publique. 1 volume grand in-8. Prix, cartonné. 15 fr.

LEXIQUE FRANÇAIS-GREC, à l'usage des classes élémentaires, rédigé sur le plan du *Lexique français-latin*, extrait du grand dictionnaire de M. Quicherat, par M. Fréd. DÜBNER. 1 vol. in-8, cart. 6 fr.

DICTIONNAIRE (NOUVEAU) **FRANÇAIS-GREC,** par M. OZANEAUX, inspecteur général de l'instruction publique; avec la collaboration de MM. ROGER et EBLING, 1 volume in-8. Prix, cartonné. 15 fr.

LANGUE ALLEMANDE.

DICTIONNAIRE CLASSIQUE ALLEMAND-FRANÇAIS ET FRANÇAIS-ALLEMAND, par W. DE SUCKAU. Ouvrage autorisé par le Conseil de l'instruction publique et adopté par le collége militaire de la Flèche et l'École de Saint-Cyr. 2 volumes petit in-8. Prix, brochés. 10 fr.

Les deux volumes cartonnés en un. 11 fr.

Paris. — Typographie de Ch. Lahure et Cie, rue de Fleurus, 9.

Imprimerie de Ch. Lahure et Cie, rue de Fleurus, 9.

www.ingramcontent.com/pod-product-compliance
Ingram Content Group UK Ltd.
Pitfield, Milton Keynes, MK11 3LW, UK
UKHW031903260826
14628UKWH00002B/952

9 782329 154626